Lena Kallenberg
Das Apfelsinenmädchen

Lena Kallenberg

Das Apfelsinenmädchen

Aus dem Schwedischen von Angelika Kutsch

Gabriel Verlag

Nach den Regeln der neuen Rechtschreibung

Titel der Originalausgabe: „Apelsinflickan",
zuerst erschienen bei Rabén & Sjögren/
Tiden Bokförlag, Schweden, 1997

Aus dem Schwedischen von Angelika Kutsch
Umschlag von Ludvik Glazer-Naudé
ISBN 3-7072-6633-8
Herstellung: Die Druckdenker GmbH, Wien
Druck: Druckerei Theiss GmbH, A-9400 Wolfsberg
Printed in Austria

Eine Erzählung aus den Jahren 1882-1883

Für die Armen, die keinen Anwalt haben

Dann also adé, Magd

Alices Finger streicheln Signes Haare, drehen die hellen Ringel zu einem luftigen Wulst oben auf dem Kopf. Ziehen die dünnen Haare über den Ohren zu sich kringelnden Locken. Sie berührt Signe mit dem Kinn an der Schulter. Ihre Augen begegnen sich im bauchigen Spiegelglas.

„Du bist jetzt erwachsen und das ist die neueste Mode", sagt Alice energisch. Ihr herzförmiges und Signes schmales Gesicht scheinen ineinander zu gleiten. Werden zu einem Spiegelbild. Täuscht der Schleier von Tränen das Auge?

Signes hohe Wangenknochen und die gerade Nase treten durch die neue Frisur deutlicher hervor, lassen sie sichtbar werden. Sie rutscht auf dem Stuhl hin und her.

„Das ist doch unpassend für eine Magd", flüstert sie.

Alices Finger greifen fester zu, reißen an den Haarsträhnen und flechten sie mit ruckartigen Bewegungen zu einem strammen Zopf auf dem Rücken.

Die Hand wird kalt von der Eisenklinke, als Signe die Holztür hinter sich schließt. Sie bindet die Zipfel des weißen Kopftuchs unterm Kinn zusammen und richtet den langen Zopf.

Nur nicht anfangen zu weinen wie ein kleines Kind, das hat sie sich geschworen. Aber in ihrem Zwerchfell wütet Traurigkeit nach dem Abschied von Alice.

Alice hat ihre Hand steif in die ihre genommen.

„Dann also adé, Magd", hat sie gesagt, sich auf den Fersen umgedreht und den Kopf verächtlich in den Nacken geworfen.

Alice und sie, die so unzertrennlich gewesen sind.

Sie sind zur selben Zeit in das Kinderheim der Bibelfrauen gekommen. Haben Brotkanten geteilt, Zucker gestohlen, vor den Schenken am „Säuferhügel" gebettelt. Im selben Bett geschlafen. In den letzten Jahren haben sie sich allerdings für unterschiedliche Dinge interessiert. Alice stand gern vorm Spiegel und probierte neue Frisuren aus. Machte sich über Signe lustig, die dasaß und Schönschreiben mit dem Federhalter übte. Aber Freundinnen waren sie immer gewesen. Doch als sie sich eben in dem niedrigen Holzhaus verabschiedeten, hat Alice nicht einmal traurig ausgesehen, obwohl sie nicht wissen, wann sie sich wiedersehen werden.

Signe steht im Schnee. Sie zieht sich das Umschlagtuch über das Kopftuch und schaut zu den windschiefen Hütten und Schuppen von Vitabergen hinauf, die sich auf den Felsen drängen, dort, wo sich Schneematsch mit Spülwasser mischt. Kinder laufen barfuß durch den Schmutz und Frauen schleppen Wassereimer vom Neuen Marktplatz herauf. Einen Brunnen gibt es nicht in den Vitabergen, obwohl hier so viele Leute wohnen. Arme Leute, denkt Signe.

Die Märzluft ist rau und duftet nach Erde, Schneeflocken taumeln vom Himmel. Ein Schneestern legt sich auf Signes Fäustling. Sein Muster zeichnet sich einen Augenblick gegen die graue Wolle ab, ehe er sich in einen dunklen Fleck verwandelt.

Tränen sickern bis zu ihren Mundwinkeln. Sie schmecken salzig und Signe wischt sich rasch über die Wange. Die Haut brennt von der derben Wolle.

Das halbe Leben ist vergangen, seit Vater mich bei den Bibelfrauen in den Vitabergen abgegeben hat, denkt sie.

Damals war sie acht Jahre alt, als eine magere Bibelfrau sie in der Garderobe des Kinderheims einzufangen, sie festzuhalten versuchte.

„Kleine Kratzbürste", wurde sie genannt. Gespuckt und gekratzt hat sie wie eine Katze. Sich an Vaters Bein festgeklammert. Aber Vater hat sich gelöst und ist hinausgelaufen ohne sich umzusehen.

Sie hat die Frau in den Arm gebissen. Ist hin und her gelaufen in dem Raum und hat mit ihren schmutzigen Fäusten gegen die Wände gehämmert. Erst gegen Abend hat sie sich beruhigt. Sie erinnert sich, dass Fräulein Åberg sie auf den Schoß genommen und sie mit Brei gefüttert hat wie ein kleines Kind.

Signe schüttelt sich den Schnee ab. Sie – Signe Gustavsdotter – ist jetzt erwachsen und auf dem Weg zu ihrer ersten Stellung als Magd, um eigenes Geld zu verdienen. Niemand soll ihr mehr „Waisenhausbalg" nachrufen. Niemals mehr.

Sie zieht das Tuch enger um sich. Wühlt in ihrem Bündel. Unter dem Leibchen und den Wollstrümpfen berührt sie die glatte Seide mit den Fingern. Die rosa Seidenschleife, die Vater ihr zur Konfirmation im letzten Jahr geschickt hat. Wenn sie genügend Geld gespart hat, will sie nach ihm suchen. Sie will, dass er stolz auf sie ist.

„Sieh, Vater, was ich ehrlich verdient habe", wird sie sagen.

Von der Hammarbybucht weht ein scharfer Wind. Signe zittert. Hält nach einem Schlitten unten am Winterzoll Ausschau. Der Bauer hat sich verspätet. Meint wohl, sie könne warten. Sie wird eine rote Nase haben und jämmerlich aussehen. Die neuen schwarzen Stiefel sind zu groß und wirken bestimmt plump an ihrem mageren Körper. Aber um so etwas darf man sich nicht kümmern. Man muss dankbar sein, dass man überhaupt Kleider am Körper hat. Den grauen Rock hat sie mit schwarzen Bändern oberhalb der Säume aufzuputzen versucht.

An der Ecke einer Gasse stehen ein paar alte Frauen und reden. Die eine zeigt mit dem Finger auf sie und gluckst laut. Signe beißt die Zähne zusammen. Sie ist es gewöhnt, begafft zu werden.

Sonntags, wenn die Kinder aus dem Heim in einer Reihe hintereinander zur Katharinakirche gingen, sind die Leute stehen geblieben und haben neugierig geguckt. Die Kinder haben zu Boden geschaut und sich geschämt, unehelich oder verlassen zu sein. Außer Alice. Sie hat allen frech ins Gesicht gestarrt.

„Brrrr!", mahnt eine Männerstimme.

Ein kräftiges Zugtier schüttelt den Kopf, dass die helle Mähne flattert.

Signe hat das Pferd nicht gehört. War ganz und gar versunken in ihren Gedanken wie gewöhnlich, und der Schnee hat die Hufschläge gedämpft.

Das Pferd schnaubt, hebt den Schwanz und lässt Pferdeäpfel in den weißen Schnee plumpsen. Der Kutscher strafft die Zügel.

„Komm her, du bist wohl die Magd, die ich gedungen habe?", ruft er.

Signe läuft auf das Fuhrwerk zu, hofft, dass die alten Weiber es sehen.

Ein Lächeln breitet sich unter dem dicken Schnurrbart des Mannes aus.

„Einar Karlsson aus Fredriksberg."

Er reicht ihr die Hand und zieht sie neben sich auf den Schlitten. Das Gesicht ist viereckig und seine hellblauen Augen schauen einen Augenblick geradewegs durch sie hindurch.

„Willkommen."

Er schnalzt und das Pferd zieht an.

„Ist das dein ganzes Gepäck?"

Signe nickt schüchtern.

„Jaha, dann geht es jetzt nach Värmdö!"

Gute Nacht, kleiner Ludde

Das Pferd trottet mit dem Schlitten davon und kehrt um zum Winterzoll. Signe muss den Kopf drehen und zum hohen Holzzaun des Kinderheims zurückschauen. Vielleicht zum letzten Mal.

Dahinter ist Alice zurückgeblieben. Die kampfeslustige, waghalsige Alice. Und Fräulein Åberg, die Lieblingslehrerin aller Mädchen. Sie, die Signe einmal auf den Schoß genommen hat.

„Es war nicht meine Absicht, dass du so lange warten solltest. Bestimmt bist ganz durchgefroren. Aber Grålle hat es langsam angehen lassen, wahrscheinlich hatte er Angst, auf dem Eis auszurutschen. Kälte macht mir sonst nichts, aber heute muss ich wohl einen Kaffee mit Schuss trinken, wenn wir nach Hause kommen. Ja, du kriegst natürlich Kaffee ohne Schuss."

Einar Karlssons blaue Augen gleiten über sie hin. Die Anspannung lässt nach. Sie versucht zurückzulächeln. Der Bauer wirkt nett und fröhlich. Sie hat Glück gehabt, jetzt muss sie versuchen, sich von ihrer besten Seite zu zeigen. Sich nicht in Träumereien verlieren. Aber ihr fällt nichts ein, was sie sagen könnte, da öffnet der Bauer schon wieder den Mund.

„Das Handgeld muss ja beim Bauern abgeliefert werden, aber das nehmen wir nicht so ernst. Du bist doch froh, aufs Land zu kommen und dir ein bisschen Fett anzufuttern, was? Bist du schon sechzehn?"

Signe schüttelt den Kopf. „Das werde ich in diesem Jahr."

Endlich sagt sie etwas.

„Aha, dann habe ich also noch das Züchtigungsrecht."

Signe schaudert, guckt zu ihm. Aber er sieht ihren besorgten Blick und lacht auf.

„Ich hab nur Spaß gemacht, nur ein bisschen Spaß, Signe. Wir beide werden schon miteinander auskommen. Du bist ja wohl vom Kinderheim daran gewöhnt zu gehorchen?"

„Ja."

„Und weißt, was die Gesindeordnung über die Magd sagt", fährt er fort. „Sie soll fleißig, nüchtern, sittsam sein und sich nicht den Aufgaben entziehen, die der Hausherr ihr aufträgt. Ja, gottesfürchtig auch, aber mit der Gottesfürchtigkeit nehmen wir es nicht so genau in Fredriksberg. Davon hast du vielleicht ein gehöriges Teil bei den Bibelfrauen bekommen?"

Signe weiß nicht, was sie antworten soll. Nickt nur. Sie glaubt wohl daran, dass es Gott gibt, aber die ewigen Gebete und Danksagungen wird sie nicht vermissen. Es stört sie also nicht, dass der Bauer nicht besonders religiös ist. Jedes Mal, wenn jemand dem Kinderheim etwas spendete, und seien es nur fünf Öre gewesen, dann mussten sie beten und Gott für seine Gnade danken. Die meisten, die etwas spenden, haben vermutlich ein gutes Auskommen, hatte Signe manchmal gedacht. Und sich im selben Augenblick gefürchtet. Vielleicht konnte Gott geradewegs in sie hineinschauen. Sah alle Gedanken und würde sie bestrafen.

„Ich weiß, dass es dir gefallen wird", sagt der Bauer lächelnd und treibt das Pferd an. „Ich brauche also kaum hinzuzufügen, dass ich und die Polizei dich holen können, wenn du vor dem Ziehtag im Oktober davonläufst. Du wirst auf Fredriksberg bleiben, wie die Tochter im Haus sein. Eine arbeitende Tochter natürlich. Die Frau ist kränklich, weißt du. Deshalb musst du auch Kindermädchen sein. Aber dagegen hast du wohl nichts." Er lächelt sie an.

Das versetzt ihr einen Stich in den Bauch. Wie die Tochter im Haus sein, hat er gesagt. Laut antwortet sie:

„Nein, Herr, ich mag Kinder."

„Wenn du tüchtig bist, stehst du in einem Jahr an meinem Tisch und ich bezahle dir die einhundert Kronen."

Einhundert Kronen! Signe schnappt nach Luft. So viel Geld hat sie ihr ganzes Leben noch nicht besessen. Natürlich kann sie zupacken. Der Bauer soll es nicht bereuen. Im Kinderheim haben sich die Mädchen bei allen Hausarbeiten abgewechselt. Sie hat Brot backen gelernt und einfache Mahlzeiten zuzubereiten. Waschen und mangeln. Die Vorsteherin hat mit ihrer schönen Handschrift ins Zeugnis geschrieben, dass „Signe Gustavsdotter gute Voraussetzungen hat, eine ordentliche Magd zu werden".

Sie haben den Winterzoll erreicht. Die ausgefahrenen Schlittenspuren führen hinaus aufs Eis. Einige Besen kennzeichnen Löcher. Obwohl es Sonntag ist, knien zwei Wäscherinnen auf dem Steg und spülen Laken im Eisbrei. Der Himmel über Värmdöland bezieht sich immer mehr.

„Ja, ja, es gibt noch mehr Leute, die nicht gottesfürchtig sind und am Ruhetag waschen", sagt der Bauer schmunzelnd.

Aber er sieht nicht böse aus.

Signe ist noch nie in einem Schlitten übers Eis gefahren. Sie ist davon in Anspruch genommen, die Ufer zu betrachten und nach Morsholm hinüberzuschauen. Dorthin haben sie vom Kinderheim einmal einen Sommerausflug im Ruderboot unternommen. Der Bauer nickt hin und wieder ein. Verlässt sich darauf, dass Grålle den Weg findet. Und Grålle trottet voran, er kennt den Winterweg der Bauern von Värmdö.

Signe dreht den Kopf. Hinter dem Fåfänganhügel verbirgt sich der Hafen von Tegelvik. Dorthin hat sie Vater einmal begleitet, als er Arbeit suchte. Zwar durfte er einen Salzkahn entladen, aber ein paar Tage nur. Vater. Entfernt sie sich jetzt für alle Ewigkeit von ihm? Er hat sie nie im Kinderheim besucht, aber sie glaubt, dass er noch in der Stadt ist. Und Mutter, wenn sie ein Engel ist, kann sie Signe dann jetzt sehen? Signe erinnert sich nicht an sie. Doch, vielleicht an einen süßlichen Duft. Die Schwindsucht hat sie geholt, als Signe ungefähr ein Jahr alt war. Sie trägt den Namen ihrer Mutter und glaubt, dass sie ihr auch ähnlich sieht.

Signe denkt an die rote Seidenschleife. Die Vorsteherin, Fräulein Märta Qvennerstedt, hat sie ihr gezeigt und dabei den Mund zu einem schmalen Strich zusammengepresst.

„Das ist wahrhaftig echte Seide. Dafür also hat dein Vater Geld."

Signe hat die Schleife nicht einmal berühren dürfen. Fräulein Qvennerstedt hat sie an sich genommen und weggelegt. Gesagt, das sei kein passendes Geschenk zur Konfirmation.

In der Nacht hat Signe sich in den Schlaf geweint und Alice mit ihrem Schluchzen geweckt. Alice hat ihren roten Lockenkopf geschüttelt und verächtlich geschnaubt.

„Heul doch nicht, nur weil die Qvennerstedtsche gemein ist! Sie ist eine alte Elster, das weiß doch jeder. Und von alten Elstern muss man sich den Silberlöffel einfach wieder holen."

Ohne Zögern war Alice mitten in der Nacht in das Zimmer der Qvennerstedt geschlichen, hatte die Kommodenschubladen durchwühlt und die Seidenschleife gefunden. Signe hatte starr in ihrem Bett gelegen, sich in die Fingerknöchel gebissen und gehofft, dass Gott nichts sah.

„Jetzt versteck sie aber ordentlich, du Zimperliese", hatte Alice gesagt, als sie die Schleife zurückbrachte und in das gemeinsame Bett kroch.

Es war das letzte Mal, dass sie einander richtig nah waren, Alice und sie.

„Danke, allerliebste Alice", flüsterte Signe und streichelte ihr über die Wange. Alice hatte sich ihr zugewandt und Signe fand, dass sie für einen Augenblick kindlich und unsicher aussah. In einem der energischen Mundwinkel zuckte es. Die selbstbewusste Alice, die ein Jahr älter war.

Signe hatte sich nicht getraut, sich an der breiten Seidenschleife zu erfreuen. Hatte sie in einer Blechschachtel versteckt, die sie hinterm Abtritt vergrub. Jetzt lag sie zuunterst im Bündel, eingewickelt in den Unterrock. Dies eine Mal hatte Vater an sie gedacht. Wusste sogar von ihrer Konfirmation. Aber wie sollte er erfahren, dass sie bei Bauer Einar Karlsson auf Fredriksberg als Magd gedungen war? Auf Fräulein Qvennerstedt konnte man sich nicht verlassen. Vielleicht wollte sie gar nicht erzählen, wo Signe war. Wenn Vater es wirklich wissen wollte?

„Ich habe deiner Mutter auf dem Totenbett versprochen für dich zu sorgen, aber ich weiß mir keinen Rat mehr", hatte er gesagt, als sie acht war, und auf das Zeugnis des Pfarrers mit dem roten Stempel der Armenpflege gepocht.

„Dieser verdammte Armenstempel!", hatte er geschrien.

Vater mit seinen langen Armen, die Jackenärmel waren immer zu kurz, die großen Hände baumelten herunter. Vater, ein großer, kräftiger Arbeiter, wirkte hilflos. Er hatte getrunken, aber richtig betrunken war er nicht. Signe, die auf dem Küchenfußboden zu Hause in der Bergsprängargasse gesessen und mit ein paar Holzscheiten gespielt hatte, guckte zu ihm auf.

„Ich geh jetzt los und such mir eine Arbeit", hatte er gebrummt, redete wie mit sich selbst: „Vielleicht muss ich weit weggehen, das Mädchen kann sich nicht auf den Straßen herumtreiben. Für dich ist es am besten, wenn du zu den Bibelfrauen kommst. Deine Mutter war religiös. Und du sollst mir kein Apfelsinenmädchen werden."

Das waren seine letzten Worte an sie. Die Worte, an die sie sich erinnert. Damals hat sie nicht verstanden, was er meinte. Aber jetzt weiß sie es. „Apfelsinenmädchen" ist eine andere Bezeichnung für „so eine". Sie schaudert. Die Mädchen halten sich oft an der Stora Glasbruksgatan auf. Tragen breitrandige Hüte mit Krimskrams drauf und lachen den Männern frech ins Gesicht. Sind häufig betrunken. Nein, so eine will sie nie werden. Was für eine Schande, seinen Körper für einige Kronen oder ein paar Schnäpse zu verkaufen.

„Jetzt sind wir auf Värmdölandet", sagt der Bauer gähnend und wird wieder munter.

Signe lässt ihre Blicke über die schneebedeckten Felder und Waldränder gleiten. Auf einem Hügel thront ein prächtiges gelbes Haus mit einer großen Glasveranda, umgeben von Pferdekoppeln und Äckern. Die Sonne ist hervorgekommen und lässt das gelb gestrichene Haus in ihrem Licht glänzen.

„Oh, was für ein schöner Hof", ruft sie aus.

„Das ist Tuna. Auf ganz Värmdö gibt es keinen prächtigeren Hof. Von seinem Besitzer hab ich Fredriksberg gepachtet. Vor ihm müssen sich neue Mägde in Acht nehmen. Du verstehst doch, was ich meine?"

Macht der Bauer wieder Scherze mit ihr? Unsicher sieht sie ihn von der Seite an. Seine hellblauen Augen haben einen strengen Ausdruck angenommen.

„Der Gutsbesitzer von Tuna hält es mit den alten Sitten, wenn neue Frauen kommen. Ist schon in den Jahren, aber immer noch ein strammer Kerl."

Signe starrt ihn an. Hat sie den Bauern richtig verstanden?

„Wenn nötig, nimmt er sie mit Gewalt", fährt der fort. Sieht ihre Angst und fügt hinzu: „Nu, nu, mach dir keine Sorgen. Du wohnst ja nicht unterm selben Dach mit ihm, sondern eine Viertelmeile entfernt. Und ich verspreche dir, ich werde auf dich aufpassen."

Der Weg macht eine starke Biegung und sie wirft einen letzten Blick auf das gelbe Haus. Eine Sonnenspiegelung in den großen Fenstern blendet sie, dann schließt sie der Wald ein. In der Dämmerung sieht sie den mächtigen Gutsbesitzer von Tuna vor sich. Er reitet einen dunklen wilden Hengst und vor ihm her läuft eine Gruppe fliehender Frauen. Sie selbst ist eine von ihnen. Die Frauen versuchen schneller zu laufen, aber ihre langen Röcke wickeln sich um ihre Beine und der Gutsbesitzer holt sie bald ein. Er schwingt sich vom Pferd und knallt mit der Peitsche gegen seine schwarzen Lederstiefel. Die Frauen stehen still, wagen sich nicht vom Fleck zu rühren. Der Gutsbesitzer nähert sich ihnen mit einem unheimlichen Lächeln. Leckt sich gierig die Lippen und wirft seinen Zylinder weg. Die Frauen schreien schrill und Signe schreit am lautesten von allen.

Der Schlitten schlingert. Signe atmet auf, sie darf ihrer Fantasie keinen freien Lauf lassen. Der Bauer hat versprochen auf sie aufzupassen. Mit breitem Rücken sitzt er neben ihr auf dem Kutschbock. Zeigt auf einen kleinen eisbedeckten See mit Schilfröhricht.

„Hier kannst du im Sommer baden, wenn du ordentlich sauber sein willst. Denn sauber soll ein junges Mädchen sein."

„Ja, ich bade sehr gern", antwortet sie rasch.

Sauber sein, das hat sie im Kinderheim gelernt. Ist mit Bürste und grüner Seife im Bottich geschrubbt worden, bis die Haut brannte.

Arm, aber sauber. Und: „Die Haut muss brennen, das vertreibt das Ungeziefer", pflegte Fräulein Qvennerstedt zu sagen.

Und was Ungeziefer ist, Kopfläuse und Wanzen, das weiß Signe. Sie war voller roter Flecken, als man sie das erste Mal in den Waschzuber steckte. Aber damals kannte sie nichts anderes, so sahen die meisten Kinder von Vitabergen aus.

Der Bauer biegt in einen kleineren Weg ab. Sie nähern sich einem ungestrichenen Holzhaus. Ein struppiger Hund hat ihre Witterung aufgenommen, er bellt ungestüm und reißt an der Leine. Der Bauer brüllt ihn an und der Hund krümmt sich winselnd.

„Du brauchst keine Angst vor Ludde zu haben", sagt er.

Sie hofft, dass Ludde immer angebunden ist und niemals ins Haus kommt. Findet, er sieht einem Wolf ähnlich. Aber sie wird sich verhalten, wie der Bauer es ihr empfohlen hat. Niemals Angst vorm Hund zeigen. Sie überqueren einen ausgetretenen Pfad, der in den Wald führt, und fahren auf den Hof, der von Wacholder- und Birkenhainen umgeben ist.

Die Haustür wird von einer alten Frau mit Kopftuch und einer riesigen Schürze geöffnet. Sie schlägt die Hände zusammen und kommt auf die Vortreppe gehumpelt.

„Oh, oh, oh", jammert sie.

Signe spürt, wie ihr das Blut in die steif gefrorenen Wangen steigt. Weswegen jammert die Alte? Taugt sie, Signe, nicht? Ist die Alte etwa die Hausfrau?

Signe bleibt wie festgewachsen sitzen und wirft dem Bauern, der Grålle von den Schlittendeichseln losbindet, einen erschrockenen Blick zu. Er lacht so sehr, dass man die Schuppen vom Kautabak zwischen seinen Zähnen sieht.

„Kümmre dich nicht um die alte Kata. Sie ist nicht an Fremde gewöhnt." Rasch packt er sie um die Taille und hebt sie vom Schlitten. Seine Hände sind klebrig. Zwei kleine Mädchen spähen hinter der jammernden Kata hervor. Das Kleinste kann sich nicht beherrschen und stürmt in Strümpfen auf den Bauern zu.

„Vaters kleiner Wildfang!“, sagt er lachend und schwenkt sie durch die Luft. „Das ist Signe, die schöne Signe.“

Die „schöne Signe“ hat sie noch nie jemand genannt. Sie versucht zu lächeln, aber ihre Mundwinkel widerstreben und das Lächeln wird zu einer Grimasse. Die Kleine tippt gegen die Westentasche des Bauern. Signe versetzt es einen Stich, als sie das Kind so selbstverständlich auf dem Arm des Vatrs sieht. Sie – Signe – ist jetzt erwachsen. Hier, beim Kleinbauern Einar Karlsson, wird sie wohnen und arbeiten. Unterm selben Dach schlafen mit Menschen, die sie noch nie gesehen hat. Niemand weiß etwas über sie. Sie ist das Mädchen aus dem Kinderheim, das hier als Magd dienen soll.

Wie wird es auf Fredriksberg? Bei Fräulein Qvennerstedt hatte das Leben seinen gewohnten Ablauf. Dort hatte jeder seine Aufgabe. Alles spielte sich nach dem Datum ab, an dem sie ins Heim gekommen waren. Sie saßen nach der Datumordnung am Esstisch, sie stellten sich nach der Datumordnung in Reihen auf. Sein Datum konnte man nie vergessen. Nie konnte man vergessen, dass man ein Kinderheim-Kind war. Manchmal hatte sie sich eingesperrt gefühlt. Aber das Heim bedeutete Geborgenheit und die Sicherheit, Kleidung und Essen zu bekommen. Eine Lehrerin hatte sie im Katechismus, in Rechnèn, Schreiben und Nähen unterrichtet.

Jetzt beginnt ein neues Leben, und die Sehnsucht nach der gewohnten Geborgenheit brennt in ihrer Magengrube.

Signe drückt das Bündel an ihren Körper. Spürt die Hand des Bauern in ihrem Rücken. Wie eine Schlafwandlerin bewegt sie sich auf ihr neues Zuhause zu.

Schon am ersten Abend hat Signe ein Stück Speck von ihrem Abendbrot versteckt. Sie schleicht sich hinaus in den hellen Märzabend. Der Wind raschelt in Espen und Birken. Ludde knurrt, als er ihre Schritte hört, doch der Duft nach dem Speck bringt ihn zum Schweigen. Er ist an seiner Hütte festgebunden. Wittert mit gespitzten Ohren in der Luft.

Signe hat noch nie einen Hund gekannt. Die Bibelfrauen hielten sich nur ein Küchenschwein. Mit dem konnte man sich einfach nicht anfreunden, wie viele Kartoffelschalen und Reste es auch bekam. Es grunzte bösartig und konnte beißen. Signe hat begriffen, dass es am besten ist, sich von Anfang an gut mit Ludde zu stellen. Sonst wird sie immer Angst haben, wenn sie an ihm vorbei muss.

Sie hält das Stück Speck gut sichtbar in der Hand. Versucht sanft zu sprechen:

„Luuudde!"

Er frisst ihr aus der Hand. Leckt ihr die Fettreste von den Fingern. Schnuppert an ihren Kleidern. Dann darf sie ihn im Nacken kraulen. Und als sie sich aufrichtet, winselt er ein bisschen.

„Gute Nacht, Ludde, kleiner Ludde", flüstert sie.

Bückt sich und bohrt ihre Nase in sein dichtes Fell. Sie spürt, dass sie ihren ersten Freund auf Fredriksberg gefunden hat.

Ihr wart doch Freundinnen

Das ältere Mädchen, Kristina, stiehlt Zucker aus dem Zuckerschrank und leugnet es hinterher ab. Das macht sie, damit Signe die Schuld bekommt. Die Hausfrau hat keine Kraft, sich um die Kinder zu kümmern. Ihr Magen bereitet ihr Schmerzen. Sie liegt mager und blass in der Kammer und bekommt kaum Essen hinunter. Aber Kaffee kann sie trinken. Süßen Kaffee. Signe schlägt gerade Stücke vom Zuckerhut, der durch Kristina immer weniger wird, als die Hausfrau nach einem Schluck Kaffee ruft.

„Na, hat sich die Zuckermagd mal wieder selbst bedient?", gluckst die alte Kata.

Signe schüttelt den Kopf. Die Hausfrau seufzt, ist zu schwach, um zu schimpfen. Kristina ist wie vom Erdboden verschluckt. Signe hat sie mehrere Male mit großen Zuckerstücken im Mund erwischt.

Die kleine Lisa ist flink wie ein Eichhörnchen und krabbelt gern auf Signes Schoß. Der kleine Körper wärmt so schön. Signe genießt die kurzen Augenblicke, wenn Lisa auf ihrem Schoß sitzt. Steckt ihre Nase in Lisas Haar und atmet den süßen Kleinkind-Duft ein.

Es ist Samstag. Samstags findet großer Hausputz statt. Signe gießt Wasser auf die Holzdielen des Hauses: Küche, Wohnraum und Schlafplatz für sie und die alte Kata. Die Flickerlteppiche hat sie schon auf die Vortreppe hinausgetragen. Sie streut Scheuersand auf die Nässe und fängt an zu scheuern.

Signe ist barfuß, den einen Fuß auf dem Birkenbesen, scheuert und scheuert sie. Sie spielt, dass sie übers Eis rutscht. Dann geht es leichter. Manchmal ist es schwer, das Gleichgewicht zu halten, und sie muss sich am Schrank oder einer Wand festhalten. Dann scheuert sie weiter.

„Aua!" Sie schreit vor Schmerz auf.

In ihrem rechten Fuß brennt es wie Feuer. Sie muss sich auf einen Schemel setzen und ihre Fußsohle untersuchen. Ein langer Splitter ist in den Fuß gedrungen.

Kristina hat den Schrei gehört und kommt aus der Kammer gestürzt, in der sie sich aufhalten sollte, während Signe putzt. „Faule, faule Signe!", schreit sie begeistert.

Der Fuß tut zu weh, als dass Signe sich jetzt um sie kümmern könnte.

Auf der Vortreppe poltert es. Die alte Kata kommt aus dem Schuppen mit dem Arm voller Weißmoos. Aber sie lässt es fallen, als sie Kristina herumhüpfen sieht.

„Raus mit dir in die Kammer, Mädchen!", schimpft sie.

Und Kristina hat es eilig. Die alte Kata kneift, und sie kann man nicht mit Petzen beeindrucken.

„Der Fußboden wird auch nicht sauberer, wenn du dahockst und glotzt", sagt die Alte im selben Atemzug.

Signe richtet sich auf, kann aber nicht aufhören mit Jammern. Ohne ein Wort drückt die alte Kata sie auf den Schemel und legt sich ihren Fuß auf den Schoß. Ihre Hände sind sanft, obwohl die Haut rau wie Kiefernrinde ist. Sie legt die Lippen an die Fußsohle und saugt. Kata saugt und knabbert, bis der blutige Splitter zwischen ihren Lippen steckt. „Pfui, was für ein hässliches Ding!" Sie spuckt es in den Scheuersand und legt Weißmoos auf den Klapptisch. Und Signe scheuert weiter mit dem Besen.

Die alte Kata hat zu fast allem eine Meinung. Außerdem kennt sie

Heilmittel gegen viele Krankheiten. Aber sie hält es für gefährlich, sich zu waschen.

„Man friert sich Zehen und Finger ab", sagt sie, „kriegt den Brand oder alle möglichen Krankheiten", wenn Signe Waschwasser fürs Bad wärmen will.

Signe schaut auf den schmutzigen Fußboden, wo sich Essensreste, Asche, Rattendreck und Speichel vom Bauern mischen. Während sie mit dem Birkenbesen herumfährt, schielt sie zu König Oskar. Sein Porträt hängt als Öldruck über der Ausziehbank, die heute hoch beladen ist mit Matratzen und Bettzeug. König Oskar folgt Signe mit dem Blick. Er sieht sie an der Tür und er sieht sie, wenn sie hinterm Herd vorguckt. Der Blick des Königs ist herrisch, er möchte, dass sie ihr Bestes gibt. Glitzernde Orden schmücken seine Brust, und die Schulterklappen sind mit Gold verziert. Ob das richtiges Gold ist? Wie das in der Sonne glänzen muss! Manchmal hat sie Angst, der König könnte aus dem ovalen Rahmen an der Wand steigen, so intensiv verfolgt er ihre Tätigkeiten.

Majestät ist streng. Das rabenschwarze Haar und die aufgezwirbelten Schnurrbartspitzen deuten darauf hin. Bestimmt gefällt es ihm nicht, dass sie Rutschbahn spielt.

Signe versucht mit ihrem nackten Fuß auf dem Besen würdiger zu schrubben. Schiebt eine Haarsträhne zurück, die sich aus dem Zopf gelöst hat. Eine fleißige Untertanin will sie sein. Kann dem König sogar zeigen, wie hübsch sie knicksen kann. Signe stellt den einen Fuß hinter den anderen und verneigt sich tief vor König Oskar, den Blick auf den Scheuerboden gerichtet.

Auf der Vortreppe poltert es. Die alte Kata steht wieder auf der Schwelle und tut so, als würde sie besonders an einem Kaffeefleck reiben.

„Oh, oh!", jammert sie. „Lass fallen, was du in den Händen hast. Such nach dem Hund. Er hat sich losgerissen. Und du wirst doch so gut mit ihm fertig."

Signe wischt sich die Hände an der Schürze ab, zieht eilig Strümpfe und Stiefel an. Der Bauer ist draußen zum Fischen und Ludde gehorcht nur ihm und Signe.

„Ludde!“, ruft sie in den Wald.

Sie biegt in den Pfad ab, den der Hund und der Bauer gehen, wenn sie Hasen oder Waldvögel jagen. Vom Himmel fällt mit Schnee gemischter Regen und sie zieht Katas verschlissenen Lodenmantel enger um sich.

„Lieber Ludde!“

Nur Signe nennt ihn so. Die anderen lachen über den Kosenamen. Für sie ist Ludde ein Wachhund, dem sie sich nicht zu nähern wagen. Aber Ludde ist Signes Trost geworden. Ihm hat sie von ihrer Sehnsucht nach Alice erzählt. Und von ihrem geheimen Plan, ihren Vater zu suchen. Ludde versteht sie. Er wackelt mit seinem spitzen Kopf und winselt ein bisschen. Die grauen Augen sehen in sie hinein. Und er sagt niemandem etwas weiter.

Bei einer großen krummen Kiefer bleibt sie stehen. Legt die Hände wie einen Trichter um den Mund und ruft über die Heidelichtung. Sie wartet mucksmäuschenstill und lauscht. Es tropft von den Bäumen und ein Rabe schreit. Bald darauf antwortet der Rabenpartner und der schwarze Vogel fliegt über die Tannenwipfel zu einem Felsen. Sie verfolgt seinen Flug mit dem Blick.

„Unserm Herr gefällt der Ruf der Raben nicht“, pflegt Kata zu sagen, wenn der Rabe ruft. Sie ist der Meinung, es sei der Vogel des Teufels und dass der Rabe Unheil ankündige. Signe schaudert. Will jetzt nicht an Schreckliches denken.

Wasser dringt ihr in den einen Stiefel. Ihre Zehen werden starr vor Kälte. Sie bückt sich und sieht einen Spalt zwischen Leder und Schuhsohle. Dort, im Blaubeerreisig, hängt ein graues Haarbüschel. Sie nimmt es und schnuppert daran. Doch, die derben Strähnen riechen streng und bekannt. Von irgendwo kommt ein winselnder Laut und sie späht in alle Richtungen. Der Wind hat zugenommen und das Tropfen von den Bäumen wird stärker. Die Haare kleben ihr in nassen Strähnen im Gesicht und ihre Nase läuft. Hat nur der Wind geheult?

„Lieber Ludde!“

Signe wendet sich ab und schnäuzt sich in die Schürze. Für so eine Sünde hat Fräulein Qvennerstedt sie im Kinderheim an den Haaren gerissen. Aber jetzt ist sie erwachsen und wird nicht mehr von einem

Kinderheimfräulein überwacht. Sie spuckt in den Schneematsch. Das hätte sie sich früher nie getraut. Im Schnee leuchtet ein Blutfleck. Und noch einer. Sie macht einen Schritt hierhin und dahin. Und dort hinten beim Rabenberg sieht sie eine kleine Figur herumschnüffeln.

„Ludde!"

Signe stürmt auf ihn zu und er kommt ihr hinkend entgegen. Sein graues Fell ist zerrauft und eine Vorderpfote ist verletzt. Sie legt die Arme um seinen Hals und er leckt ihr begeistert über die Nase.

„Der Rabe hat nicht Recht bekommen. Wenn du etwas erzählen könntest, Ludde! Hast du mit einem Fuchs gekämpft oder ..." Sie schaudert und klaubt ein paar lose Haarbüschel aus seinem Fell. „War es der Wolf?"

Ludde heult glücklich als Antwort, er will nach Hause und etwas zu fressen haben.

Überm Rabenberg wird es dunkel. Und darüber stößt das Rabenpaar laute Schreie aus, während Signe und Ludde den Pfad zurück nach Fredriksberg wandern.

Obwohl Signe erschöpft ist nach den Strapazen im Wald, muss sie Wasser aus dem Brunnen holen. Nachdem sie den Fußboden gespült hat, fegt sie den Sand mit dem Besen zusammen. Als Letztes bleibt der lustige Teil, das trockene Weißmoos über den ganzen Fußboden zu verstreuen. Das wird dort liegen bleiben bis zum Sonntagmorgen und die Feuchtigkeit aufsaugen.

Wasser holen, den Spüleimer hinter der Hausecke ausgießen, in der kleinen Blechwanne abwaschen, Kata beim Essenkochen helfen und auf die Kinder aufpassen, das sind ihre sich wiederholenden Aufgaben. Abgesehen davon, dass sie immer bereit sein muss zu helfen, wenn jemand sie darum bittet. Ein Monat ist vergangen, seit sie nach Fredriksberg gekommen ist und die alltäglichen Arbeiten gelernt hat. Jeden Tag dasselbe.

Signe teilt die schmale Ausziehbank mit Kata und wird oft von Knüffen in den Rücken wach. In den ersten Nächten meint sie überhaupt kein Auge zugetan zu haben. Kata schnarcht laut und die Unebenheiten der Strohmatratze schaben am Körper. Aber die größte

Plage sind die Flöhe. Am schlimmsten beißen sie in der Nacht. Am Körper flammen rote Stellen auf, obwohl sie beide jeden Abend Flöhe fangen, bevor sie zu Bett gehen. Die Begleiter des Bösen, nennt die alte Kata sie. Und Signe seufzt. Als sie kam, war sie frei von Floh- und Läusebissen.

Jeden Morgen um halb sechs kocht Signe Kaffee. Der Hausherr trinkt den Kaffee in der Küche. Signe muss der Hausfrau die volle Kaffeetasse bringen und die volle Spucktasse wieder hinaustragen. Die Hausfrau ist groß und hat dunkle Ringe unter den Augen. Sie sagt nicht viel, aber sie kann starren mit ihren grauen Augen. So sehr starren, dass Signe nervös wird und fallen lässt, was sie in der Hand hält. Die Hausfrau sitzt mit ausgebreitetem langem Haar über den Schultern aufrecht im Bett. Wärmt ihre Hände an der Kaffeetasse. Signe bückt sich nach der Spucktasse. Versucht nicht hinzugucken, aber der Blick wird von dem gelbschaumigen Inhalt angezogen. Die Hausfrau beobachtet ihre Bewegungen genau. Am meisten fürchtet Signe sich davor zu stolpern und den Auswurf der Hausfrau aufwischen zu müssen. Die Krankheit schwappt in dieser Tasse, die Krankheit, die die Frau von innen her auffrisst.

Gegen acht bereiten Signe und die alte Kata das Frühstück. Es besteht genau wie das Mittag- und das Abendbrot aus gesalzenem Hering, Kartoffeln und manchmal aus Grütze. Am Abend kocht die alte Kata immer Grütze. Bleibt welche übrig, wird sie am nächsten Tag gebraten. Es riecht angebrannt, und obwohl Signes Magen nach Essen schreit, kriegt sie die braun angebrannten Grützreste nur schwer hinunter.

Der Frühling ist unterwegs und Signe lässt sich Zeit auf dem Weg zum Vorratshaus. Die Meisen läuten in den Birkenhainen. Stellenweise ist der Schnee geschmolzen und die duftende Erde ist zu sehen. Sehnsuchtsvoll schaut sie zur Landstraße. Versucht einen Blick auf den Badesee zu erhaschen. In einigen Monaten kann sie durch den Wald gehen und sich einen schönen Badeplatz suchen. Sie sehnt sich danach, sich am ganzen Körper zu waschen. Seit sie nach Fredriksberg gekommen ist, hat sie keine Zeit für eine richtige Wäsche gehabt.

Hände, Hals und Gesicht müssen reichen, findet die alte Kata, die das Waschen von Signe und den Kindern beaufsichtigt.

Nein, jetzt muss sie sich beeilen und Mehl holen. Heute will Kata Pfannkuchen backen.

Signe löst den Holzpflock des Eisenbeschlages, der die Schuppentür geschlossen hält. Die Dunkelheit springt sie an. Hier ist eine Petroleumlampe zu teuer und überflüssig, findet der Hausherr. Durch die Türritzen fällt ein wenig Tageslicht herein, aber Signe muss trotzdem einen Augenblick stillstehen, damit sich ihre Augen an das Dunkel gewöhnen.

Dann muss sie die Mehlkiste finden. Im Vorratsschuppen stehen mehrere Kisten und Behälter mit Mehl, gesalzenem Hering, gepökeltem Fleisch und Speck. Im Dunkeln kann wer weiß was geschehen. Wenn es wirklich böse Wesen gibt, dann verstecken sie sich in dunklen Schuppen und Kellern. Niemand, nicht einmal Fräulein Qvennerstedt, hat Signe dazu bringen können, allein in einen dunklen Raum zu gehen. In der Dunkelheit verändern sich die Laute, niemand kann ganz genau wissen, ob das Rascheln aus der Baumkrone, von einem Vogel oder vom Wind kommt. Es könnte das Böse sein, das da lauert, sie verlocken will, dem Säuseln und Rascheln zu folgen, sie im Wald in die Irre locken will. Dort wartet etwas Entsetzliches, was sie sich nicht recht vorstellen kann. Plötzlich sieht sie den Gutsherrn von Tuna vor sich. Er lacht dröhnend …

Signe fährt herum. Ein Kasten mit Butter ist auf dem Erdboden gelandet. Sie bückt sich rasch danach, macht ein paar Schritte ins Schuppeninnere und stellt den Kasten ins Regal zurück. Ein schriller Pfiff lässt sie zusammenzucken. Unter dem Butterregal sitzt eine große Ratte auf der Mehlkiste. Die Ratte faucht und stemmt ihre Krallen in den Holzdeckel. Ihr Schwanz ist kräftig wie ein Seil. Signe begegnet dem Blick der Ratte. Sie hat schon viele Ratten gesehen. Einmal ist eine Maus in der Ausziehbank über das Gesicht der alten Kata gesprungen, aber schnell hinter dem Herd verschwunden. Diese Ratte bleibt sitzen. Duckt sich zum Sprung. Signe kommt zur Besinnung. Macht ein paar vorsichtige Schritte zur Seite, dreht sich hastig um und stürzt zur Tür hinaus. Sie kann das Entsetzen nicht mehr zurückhalten, schreit wie ein Schwein vor der Schlachtung, läuft, stolpert durch die Schneeflecken aufs Wohnhaus zu ohne aufzusehen. Bis ein Paar starke Fäuste sie bei den Schultern packen.

„Was ist los, zum Teufel!"

Sie starrt auf die behaarte Brust des Hausherrn, die unter dem offenen Arbeitshemd bloßliegt.

Nachts wirft sie sich auf der Ausziehbank hin und her und kann nicht zur Ruhe kommen. Die Wanzen quälen sie mehr denn je und sie schämt sich so sehr vorm Hausherrn. Sie hat sich wie ein kleines dummes Mädchen benommen. Aber er ist nicht böse geworden. Hat nur etwas gesagt, dass man sich auf dem Lande eben an Ratten und Dunkelheit gewöhnen müsse. Ist er der Meinung, sie sei eine Gans aus der Stadt, zu weich fürs Landleben? Aber sie hat Ludde gefunden. Das hat der Hausherr von Lillan erfahren und er hat zufrieden genickt.

Signe kratzt sich am Rücken. Stößt aus Versehen die alte Kata an, die sie mit ihren trüben Altfrauenaugen anblinzelt.

„Einmal hab ich eine Schöpfkelle voll Wasser über eine Standuhr gegossen, die war so voller Wanzen, dass sie falsch ging", erzählt sie.

Signe seufzt. Die alte Kata hat zu fast allem etwas zu sagen, scheint alles zu wissen. Aber von Signes innersten Gedanken weiß sie nicht das Geringste. Nein, es muss ein gut gehütetes Geheimnis bleiben, dass Signe ihre Magdstelle kündigen will. Sie muss bis Oktober warten, dann bekommt sie ihre hundert Kronen. Im Herbst geht sie in die Stadt und macht sich auf die Suche nach ihrem Vater.

Sie sieht ihn auf dem Schemel in der Küche sitzen. Erinnert sich, wie er die Holzpuppe Stina für sie geschnitzt hat, dass die Holzspäne nur so über den Fußboden flogen. Hat ihr Mund und Hals gegeben und mit Ruß aus dem Herd ein Paar Augen verpasst. Keins der Kinder in den Schuppen von Vitabergen hat von seinem Vater eine Puppe bekommen, davon ist Signe überzeugt. Vater und sie gehören zusammen. Aber die Armut hat sie getrennt.

„Dieser verdammte Stempel der Armut", hallt Vaters Stimme in ihr wider.

Schließlich muss sie doch eingeschlafen sein. Gegen Morgen wird sie wach, das Kissen hat sie gegen das Herz gedrückt.

„Du hast Besuch! Glotz nicht, sondern beeil dich!"

Die Hausfrau steht im Frühlingswind auf der Vortreppe und schreit mit ihrer piepsigen Stimme. Signe hört das Rufen am Waldrand, wo sie kleine Tannenzweige für Spülbürsten und Birkenzweige für Scheuerbürsten schneidet. Sie hebt den großen Korb hoch, in dem sie die Zweige sammelt.

Wer könnte sie besuchen? Aber am Trippeln der Hausfrau sieht sie, dass es ein wichtiger Besuch ist.

Im Dunkeln am Klapptisch sitzt eine Dame mit Hut und einem Mantel mit Pelzkragen. Signe bleibt auf der Schwelle stehen. Die Dame nippt an einer Kaffeetasse, stellt die Tasse auf den Unterteller und schaut auf. Die vollen Lippen öffnen sich zu einem Lächeln.

„Signe! Komm her, damit ich dich ansehen kann!"

Da weiß Signe, wer die Besucherin ist, und vergisst den strengen Blick der Hausfrau. Tränen laufen ihr die Wangen herunter, und mit wenigen Schritten ist sie bei der Dame und wirft sich ihr in die Arme.

„Beruhige dich", sagt die Dame lachend und löst ihre Arme.

„Fräulein Åberg!", schluchzt Signe.

In ihrer Aufregung stößt sie aus Versehen gegen Fräulein Åbergs Hut. Er fliegt der Dame auf den Schoß und entblößt das braun gelockte, aufgesteckte Haar. Einige Locken haben sich gelöst und ringeln sich über den Ohren. Das macht nichts, denkt Signe. Nichts lässt Fräulein Åberg unordentlich aussehen, wenn sie ihre braunen Augen zusammenkneift und lacht.

„Signe, steh nicht herum, setz dich!"

Fräulein Åberg wirft der Hausfrau ein blitzendes Lächeln zu, die so tut, als suche sie etwas im Büfett.

„Ich hoffe, es ist möglich, dass ich mich eine Weile mit Signe unterhalte?"

Die Hausfrau macht nur „hm" als Antwort, traut sich vermutlich nicht, einer Dame aus der Stadt zu widersprechen.

Signe schüttelt leicht den Kopf. Sie muss aufhören das fröhliche herzförmige Gesicht anzustarren.

„Ich habe große Neuigkeiten, Signe …", beginnt Fräulein Åberg.

„Hat Vater …“ Signe presst die Hand an den Mund.
„Wir werden auswandern.“
„Wir?“ Das ist ihr so herausgerutscht, und Signe fühlt sich dumm.
„Ja, mein Mann und ich. Ich bin frisch verheiratet.“
Fräulein Åberg streckt Signe ihre Hand hin, an der ein Goldring blitzt.
„Oh, wie schön!“, presst Signe hervor. Aber es hat ihr einen Stich versetzt. Sie darf nicht zeigen, dass sie sich nicht für Fräulein Åberg freuen kann.
„In einer Woche fahren wir mit dem Auswandererschiff *Orlando* von Göteborg ab. Ich wollte mich von dir verabschieden. Und dann habe ich dir die Bibel mitgebracht, die du vergessen hast.“
Fräulein Åberg wickelt die schwarze Konfirmationsbibel aus dem Papier und legt sie auf den Tisch.
„Dann bleiben Sie also nicht im Kinderheim, Fräulein Åberg?“
„Frau Jansson, Frau Jansson“, sagt Fräulein Åberg seufzend. Sie schüttelt den Kopf, dass die Locken tanzen. „Mein Mann hat eine kleine Druckerei, er hofft sie in Amerika ausbauen zu können. Sein Bruder ist schon drüben und hat uns auch schon eine Wohnung besorgt. Am meisten Sorgen mache ich mir wegen der Reise“, fährt Fräulein Åberg fort und zieht die Schultern hoch.
Signe hört zu, aber die Worte erreichen sie nicht. Sie will nicht verstehen. Fräulein Åberg erzählt ein Märchen und gleich wird sie lachen und sich ein neues ausdenken. Ihre liebste Lehrerin darf nicht verschwinden.
„Emil sagt, die Staatsbeamten haben dieses Land zerstört. Hunderttausende Schweden sind schon emigriert, denn in Amerika gibt es Arbeit für alle, die arbeiten wollen.“
Fräulein Åberg neigt sich zu Signe und fügt hinzu: „Er sagt, es ist besser für ein Land, wenn es keinen König hat.“
Signe schielt zu König Oskar und hofft, dass er es nicht gehört hat. Unbekümmert fährt Fräulein Åberg fort:
„In Amerika haben sie einen Präsidenten gehabt, der ist Holzfäller gewesen, und niemand hat ihn deswegen verachtet. Lincoln hat er geheißen.“

„Warum, Fräulein Åberg, haben Sie ... Entschuldigung." Signe kann den fremden Namen nicht in den Mund nehmen.

„Für dich bleibe ich wohl immer Fräulein Åberg."

Signe nickt steif und beendet ihre Frage:

„Eine Reise mit dem Schiff, ist die gefährlich?"

„Es ist wegen der Seekrankheit, Signe. Ich bete zu Gott, dass ich sie nicht bekomme. Und es kann auch Diebe an Bord geben. Wir haben den Rat erhalten, kein Geld in unser Gepäck zu tun und es deutlich zu kennzeichnen. Besonders vorsichtig muss man wohl sein, wenn Iren an Bord kommen. Die sollen wie die Raben stehlen."

Signe hört mit offenem Mund zu. Begibt sich mit Fräulein Åberg in das Amerikamärchen. Sieht ein grünes Land mit wogenden Hügeln, auf denen es von fröhlich arbeitenden Menschen wimmelt. Mitten unter ihnen steht Präsident Lincoln mit Zylinder und weißem Bart. Er hebt eine Axt und teilt einen riesigen Holzkloben mittendurch.

Die Hausfrau klappert mit der Feuerzange am Herd. Fräulein Åberg versteht das Zeichen und setzt ihren Hut auf.

„Ein Knecht von Tuna wird mich bald abholen."

„Müssen Sie schon gehen?", fragt Signe traurig.

Das Lachen ist aus Fräulein Åbergs Augen verschwunden. Sie senkt die Stimme.

„Da ist noch etwas anderes, Signe ..."

Der ernste Ton erschreckt Signe. Sie erhebt sich und greift wie eine Schlafwandlerin nach der leeren Tasse. Sie will nichts mehr hören. Jetzt ist es genug.

„Es geht um Alice. Ihr wart doch Freundinnen. Deswegen musst du es wissen, finde ich. Alice ist von uns fortgegangen."

Die Tasse gleitet aus Signes Hand und zerschellt auf dem Fußboden.

„Die Tasse muss sie bezahlen! Dieses faule Mädchen! Sie müssen entschuldigen, aber jetzt muss Signe Feuerholz holen, damit heute Abend ein warmes Essen auf den Tisch kommt", zischt die Hausfrau. Sie hat die Gelegenheit gesehen, endlich ihrer Magd Arbeit anzuschaffen.

„Natürlich, aber die Tasse bezahle ich."

Energisch nimmt Fräulein Åberg ihre Geldbörse aus der Handtasche. Die Hausfrau wirft Signe einen bösen Blick zu, wagt aber nicht zu widersprechen. Nimmt die Münze entgegen und neigt den Kopf vor der Dame aus der Stadt.

Signe ist erstarrt. Alice, ihre Alice ist fort. Tot? Sie kann es nicht mehr fragen, stiert immer noch auf den Fleck auf dem Dielenboden, wo eben noch Fräulein Åberg gestanden hat. Wie in einem Traum sieht sie sie durchs Fenster über den Hof dem Fuhrwerk von Tuna entgegenlaufen. Fräulein Åberg winkt mit einem Taschentuch. Aber Signe kann nicht zurückwinken, ihre Arme gehorchen ihr nicht. Sie hockt sich hin und greift nach den Scherben. Schließt ihre Hand fest darum. Ein roter Tropfen Blut quillt zwischen ihren Fingern hervor.

Billige Apfelsinen!

Der Wind zerrt an den roten Locken und der Korb hüpft an ihrem Arm, als sie sich bergan die Götgatan hinaufkämpft. Der Wind pfeift von Saltsjön, dem meerseitigen Salzsee mit der Hafenbucht, und die Menschen schieben sich an den Hauswänden entlang.

Ob sie zu Romdals am Hügel gehen soll? In Romdals Schenke sitzen Droschkenkutscher und Fuhrleute. Sie genehmigen sich eine Pause auf dem Weg die Götgatan hinauf. Ein Bier und ein Schnaps mit einem Stück Knäckebrot dazu. Sie wirft einen hastigen Blick in den Korb, in dem die beiden Apfelsinen herumrollen. Für die hat sie ihr letztes Geld ausgegeben, jetzt müssen sie ihr auch etwas einbringen.

Nach einem raschen Besuch in der dunklen Schenke ist sie wieder unterwegs. Es ist später Nachmittag und Stockholms blaue Dämmerung senkt sich über Straßen und Gassen.

„Du da mit dem Korb!", ruft ein Bierkutscher.

Er bremst seine Fuhre oben auf dem Hügel, dass die Flaschen klirren, aber das Mädchen antwortet nicht.

An der Ecke zur Högberggatan steht Lieder-Olle. Wie gewöhnlich ist er von einem Haufen Kinder umgeben, die ihn anbetteln ein Lied zu singen.

Sie überquert schnell die Straße, er darf sie nicht entdecken. Lieder-Olle ist zwar als freundliche Seele in ganz Söder, dem südlichen Teil von Stockholm, bekannt, aber er ist Polizist.

Einige kleine Jungen lösen sich aus dem Haufen um den Polizisten und laufen zur Apotheke.

„Feine Schlänglein!", grölen sie.

Ein barfüßiger Junge in einer grauen ausgefransten Jacke trägt eine Blechdose. Er lüftet den Deckel und wedelt ein paar Frauen mit einer Schlange vor der Nase herum.

„Verflixte Racker!", schimpfen sie und wenden sich ab.

Die Straßenjungen warten auf die Korbträgerin.

„Willst du die im Korb haben?", fragen sie grinsend.

Aber sie ist schnell und lässt den Korb auf den anderen Arm gleiten. Die Schlange wäre fast über den Blechdosenrand entwischt. Die Jungen kreischen erregt. Der größte von ihnen übernimmt das Kommando:

„Denk an das Geld, Klein-Oskar!"

Klein-Oskar legt den Deckel auf die Dose, und zusammen mit den anderen Jungen betritt er die Apotheke.

Die Schlange haben sie mit Astgabeln in den Tjurbergen gefangen, ein gewöhnlicher Aufenthalt für Kreuzottern, Ringelnattern und die armen Jungen von Söder. Wenn sie Glück haben, bekommen sie 40 Öre für die Schlange, denkt das Mädchen. Vielleicht sind sie welche von den Tausenden von Kindern, die allein zurechtkommen müssen, so, wie sie das auch einmal musste.

Auf der Straße ist es am sichersten, wenn man schnell geht und so auszusehen versucht, als hätte man etwas zu erledigen. Nicht antworten, wenn man angesprochen wird, nicht auf der Straße. Sie hat beschlossen, sich an die Schenken zu halten, die liegen an der Götgatan dicht an dicht.

Sie kann es nicht lassen einen Blick in die „Traube" zu werfen. Dort prangen glänzend weiß gedeckte Tische und auf dem Büffet eine versilberte Branntweinterrine. Die Stuhlsitze sind gepolstert, keine harten Holzschemel wie in den meisten Schenken an der Götgatan.

Aber sie traut sich nicht hinein. Die Herren dort drinnen sind Großhändler. Die „Traube" ist zu fein für sie.

Ein leichter Regen trommelt auf das Kopfsteinpflaster und macht es schlüpfrig. Das Mädchen verliert die Balance und hätte fast den Korb fallen lassen. Späht zum Zoll hinunter, wo das Blechschild der Schenke „Zum Anker" im Wind schwingt.

„Zum Anker" nur im Notfall, falls keiner der Bauern im „Goldenen Bett" anbeißt, beschließt sie.

Diese Schenke nahe beim Skanstull ist bekannt als die übelste Säuferhöhle der Götgatan. Dort sitzen die Schlachterknechte aus den Schlachtereien am Hammarbysjö. Die beschaffen sich durch Fuchsjagd Geld zum Saufen, locken die Füchse mit dem Schlachtabfall an. Die Knechte legen Fallen aus und verkaufen Fuchsfelle. Die wärmen im Winter die Hälse der Frauen. Aber sie möchte keinen Pelz der armen Leute haben, wie die Fuchsfelle genannt werden. Nein, eines Tages wird sie einen richtig feinen Zobelpelz besitzen.

Das Mädchen drückt die Tür zum „Goldenen Bett" auf.

„Billige Apfelsinen!", ruft sie durch den Raum.

Einige der Gesellen, Droschkenkutscher und Fuhrleute, schnalzen anzüglich. Ein großer Bauer stellt sein Bierglas mit einem Knall auf den Tisch und spuckt den Kautabak auf den mit Sägespänen bedeckten Fußboden.

„Ihre Haare haben dieselbe Farbe wie die Apfelsinen!", beantwortet er ihren Ruf.

Die junge Frau fährt herum. Ihre grünen Augen blitzen den Mann an.

„Hoppla! Sie hat wohl Feuer. Das gefällt uns Bauern von Södertörn", dröhnt er.

Das Mädchen findet sich ab. Verwandelt den Zorn in Lachen. Drängt sich zwischen den groben, gelb gestrichenen Tischen durch, deren einziger Schmuck aus Ringen von unzähligen Biergläsern besteht.

„Möchte er vielleicht mal probieren?", fragt sie einschmeichelnd.

Der Bauer zieht sie auf seinen Schoß. Die Männer rundherum lachen erregt. Treiben weiter ihre Späße über ihre Haarfarbe. Die Hand des Bauern tastet sich unter ihre Jacke. Kneift in ihre Hüften. Die Männer nennen sie Rotkäppchen, wollen unbedingt ihren richtigen Namen wissen. Aber das Mädchen gibt freche Antworten.

Der Bauer von Södertörn trinkt eilig sein Glas aus. Er nimmt sie am Arm und sie achtet darauf, dass sie ihren Apfelsinenkorb nicht verliert.

Der Bauer wechselt ein paar Worte mit dem Wirt, der an der zinkverkleideten Theke im hinteren Teil des Raumes steht. Das Mädchen zeigt auf das große Branntweinfass, das hinter der Theke aufgebockt ist.

„Gib mir einen randvollen und einen kleinen für das Apfelsinenmädchen!", sagt der Bauer und wirft eine 10-Öre-Münze auf die Theke. Der Wirt schiebt ihnen die Schnäpse zu, einen vollen und einen kleineren. Sie streckt rasch die Hand aus und kippt den Schnaps hinunter. Im Dunkel hinter der Theke öffnet der Wirt dem Paar eine Tür und schließt sie hastig hinter ihnen.

Alice stopft den Stoffbeutel in den Rockbund. Die Münzen drücken sie an der Seite, aber das dürfen sie gern.

Der Bauer von Södertörn ist großzügig gewesen. Ganze zehn Kronen liegen in dem Beutel, nachdem der Wirt sich die Hälfte genommen hat, außerdem hat sie einen Schnaps bekommen. Sie braucht ein wenig Branntwein, damit die Veranstaltung gelingt. Um die dummen Kerle glauben zu lassen, dass ihr Lachen und die verliebten Blicke echt sind.

Sie ist allein in dem engen, zugigen Zimmer auf der Stora Glasbruksgatan. Die Wände sind nackt, mit Leim bestrichen. Nur eine ist mit alten Zeitungen tapeziert. In einer Ecke steht ein qualmender Kamin. Unter der Decke hängen Rußflecken.

Das Zimmer wird der Schuhkarton genannt. Sie teilt es mit zwei Mädchen aus dem südschwedischen Småland. Sie sind alle Untermieterinnen der Witwe Svensson. Sie wohnt mit ihren kleinen Kindern und einigen Arbeitern, die sich bei ihr eingemietet haben, in der Küche. Tagsüber sind die Mädchen aus Småland bettelnd auf den

Straßen unterwegs. Sie hätten in Småland bleiben können, findet Alice. Allzu viele Landpomeranzen sind in die Stadt gekommen.

Alice ist zufrieden mit dem Schuhkarton. Es ist ihr erstes eigenes Zuhause. Sie sitzt auf einer zerlumpten Strohmatratze und tastet den Geldbeutel ab.

Genießt die Einsamkeit. Heute will sie Kleider kaufen. Neue Kleider. Die alten, von den Strümpfen, die nur noch durch die Stopfstellen zusammenhalten, bis zum Schal, sind gründlich abgenutzt. Sachen, die die Bibelfrauen als Almosen für die Kinder im Kinderheim bekommen haben. Neue, saubere Kleider werden ihre Einkünfte erhöhen.

Sie streckt sich auf der Matratze aus. Spannt ihren kleinen Körper zu einem Bogen. Lächelt über ihre Schlauheit. Etwas Dunkelgrünes will sie haben. Die Farbe passt gut zu ihren Haaren. Und der Rock soll die Hüften betonen. Feine Herren verstehen etwas von guter Kleidung, und feine Herren haben genug Geld, das sie gut gekleideten properen Mädchen spendieren können.

Sie schaut zu den Apfelsinen im Korb. Die müssen noch oft an die frische Luft, aber heute Abend erspart sie es sich. Nach Schlag elf nimmt es die Polizei besonders genau mit einsamen Frauen. Nach dieser Uhrzeit dürfen sich die Registrierten gar nicht mehr draußen zeigen. Zu denen gehört sie nicht. Doch wird sie erwischt, ist sie gezwungen, sich an die Regeln zu halten, die die Behörde für Prostituierte festgesetzt hat. Alice schleudert die Stiefel von ihren Füßen. Von Regeln hat sie im Kinderheim genug bekommen. Sie muss vorsichtig sein, sich an zuverlässige Wirte halten, solche, die nicht mit der Polizei zusammenarbeiten. Hunderte von Frauen in Stockholm leben davon, dass sie ihre Körper verkaufen. Sie sind bei der Prostituiertenbehörde registriert und müssen zweimal in der Woche beim Amtsarzt erscheinen und sich untersuchen lassen.

In dem widerlichen Kurhaus will sie nicht landen. Hat man sich angesteckt, kann man eingelocht werden. Das hat sie von erfahrenen Mädchen gehört. Nein, sie lässt sich nicht registrieren. Sie will ihr Gewerbe wie so viele andere verschwiegen betreiben. Draußen anständig gekleidet erscheinen. Den Herren nicht nachrufen. Keine Bordelle betreten. Viele Mädchen halten sich so über Wasser wie sie, ohne das Wissen der Polizei. Apfelsinenmädchen und Seifenverkäuferinnen gehören schon zum alltäglichen Bild in Schenken und an Straßenecken.

Alice nimmt eine Apfelsine in die Hand, kontrolliert, dass sie noch nicht verfault ist. Der würzige Duft sticht ihr in die Nase. Die Apfelsinen sind für etwas anderes nötig, als für eine Weile den Hunger zu stillen. Sie verleihen ihr die Rolle als Straßenverkäuferin und sind die Eintrittskarte in die Schenken. Die Apfelsinen wechseln selten ihren Besitzer. Sie sind ihr Schutz.

Die Matratze ist feucht. Sie bibbert, obwohl sie schon alle Kleider trägt, die sie hat. Ein Schluck Schnaps wäre jetzt gut. Er würde im Hals brennen und in den Magen laufen, den Körper wärmen wie eine Schmusekatze. Den einen oder anderen Schluck hat sie genommen. Aber eine Säuferin wie ihre Mutter, Hut-Klara, will sie nicht werden.

Hut-Klara trägt immer einen großen Hut mit getrockneten Blumen. Alice hat von den anderen Straßenmädchen gehört, dass ihre Mutter im Zuchthaus sitzt.

Ein Schutzmann, der in der Nähe von Slussen, der Schleuse unten beim Hafen, patroullierte, hatte einen Mordslärm von einer Mietdroschke gehört. Das Pferd mit Wagen stand an einer Straßenecke, ein Kutscher war nicht zu sehen. Deshalb schlich sich der Schutzmann an und riss die Tür auf.

Drinnen zankte sich Hut-Klara mit einem Fuhrknecht. Der Knecht hatte ihr einen Schuh an den Kopf geknallt und ihren Hut zerknautscht. Aber Hut-Klara wusste sich zu wehren. Sie hatte ihm eins übers Auge gegeben wie der übelste Hafenschläger.

Der Fuhrknecht hatte seine Arbeit verloren und Hut-Klara wurde wegen Hurerei verurteilt. Der Wagen war nicht nur Hut-Klaras Heim, sie hatte den Knecht damit durch die Straßen kutschieren lassen und Kunden hereingelockt. Während sie die Kunden bediente, musste der Fuhrknecht ruhig in den Parkanlangen auf Djurgården und in anderen menschenleeren Straßen herumfahren. „Porzellan fahren“, nannte man das. Aber Hut-Klara ist nicht gerade aus zartem Material, denkt Alice verächtlich.

Sie denkt an die eingesperrte Frau als Hut-Klara. Eine richtige Mutter hat sie nie gehabt. Hut-Klara hat sie als Siebzehnjährige in einem elenden Loch, nicht größer als ein Schuhkarton, geboren. Unter Huren und Säufern hat Alice ihre ersten Lebensjahre verbracht. Als sie drei Jahre alt war, wurde sie von der Polizei beim Betteln geschnappt und zu den Bibelfrauen gebracht. Eine Freundin von Hut-Klara gab an, die Mutter habe sich auf Wanderschaft begeben, um ihren Beruf in der Gegend von Uppsala auszuüben, und ihr Kind zurückgelassen.

„Uneheliches Kind der Herumtreiberin Klara Johansson", schrieb Fräulein Qvennerstedt in ihr Journal.

Alice grinst zufrieden. Für ihren Teil hat die Choralsingerei ein Ende und auch das Scheuern von stickigen Holzfußböden auf Knien. Kein Schimpfen und Meckern mehr, wie faul und unbeherrscht sie ist.

„Niemand kann sich so verstellen wie Alice, sie ist ein richtiges Theateräffchen", pflegte die Qvennerstedtsche zu sagen. Sie beherrscht wahrhaftig die Kunst, den Männern den Kopf zu verdrehen. Neckt sie, das reizt die Männer. Lacht über ihre Scherze, tritt fröhlich und keck auf. Bringt ihre schmale Taille zur Geltung und zwinkert mit den grünen Augen.

Sie atmet den Duft nach dem frisch gebackenen Brot ein, das sie auf dem Heimweg gekauft hat, um ihren Erfolg zu feiern. Beißt ein Stück ab. Frisches Weißbrot, das darf man sich heute gönnen. Genießt. Wenn die alte Qvennerstedt sehen könnte, wie sie Gottes Brot isst, das sie für Hurengeld gekauft hat, würden ihr die Augen aus dem Kopf fallen. Aber die alte Schachtel hat nicht mehr über sie zu bestimmen. Magd wird sie nie werden. Sie soll kein Witwer gratis betatschen dürfen. Wenn die Kerle tatschen wollen, müssen sie bezahlen. Und niemand soll je wieder über sie bestimmen, das gelobt sie sich.

Signes weiches Gesicht tritt in der Abenddunkelheit hervor. Signe, die sich angestrengt hat, die immer ihr Bestes tut. Wie dumm von ihr. Rackert sich jetzt vermutlich das Leben aus dem Leib beim Kleinbauern auf Värmdö. Signe und sie sind beste Freundinnen gewesen. Aber sie, Alice, ist die Stärkere. Hat Rat für sie beide gewusst, wenn das Regiment der Qvennerstedtschen zu hart wurde. Signe hat sie gebraucht.

Alice schüttelt ihre Locken. Nein, es ist am besten, man sorgt für sich selbst und hängt sich an niemanden.

Du hast ja Hunger, Kleine!

Das entfernte Hufeklappern treibt Signe in den Graben. Am Wegrand wachsen ein paar dichte Espen, und Signe wirft sich dahinter, kauert sich hin. Lauscht. Ja, die Pferde kommen näher. Die Angst vor der Dunkelheit klumpt sich in ihrer Magengrube. Aber immer noch kann sie die Umrisse der Baumwipfel in der Frühlingsnacht erkennen. Die Angst vor der Dunkelheit darf jetzt nicht Oberhand gewinnen, sie muss es aushalten.

Die Innenseiten ihrer Schenkel sind klebrig und sie streicht mit der Hand darüber. Es ist zu dunkel, um etwas zu erkennen. Strenger Blutgeruch sticht ihr in die Nase, gemischt mit etwas Säuerlichem. Die Grimasse des Bauern taucht wieder vor ihr auf. Seine Hände, die sie festhalten.

„Die schöne Signe braucht keine Angst zu haben", keuchte er, während Baumwurzeln und Tannennadeln sie am Rücken kratzten, wie eine Eisenstange der Schmerz in ihr. Und das Säuerliche, Klebrige, das immer noch ihre Haut verschmiert. Sie hatte nicht gewagt sich zu rühren, als der Bauer sich über sie hermachte. Er hatte ihr nicht einmal den Mund zugehalten, war sicher gewesen, dass sie sich nicht trauen würde zu schreien. Jetzt kann sie die Übelkeit nicht mehr zurückhalten. Sie übergibt sich, ein Glück, dass sie schon am Boden liegt, so sind ihre Kleider geschützt.

Er hatte sich angeschlichen, als sie Birkenreisig auf einer Waldlichtung sammelte. Hatte sie mit einem Handgriff umgeworfen. Zuerst hatte sie geglaubt, er wolle mir ihr scherzen, wie er mit den kleinen Mädchen scherzte. Lachte, wenn sie durch das alte Laub vom letzten

Jahr rollten. Sie mochte den Bauern ja. Aber sein roher Griff lehrte sie etwas anderes.

Nach ein paar Minuten ist die Übelkeit vorbei und ihr Körper fühlt sich leichter. Wie eine Tochter sein, hatte er gesagt. Zorn, Verwunderung und Ekel mischen sich in ihr, werden zu Entsetzen. Niemals mehr im Leben will sie Einar Karlsson wiedersehen.

Wind raschelt in den Büschen und Zweigen, in ihr singt die Stimme der alten Kata:

„Die Espe ruft, sucht, sucht,
die Linde flüstert, ruh dich aus …"

Wann darf sie sich ausruhen? Ihr scheint, die Reiter sind näher gekommen. Männer zu Pferde, die die Jagd nach dem verschwundenen Mädchen aufgenommen haben. Der Hausherr, der Gutsherr, die Polizei? Leise wie eine Maus drückt sie sich auf die Erde und klammert sich am Vorjahrsgras fest.

Hinter der Mühle von Danvikstull fällt der erste Sonnenstrahl auf eine Lichtung. Signe läuft hin, aber die Morgensonne wärmt noch nicht. Sie klappert mit den Zähnen und reibt ihre Arme, dass die Wolljacke über die Gänsehaut kratzt. Kein Mensch ist zu sehen. Auch keine Wohnhäuser, nur ein paar windschiefe Schuppen bei der Mühle. Sie muss sich ausruhen trotz der Morgenkühle. Streckt sich im Gras aus. Hunger nagt in ihrem Magen. Trotzdem ist sie wenigstens ein bisschen zufrieden. Sie hat Danviken erreicht, den Stadtrand, nachdem sie Tage und Nächte gewandert ist. Endlich kann sie für einen kurzen Augenblick die Augen schließen.

Die Feuchtigkeit der Erde dringt durch ihre Kleider, aber sie achtet nicht darauf, streckt die Beine aus. Hinter ihren Augenlidern flimmert es schwarz und rot. In ihrem Kopf hämmert es: angekommen in Stockholm, angekommen in der Stadt.

Die Stadt kennt sie wie ihre eigene Schürzentasche. Jedenfalls den südlichen Stadtteil Söder. Bald muss sie etwas zu essen auftreiben, aber zuerst muss sie Arme und Beine ausruhen.

Ein Wiehern und ein dumpfes Geräusch schrecken sie auf. Sie robbt ein Stück vorwärts auf dem Bauch, kann aber keinen Reiter entdecken. Da wieder dies Geräusch wie gegen eine Holzwand. In den Schuppen scheinen Pferde untergebracht zu sein. Das Morgenlicht, das durch die Ritzen hereinsickert, hat die Pferde geweckt. Sie muss hier weg! Bald kommt der erste Kutscher und spannt sein Pferd vor den Wagen. Signe friert noch mehr und sie braucht etwas zu essen. Sie tastet in ihrer Schürzentasche und findet ein Stück Wurzel vom Tüpfelfarn. Gierig kaut sie auf dem süßlichen Sehnigen. Während ihrer Wanderung haben Wurzeln und Tannenharz sie am Leben erhalten. Sie hat kein Geld und nichts zu verkaufen.

Signe hockt sich hin, um ihr Wasser zu lassen, denn Wasser hat sie getrunken. Regenwasser, Tümpelwasser, mit aller Arten Wasser hat sie ihren Magen gefüllt, um die schlimmste Hungerpein zu bannen.

An einem Südhang schwanken im hellen Frühlingsgras Knospen. Signe stößt einen kleinen Freudenschrei aus. Endlich hat Gott ihre Lage erkannt! Mit zitternden Händen pflückt sie alle aufgeblühten Maiglöckchen. Die wird sie verkaufen und sich für das Geld Brot kaufen. Richtiges Brot. „Nein, noch nicht an Brot denken", murmelt sie wie einen Choral vor sich hin. Es wird noch furchtbar lange dauern, ehe sie eine der Schenken erreicht, wo die Blumenmädchen ihre Sträuße anbieten. Jetzt kommt es darauf an, dafür zu sorgen, dass sich die Maiglöckchen halten. Sie bindet den Strauß mit einem Grashalm zusammen und wickelt die Stängel in feuchte Blätter vom Wegerich ein.

Die Hand mit dem Blumenstrauß fängt an zu schwitzen. Sie beißt sich in die Unterlippe. Möchte jemand unaufgeblühte, duftlose Maiglöckchen kaufen? Aber sie sind ihre einzige Möglichkeit an Brot zu kommen. Weiches, duftendes Brot. Sie kann sich den Brotgeruch nicht einmal mehr vorstellen, es scheint Ewigkeiten her zu sein, seit sie zuletzt vom Roggenbrot der alten Kata gegessen hat.

Die Menschen sind erwacht und unterwegs zu ihren Arbeitsstellen. Zigarrenmacherinnen, Handelsgehilfen und Schlachterknechte zu Fuß. Viele haben einen weiten Weg und müssen in aller Herrgottsfrühe aufstehen, um andere Stadtteile rechtzeitig zu erreichen. Denn arme Leute können es sich nicht leisten, jeden Morgen eine Pferdedroschke zu nehmen.

Signe traut sich nicht, Söder auf einer der größeren Straßen zu durchqueren. In der Nähe der Zollstation hat die Polizei vielleicht besonders ein Auge auf Entflohene. Sie schleicht Barnängen hinunter und geht am Hammarbysjö entlang. Begegnet einer Schar Mädchen aus Dalarna, der ländlichen Gegend nordwestlich von Stockholm, die auf dem Weg zu den Webstühlen der Weberei Gavelius sind. Die hübschen Trachten der Mädchen lassen Signe sich wie eine armselige dreckige Ratte fühlen.

Der Wind trägt einen scharfen Geruch über den See. Auf einem Steg stehen ein paar Jungen und angeln. In der Sonne liegt ein Haufen glänzender Fische.

„Möchtest du eine große Plötze kaufen?“, schreit einer der Jungen. Er kommt mit einem zappelnden Fisch in der Faust auf sie zugelaufen.

Signe schüttelt den Kopf. Selbst wenn sie Geld hätte, würde sie lieber hungern, als in die stinkenden Plötzen aus dem Hammarbysjö zu beißen. Es heißt, die Plötzen werden so groß, weil das Kloakenwasser von den Vororten direkt in den See fließt.

„Gib's den Katzen“, antwortet sie.

Der Junge knallt den Fisch in eine Pfütze, sodass Wasser bis auf Signes Rock spritzt. „Die Lumpenziege bildet sich wohl ein, sie ist ein feines Fräulein!“, grölt er, füllt die Lungen erneut und grölt weiter: „Hast du heute Nacht nicht genug verdient, dass du dir eine Plötze leisten kannst?“

Signe geht schneller, hat keine Kraft, dem Jungen zu antworten. Seine Kumpane haben sich zu ihm gesellt.

„Lumpenziege, Säuferliese!“, brüllt der kleine Schreihals und seine Kameraden fallen ein: „Lumpenliese, Hurenziege!“ Sie zeigen mit den Fingern auf sie und laufen ihr ein Stück nach. Sie schaudert. Die Wörter hämmern hinter ihrer Stirn und sie streicht sich mit der Hand über die Haare. Sieht sie so entsetzlich aus? Aber der Zopf hält immer noch zusammen, und wie „so eine“ kann sie doch wohl nicht aussehen.

„Guter Gott im Himmel“, flüstert sie vor sich hin.

Die Möwen haben die Plötze entdeckt und tauchen kreischend im Sturzflug nach ihr. Die Jungen stürzen hin, um ihren Fang zu verteidigen.

Signe versucht Atem zu schöpfen, geht langsamer. Aber sie muss zu den Schenken beim Skanstull. Damit sie Geld für die Blumen bekommt.

Das Tor zum „Goldenen Bett" steht offen, und eine kleine Menschenmenge, meistens Frauen, hat sich davor versammelt. Eine kräftige Männerstimme klingt über den Platz. Signe stellt sich neben eine alte Frau, die einen Korb mit Reisigbesen auf dem Arm trägt. Der Sänger zieht die Töne in die Länge. Seine Stimme vibriert, ist aber sicher und kräftig.

Signe seufzt so laut, dass die Alte mit den Besen ihr auf den Arm klopft. „Du brauchst wegen der ‚Schönen Rose' nicht zu seufzen, davon hast du nichts. Er lebt endlich in geregelten Verhältnissen mit einer ordentlichen Frau."

Die freundliche Stimme wirkt entspannend auf Signe. Tränen brennen in ihren Augen. Sie versucht wegzugucken.

„Du hast ja Hunger, Kleine."

Die Alte gräbt unter den Reisigbesen und holt einen halben Brotlaib hervor, den sie Signe in die Hand drückt. Da kommt Signe zu sich und macht einen tiefen Knicks.

„Gott segne Sie."

Die Alte blinzelt verschmitzt und sagt schmunzelnd: „Hunger kennt unsereins wahrhaftig."

Signe beißt in das Brot, stopft sich den Mund voll. Es ist zäh und sie muss lange kauen. Bald widerstrebt es ihr, der Magen scheint voll zu sein.

„Wenn du ausgehungert bist, reicht nur wenig. Steck dir den Rest in die Tasche!", ermahnt sie die Alte. Signe gehorcht automatisch. „Und mach dir keine Hoffnungen auf den großen Sänger!"

Die Alte hat gesagt, was sie zu sagen hatte, und trabt davon in Richtung Marktplatz.

Von der „Schönen Rose" hat Signe schon gehört. Er tritt in einem richtigen Theater auf und es geht das Gerücht, dass er ein Frauenliebhaber ist. Zwei junge Schwestern, heißt es, haben sich aus unglücklicher Liebe zu ihm ertränkt.

Signe seufzt. Sich wegen eines Mannes zu ertränken! Frauen können ganz schön dumm sein. Nein, glückliche Liebe gibt es nicht. Aber ein freundliches Wort erwärmt das Herz. Niemand außer Fräulein Åberg hat so freundlich mit ihr gesprochen wie eben die Alte. Und das scheint schon Ewigkeiten her zu sein.

Signe späht die lange Straße hinunter, aber der graue Schal der alten Frau ist verschwunden. Der Sänger ist verstummt und die Menschenansammlung löst sich auf. Frauen mit kleinen Kindern auf den Armen machen sich auf den Weg zum täglichen Einkauf. Und wer keine Münzen hat, um sich etwas dafür zu kaufen, bettelt vor den Schenken des Säuferhügels. Signe steht wie festgewachsen da. Weiß nicht, was sie machen soll. Die Maiglöckchen kleben in ihrer Hand, ihre Knospen hängen schlaff herunter. Niemand will sie jetzt mehr haben, aber wegwerfen kann sie sie auch nicht.

Einige Bierfahrer sind auf dem Weg in die Schenke und werfen ihr anzügliche Blicke zu.

„Möchte das Fräulein ein bisschen Spaß haben?“, fragt einer und versetzt ihr einen Stoß in die Seite.

Wie ein Pferd, dessen Kutscher an den Zügeln geruckt hat, stürmt sie davon in Richtung Norden. Sie muss weg vom Säuferhügel, weg von den Lotterkerlen. Bis zur Katharinakirche kann sie gehen, dort nach Alices Grab suchen und die Blumen darauf legen. Wenn Alice denn bei ihrer Konfirmationskirche begraben liegt? Fräulein Åberg ist gar nicht dazu gekommen zu erzählen, wo Alice ruht.

Gedanken wirbeln ihr durch den Kopf: Alice, die Polizei, dazu die Stadt mit ihren vertrauten Geräuschen, Hufgeklapper, Menschenstimmen. Irgendwo in diesem Gewimmel ist ihr Vater. Aber ihm will sie am allerwenigsten begegnen in ihrem miserablen Zustand.

Die Glocken der Katharinakirche schlagen. Unter einem der großen Laubbäume, die ihre knorrigen Äste in den Abendhimmel strecken, schaut ein Paar abgetretener Stiefel hervor.

„Wir teilen zu gleichen Teilen, aber das Stück Wurst gehört mir!"

„Dann teilen wir ja gar nicht, Anna!"

Die beiden Stimmen tönen über den Friedhof.

„Aber ich kriege immer mehr zusammen als du. Guck in mein Bündel!"

„Das ist nicht gerecht. Wir wollten doch zu gleichen Teilen teilen, das hast du selbst gesagt."

Die Stimmen sind wie aus einem Traum, sie gehen sie nichts an. Die Glockenschläge nehmen sie mit sich.

Ein durchdringender Schmerz am Fußknöchel holt sie in die Wirklichkeit zurück. Sie wimmert, jemand tritt sie gegen den anderen Zeh.

„Sie bewegt sich!"

„Herr im Himmel, hier kann sie nicht liegen bleiben."

Wieder schweben die Stimmen über ihr.

„Hilf mal, Beda, wir müssen das Mädchen auf die Beine stellen!"

Hände packen ihren Körper, schleifen ihn, lehnen ihn gegen den Baumstamm. Sie lässt es geschehen.

„Kneif sie! Kneif!"

Eifrige, warme Finger zwicken in ihre Wangen. Sie blinzelt durch die Augenwimpern, kann aber nichts deutlich erkennen. Sie sind ganz nah über ihrem Körper. Klopfen ihr den Rücken, kneten ihre Schultern und Arme. Vielleicht will die Qvennerstedtsche etwas von ihr? Oder ist es Alice … Erst als jemand versucht ihr die Nase umzudrehen, schreit sie laut. Da hört die unsanfte Behandlung auf.

Erschrocken starrt Signe auf zwei Mädchen in ihrem Alter. Beide haben lange braune Zöpfe, die ihnen über die Brust hängen. Das eine Mädchen greift nach einem Bündel und starrt sie an, als hätte es einen Geist gesehen.

„Geh nach Hause, sonst wirst du von einem Totengräber vergraben", sagt sie langsam.

„Wir haben gedacht, du bist tot", sagt das andere Mädchen.

Ihre Stimmen klingen verärgert. Sie sprechen einen Dialekt, den Signe kennt.

„Was hab ich denn getan? Wo bin ich?", stammelt sie.

Arme und Beine sind steif und schmerzen.

„Auf dem Friedhof", antworten die Mädchen im Chor.
Glotzen sie an, als ob sie verrückt wäre.
Wieso ist sie auf dem Friedhof? Ist sie tot gewesen und wieder zum Leben erwacht?
Signe beißt sich auf die Fingerknöchel. Aus dem Magen steigt ihr dicker Schleim in den Hals. Sie fällt über eine Baumwurzel und lässt das Eklige hervorquellen. Tränen und Rotz mischen sich unter lautem Schluchzen.
Es hat angefangen zu regnen. Die Tropfen fallen klatschend auf die Grabsteine.
„Wir müssen sie mit in den Schuhkarton nehmen", sagt das Mädchen mit dem Bündel leise, „bis sie sich beruhigt hat."

Die Hände klammern sich um den Becher mit dem warmen Brei. Signes steife Finger tauen auf, der körnige Brei sickert die Kehle hinunter und legt sich wie Watte um ihre Magenwände. Sie nimmt kleine Schlucke, möchte, dass die Leben spendende Nahrung lange reicht.
In einer Ecke steht ein eiserner Kamin. Die Luke ist halb offen. Signe würde viel für ein knisterndes Feuer geben. Aber die Mädchen können sich wahrscheinlich kein Feuerholz leisten. Trotz des Breis schaudert sie vor Kälte. Sie kneift sich in die Haut, aber die Kälte sitzt tief im Körper wie das Eis im Frühling an einem Nordhang. Wortkarg hat sie von ihrer Flucht in die Stadt erzählt, aber nicht, was der widerliche Hausherr getan hat. Er hat mich sehr geschlagen, hat sie nur gesagt. Die Mädchen haben genickt und gemurmelt, dass es bei ihnen zu Hause genauso war.
Anna und Beda haben das Bündel geöffnet und das Tuch wie eine Decke auf dem aufgerauten Holzfußboden ausgebreitet.
„Eine Krone und fünfundsiebzieg Öre", zählt Anna.
Sie ist die ältere der beiden Schwestern. Man könnte sie fast für Zwillinge halten, denkt Signe. Sie sitzt zusammengekauert auf einer Strohmatratze in dem engen Zimmer. Ein Jahr trennt sie. Anna, die Kräftigere, ist die Redegewandtere. Sie bestimmt, was zu tun ist, und macht es. Beda, die ein wenig weinerlich wirkt, fügt sich den Beschlüssen der Schwester.

„Wie schön ihr es hier habt“, sagt Signe.

„Na, endlich wirkt der Brei“, sagt Anna lächelnd.

Auch über Bedas spitznasiges Gesicht breitet sich ein Lächeln.

Anna fährt fort: „Es ist wahrhaftig himmlisch in unserem Schuhkarton. Als wir nach Stockholm kamen, haben wir erst in einer Reisighütte im Stadtwald gewohnt.“

„Wir haben sie selbst gebaut. Aber es gibt so teuflische Menschen, die …“, unterbricht Beda sie.

„Nimm seinen Namen nicht in den Mund! Wenn Mutter dich hören könnte!“, weist Anna sie zurecht.

Beda wirft ihr einen giftigen Blick zu.

„Viele sind aus Småland gekommen wie wir. Auch aus Dalarna und von andernorts, viele Kinder haben sie mitgebracht.“

Anna redet weiter. Sie spricht das R kratzig aus und erzählt sehr langsam, damit Signe Zeit hat, sich das Durcheinander im Stadtwald vorzustellen.

„Manche hatten Zeltplanen dabei und haben sich daraus ein Dach gebaut. Oder haben Reisig im Wald gesammelt wie wir.“

„Wie man eine Höhle baut, haben wir von unserem Bruder gelernt. Wald gibt es genug in Småland. Ich sehne mich danach.“

„Ihr habt wenigstens ein eigenes Zimmer“, sagt Signe seufzend. Sie glättet die Fransen eines dunkelgrünen Schals, der über die schmuddelige Matratze gebreitet ist.

„Eigen, wie man's nimmt“, sagt Beda.

Es poltert gegen die Wand und die drei erstarren. Anna legt den Finger an die Lippen.

„Das ist einer der Persson-Brüder. Er wohnt bei der Witwe in der Küche. Er muss früh aufstehen“, flüstert sie und erklärt flüsternd weiter, dass sie zu dritt hier wohnen. „Jedenfalls bis gestern. Sonst hätten wir uns wohl nicht getraut dich mit hierher mitzunehmen.“

Signe schaut von der einen Schwester zur anderen.

„Na ja, das Apfelsinenmädchen war ziemlich launisch und leicht aufbrausend. Jetzt hat sie anscheinend einen richtig feinen Herrn am Angelhaken. Und da ist ihr der Schuhkarton nicht mehr gut genug.“

Anna nickt altklug und legt sich einen grauen Schal um die Schultern. Signe schaudert. Die Mädchen aus Småland, die so vernünftig wirken, haben ihr Zimmer mit „so einer“ geteilt. Einem Apfelsinenmädchen. Und Vaters Gesicht taucht vor ihr auf, sein eindringlicher Blick hält sie fest.

„Wir waren arm in Småland und wollten uns Arbeit in Stockholm suchen. Im Sommer haben wir eine Zeit lang Flaschen in der Brauerei gespült“, erzählt die ältere Schwester.

„Und arm wie Kirchenmäuse sind wir hier auch“, kläfft Beda. Sie setzt sich neben Signe und fährt fort: „Aber was sollen arme Schlucker wie wir machen, wenn es für jede freie Stelle zwanzig Mädchen gibt? Wir leben von Almosen, betteln. Und wir haben unsere sicheren Stellen …“ Sie schiebt ihre schmale Unterlippe vor und schielt zu Signe.

„Ja du, und die behalten wir für uns“, weist Anna sie rasch zurecht.

„Könnt ihr denn vom Betteln leben?“, fragt Signe.

„Bis jetzt hat es fürs Essen gereicht. Aber wir haben kein Geld für die nächste Miete", antwortet Anna.

Die Schwestern schauen sie voller Hoffnung an.

„Du kannst bei uns einziehen, jetzt, wo das Apfelsinenmädchen ausgezogen ist“, sagt Anna.

„Wenn du ihren Anteil zahlst“, schlägt Beda vor.

Signe schüttelt den Kopf. An diese wunderbare Lösung wagt sie nicht zu denken. Eine Wohnung und gleichzeitig neue Freundinnen! Nein, das Glück segelt genauso schnell auf die Erde wie gefrorenes Herbstlaub.

„Ihr seid so nett …“, presst sie hervor.

„Jetzt heul nicht wieder!“, unterbricht Anna sie und fügt hinzu: „Heute Nacht kannst du auf der Matratze vom Apfelsinenmädchen schlafen. Morgen müssen wir uns ein Mädchen suchen, das zahlen kann.“

„Immer dieses Elend mit dem Geld“, jammert Beda und versucht damit die Härte der Schwester abzumildern.

Anna nickt zum Lager des Apfelsinenmädchens.

„Aber wie arm ich auch bin, nie würde ich etwas Unanständiges tun.“

„Sie sagen, fürs erste Mal kriegt man bis zu fünfzig Kronen. Wenn man es einmal macht und dann nie mehr.“

Bedas piepsige Stimme prallt von den Wänden ab. Im Schuhkarton wird es totenstill. Ihr Hinweis hat vermutlich bei allen dreien denselben Gedanken geweckt: den Traum der Armen von plötzlichem Reichtum. Für einige Sekunden spürt jede den Fünfzigkronenschein zwischen ihre Finger gleiten.

„Fort mit dir, Satan, für fünfzig Kronen, niemals!“

Anna kommt als Erste wieder zur Vernunft.

„Die sind eines Tages auch ausgegeben. Und man kann schwanger werden ...“ Die Worte sind Signe so herausgerutscht. Wieder bohrt sich der Stahlblick ihres Vaters in sie.

Alle drei im Schuhkarton schaudern.

„Ich würde es umbringen.“

Beda knallt ihre Absätze auf den Fußboden. „Meine eigene Schwester ist gottlos. Und wie würdest du es machen?“

In Annas Stimme ist Hohn.

„Es mit einem Kissen ersticken. So hat Perssons Magd es zu Hause gemacht.“

„Das kannst du doch gar nicht wissen“, antwortet die Schwester.

„Das ganze Kirchspiel von Tveda hat gesehen, dass sie aufgegangen war wie ein Hefeteig. Sie hat den Bauch unter ihrer Schürze zu verstecken versucht. Plötzlich war sie wieder wie immer, aber ein Kind war nicht da.“

„Es ist eine Schande, arm zu sein, und eine noch größere Schande, ein uneheliches Kind zu bekommen. So ein Balg wird nicht getauft und bekommt nicht Gottes Segen. Wenn es stimmt, was du sagst, könnte Perssons Magd mehrere Jahre Zwangsarbeit bekommen.“

„Aber der Vater des Kindes?“ Signe richtet sich auf.

„Begreifst du es nicht? Das Kind ist natürlich von Persson. Der Hausherr versucht die Mägde umzulegen, das weiß jedes arme Mädchen. Du bist doch auch vor deinem Hausherrn geflohen“, antwortet Beda höhnisch.

Signe hebt die Stimme. „Nicht deswegen!“

Ihr Hals wird heiß und die Röte breitet sich bis zu den Ohrläppchen aus. Sie hofft, dass die Mädchen es in der Abenddunkelheit nicht sehen. An die wirkliche Ursache für ihre Flucht will sie nicht erinnert werden.

„Du meinst, dass, wenn Perssons Magd vier Jahre lang Säcke im Zentralgefängnis nähen darf, dann sollte der Kerl auch bestraft werden?“, sagt Anna altklug.

Signe nickt stumm. Das, woran sie nicht denken will, ist in ihr. Der Verrat des Hausherrn brennt wie glühende Kohle in ihr, darf aber nicht auflodern. Sie muss sich beruhigen, darf das Hässliche, Schmutzige, das ihr widerfahren ist, nicht entlarven.

„Wir unterhalten uns oft mit den Straßenmädchen bei Slussen auf dem Weg zu unserem ...“ Ein wütender Blick der Schwester lässt Beda verstummen. Sie drückt die Hand gegen den Mund, findet aber schnell ihren Faden wieder: „Viele haben ihre Ungeborenen weggemacht und deswegen im Gefängnis gesessen. Aber ich hab noch nie gehört, dass ein Mann bestraft worden ist. Mehrere Mädchen waren sogar verlobt, als das Kind gezeugt wurde.“

Anna sieht die Schwester ernst an. „Der Herr prüft uns, aber wir müssen der Sünde widerstehen und ...“

„Uns prüft er, aber prüft er die Männer?“, unterbricht Beda heftig.

„Sch, was redest du da!“, sagt Anna gähnend.

„Aber ein armes Mädchen kann kein Kind aufziehen“, sagt Signe nachdenklich.

Sie fühlt, dass Beda Recht hat, kann aber ihren Zorn nicht teilen. Stattdessen wird sie von starker Unruhe ergriffen. Ein Kind umbringen. Würde sie das können? Aber sie kann das Kind auch nicht verhüten. Und wenn sie entdeckt wird, warten Scham und Strafe.

„Was sollte man denn machen?“, fragt sie laut. Sich selbst umbringen, antwortet sie sich im selben Atemzug.

„Es ist besser, das Kind wegzumachen, bevor es geboren wird, aber es ist gefährlich“, sagt Beda rasch.

Beda und Signe schauen in Annas Richtung. Erwarten von ihr ein Wort Gottes. Aber Anna, die auf der gemeinsamen Matratze der Schwestern liegt, sind die Augen zugefallen und der eine Holzschuh schwankt an einem Zeh.

Beda senkt die Stimme zu einem Flüstern:

„Man kann dabei sterben."

„Und wie macht man das Kind weg?"

Beda seufzt überlegen, lehnt sich vor zu Signe.

„Du hast doch schon mal ein gewöhnliches Bündel Phosphorzündhölzer gesehen?"

Signe nickt.

„Das Gelbe außen dran, womit man Feuer anzündet, das schabt man ab und mischt es mit Milch. Wenn du das trinkst, stirbt das Kind in deinem Bauch."

Beda kneift ihre Pfefferkornaugen zusammen.

„Aber wenn man zu viel davon trinkt, stirbt man selber. Das hab ich von jemandem gehört, der's weiß. Mehr sag ich nicht."

Die Flammen verschlingen das Gras zu ihren Füßen, sie lodern hoch auf und werden immer gelber und strecken sich wie Arme nach ihr aus. Sie will sich beiseite werfen, steht jedoch wie gelähmt da, muss zusehen, wie das Feuer das sprießende Grün vernichtet. Hinter den Flammen zeichnet sich eine Gestalt ab. Ein Mann, aber sein Gesicht ist nicht zu erkennen. Er zerbricht etwas und füttert das Feuer. Es knistert laut und lodert noch höher auf. Sie will schreien, er soll aufhören. Die Lippen bewegen sich, aber kein Wort kommt heraus. Da sieht sie, dass er meterlange Phosphorzündhölzer zerbricht. Das Phosphor verleiht dem Feuer den gelben Schein. Das Gelbe brennt in den Augen.

Signe erwacht und wird von einem kräftigen Sonnenstrahl geblendet, der durch das nackte hohe Fenster hereinfällt.

„Ja du, wenn man keine Arbeit hat, kann man wenigstens schlafen", sagt eine altkluge Stimme.

Anna ist gerade aufgestanden. Sie steht mitten im Licht und flicht ihr derbes Haar.

„Es ist schon später Vormittag."

Signe springt auf. Versucht Rock und Schürze mit den Händen zu glätten. Sie ist angekleidet eingeschlafen, nicht einmal die Stiefel hat sie gestern Abend ausgezogen.

„Ich will euch nicht mehr zur Last fallen, vielen Dank …"

„Der Dank hat noch Zeit, erst müssen wir mal einen Schluck Kaffee haben, bevor wir gehen", sagt Anna.

„Wenn ihr welchen habt."

Da sprach der Magen durch den Mund, denkt sie. Möchte den Schwestern nicht mehr zur Last fallen, nicht in ihrer Schuld stehen. Aber woher soll sie ohne etwas im Magen die Kraft nehmen, in die Stadt zu gehen?

Beda schleicht zur Tür herein. Triumphierend schwenkt sie ein Stück Planke und ein herausgerissenes Zeitungsblatt. Die Schwester reißt ihr das Feuerungsmaterial aus der Hand und schiebt das Papier in den Kamin, arbeitet mit Stahl und Feuerstein, bis sich der alte Stofffetzen, der um ein Hölzchen gewickelt ist, entzündet.

„Vater wusste, was er tat, als er uns den alten Feuerstein mitgab. Auf Feuer mussten wir wenigstens nie verzichten", murmelt sie.

Signe reibt sich die Augen. In ihrem Kopf sitzt noch der Traum vom gelben Phosphorfeuer.

„Woher hast du das Brennmaterial bekommen?", fragt sie.

Beda wirft Anna einen schnellen Blick zu, um sich Erlaubnis für die Antwort zu holen, aber Anna ist mit dem Feuermachen beschäftigt.

„Vom Klosett oben auf dem Speicher. Die Planken sitzen lose und die Witwe legt Zeitungspapier hin. Sie weiß nicht, dass wir es verbrennen." Beda grinst und sieht stolz aus.

Es ist der dünnste Kaffee, den Signe je getrunken hat, eher braun gefärbtes Wasser, aber es wärmt.

Signe und die Mädchen aus Småland gehen hinaus ins Treppenhaus, hinter ihnen fällt die abblätternde Holztür ins Schloss.

„Du kannst uns gern besuchen kommen, aber wir haben nichts zu essen für dich", sagt Anna. Und Beda drückt ihren Arm. Signe kann gerade noch nicken, dann gehen die Schwestern die Stora Glasbruksgatan hinauf. Sie will ihnen nicht nachsehen, nicht daran erinnert werden, dass es ihre einzigen Freundinnen in der Stadt sind. Sie haben genug mit sich selbst zu tun und Signe will sich nicht aufdrängen. Rasch läuft sie in die entgegengesetzte Richtung, den Hügel zur Schleuse, nach Slussen, hinunter.

Das Kopfsteinpflaster schmerzt durch die dünnen Schuhsohlen an den Füßen. Sie tut so, als sei sie mit einem eiligen Auftrag unterwegs. Die Straße schlängelt sich und der Gehweg ist nur einige Daumen breit. Ein Mann zerrt zwei Kühe an Seilen hinter sich her.

„Pass auf, sonst nehm ich dich auch mit ins Schlachthaus", donnert er.

Atemlos bleibt sie an der Stelle stehen, wo die Straße zum Hafen führt. In den Eisengerüsten, die hoch über ihren Kopf eine Last hinaufziehen, klappert es. Der Vorarbeiter schreit den Bauarbeitern etwas zu. Kinder mit Blechkübeln betreten August Carlssons Kolonial- und Viktualienhandlung. Vor der Treppe zum Kleidergeschäft betrachten ein paar Frauen in breitrandigen Hüten Kleider, die im Wind wehen.

Alle haben etwas zu erledigen, jemanden, zu dem sie gehen, jemanden, mit dem sie sprechen können. Nur sie nicht. Möwen und Seeschwalben lassen sich auf den Winden von Saltsjön gleiten. Sie schreien heiser und höhnisch, als ob sie ihr Ausgesetztsein sähen. Signe bleibt unter einem riesigen Eisenträger stehen, der gerade oberhalb des Daches vom Kolonialwarenladen abgelegt wird. Wohin soll sie gehen?

„Kartoffeln! Hier gibt's große Kartoffeln!"

„Prima Rüben!"

Die Hökerinnen versuchen einander zu übertönen. Sie haben ihre Stände in Reihen aufgebaut, einige haben eine Zeltplane zum Schutz vor Regen und Wind. Andere bieten ihre Waren von zweirädrigen Karren an.

Signe ist zum Markt gegangen in der Hoffnung, dass sich wieder jemand ihrer erbarmt. Sie traut sich nicht um Waren zu betteln. Aber sie ist alles andere als allein. Um die Stände herum ziehen junge und erwachsene Bettler, die die Käufer misstrauisch machen. Der Wind heult in den Zeltplanen und die Verkäufer müssen aufpassen, dass ihre Stände nicht umgeworfen werden.

Signe hält sich am Rand des Marktes. Sie hat einen Schutzmann bemerkt. Seine hohe Mütze ragt aus der Menge auf. Er steht da und redet mit einigen Kutschern.

In der Nähe der Götgatan stehen mehrere Pferde in einer Reihe angebunden. Kräftige Gäule, die die Karren mit Knollen- und Rübenfrüchten, Reisigbündeln und anderen Marktwaren von Süden über Skanstull gezogen haben.

Signe bewegt sich auf die Pferde zu, möchte ihre steifen Hände im Pferdefell wärmen. Dagegen kann doch niemand etwas haben? Als sie an dem riesigen Kartoffelberg einer Hökerin vorbeigeht, entdeckt sie die Kartoffel. Groß und erdig liegt sie in gefährlicher Nähe der Hinterhufe der Pferde. Sie muss auf die Erde gefallen sein, als die Frau eben den Sack entleert hat. Signe kann den Blick nicht losreißen von der Kartoffel. In jeder Sekunde kann das Pferd treten und die Kartoffel für die Verkäuferin sichtbar machen. Das Pferd daneben wiehert unruhig und trippelt auf der Stelle. Aber das Kartoffelpferd schüttelt nur den Kopf, dass die schwarze Mähne fliegt. Signe geht zu ihm und legt ihre Hand auf seinen warmen Rücken.

„Braves Pferd“, flüstert sie.

Weiß, dass ihre Hände sich nicht mit seinem rauen Fell begnügen werden, sie sind nicht zurückzuhalten. Und das Pferd könnte die Kartoffel zu Mus zertrampeln, dann hätte niemand etwas davon. Die Hand gleitet an der Flanke des Pferdes entlang. Aus den Augenwinkeln sieht sie, wie die Hökerin einen Haufen Kartoffeln in der einen Waagschale abwiegt und ein Gewicht in die andere Waagschale stellt. Als sie die Waagschalen mit Blicken misst, bückt Signe sich. Mit der einen Hand fährt sie am Bein des Pferdes entlang, während die andere nach der kalten Kartoffel greift und sie in ihre Schürzentasche gleiten lässt.

„Lass die Pferde in Ruhe!“, warnt eine Männerstimme.

Ein Bauer in Stiefeln und Lederweste hat sie gesehen. Sie schnellt hoch, als wäre ihr Körper ein Taschenmesser. „Gottes Auge sieht alles“, hallt die Stimme der Qvennerstedtschen in ihr wider. Sie holt Luft. Am besten, sie gesteht den Diebstahl sofort.

„Geh und kauf für die Hausfrau ein!“, ruft der Bauer und wedelt abwehrend mit den Händen.

Er gibt dem Pferd einen Tornister voll Kleie.

Ihr Herz hämmert. Lässt Gott sie davonkommen? Sie läuft über den Markt, die Hand über der Schürzentasche. Guckt auf den Boden und rennt in einen Wagen mit allerlei Gerümpel. Bleibt jäh stehen und begegnet den wütenden Blicken der einkaufenden Frauen.

„Schutzmann!"

Eine resolute Hökerin, die Bürsten und Besen verkauft, ruft nach dem Polizisten. Der steht immer noch in der Gruppe von Kutschern.

Signe bleibt unbeweglich stehen. Sie ist die Maus, auf die sich gleich die Katze stürzen wird. Die unausweichliche Strafe naht. Alle auf dem großen Markt werden ihr Schauspiel haben, wenn sie vom Hüter des Gesetzes abgeführt wird. Aber der Schutzmann dreht sich nur um und ruft gutmütig:

„Nimm dich vor den Pferden in Acht, Kleine!"

In ihrer Hüfte hämmert der Schmerz. Sie bemüht sich mit gleichmäßigen Schritten in Richtung Götgatan zu gehen. Wagt es nicht, auch nur einen einzigen Menschen anzusehen, heftet ihren Blick auf die Uhrzeiger der Katharinakirche.

„Sänger-Olle ist zu lieb, um Schutzmann zu sein", ertönt die Stimme einer Marktfrau hinter ihrem Rücken, darein mischt sich das dunkle Lachen des Polizisten.

Erst als sie um eine Ecke gebogen und außer Sichtweite der Marktleute ist, wagt sie es, die Kartoffel aus der Schürzentasche zu nehmen und die Erde an der Rückseite ihrer Schürze abzuwischen. Beißt fest hinein. Die Zähne werden kalt und der Kartoffelsaft spritzt auf ihr Kinn. Sie kaut genauso eigensinnig wie eben die Pferde auf dem Markt.

Ich weiß, wer sie ist

Signe ist zum Friedhof der Katharinakirche gegangen und hat sich unter dem großen Ahorn niedergelassen, wo die Mädchen aus Småland sie gefunden haben, in der Hoffnung, dass sie hier niemand entdeckt.

„Für Signe, die so flink und tüchtig ist, wird alles gut gehen." In ihrem Kopf hallen Fräulein Åbergs Abschiedsworte wider. „Die kleine

Stille hat flinke Finger", hat sogar die Qvennerstedtsche gesagt, als sie die Stickarbeiten inspizierte.

Hatte sie nicht die besten Noten in Schönschreiben und Handarbeit? Hatte die Qvennerstedtsche ihr nicht das beste Zeugnis ausgestellt, sodass sie die Magdstelle bekommen hatte? Immer hatte sie das getan, was man ihr auftrug, ob sie nun der Bibelvorlesung aufmerksam zuhören oder fleißig mit der Feder üben sollte. „Fleißig, tüchtig", stand im Qvennerstedtschen Journal über sie. Immer hatte sie es Lehrern und Vorgesetzten recht gemacht. Fleiß, Gehorsam und Hilfsbereitschaft lohnten sich, hatten sie beliebt gemacht. Ist man nur fleißig und folgsam, dann geht es einem gut. Das hatte sie geglaubt.

Die Kartoffel ist schon längst aufgegessen und der Magen schreit nach mehr. Gieriger Hunger nagt in ihrem Zwerchfell, und im Hals steht ein säuerliches Würgen.

Der weite, frühlingsgrüne Friedhof ist leer.

Es ist lange her, dass ihr etwas in die Hände gefallen ist. Hungrig, obdachlos und ohne Freunde döst sie unter dem Ahorn. Werden die Mädchen aus Småland sich erneut ihrer erbarmen? Oder wird die Polizei sie wegen Herumtreiberei schnappen und zum Hausherrn zurückbringen?

„Gott im Himmel, hilf mir!"

Sie dreht das Gesicht dem hohen Turm der Katharinakirche zu, als könnte Gott sie so besser sehen. Vielleicht prüft er sie in der Not?

Ein einziges Mal hat sie der Qvennerstedtschen getrotzt. Das war, als sie mit Alices Hilfe Vaters Seidenschleife versteckt hat. Nach diesem Streich hat die Angst, entdeckt zu werden, in ihr geschabt wie scharfe Steine im Schuh. Ihre zweite Sünde ist bedeutend schlimmer. Die tüchtige Dienerin Signe Gustavsdotter ist von ihrer Magdstelle geflohen und hat damit gegen die Gesindeordnung verstoßen.

Fräulein Åbergs Gesicht schwebt wie das eines durchsichtigen Engels in der Frühlingsbrise. Signe wirft sich vornüber auf die Erde und faltet die Hände.

„Kann Fräulein Åberg mir vergeben? Ich habe die Treue gebrochen. Ich war nicht ehrlich und treu. Konnte es nicht sein, da der Hausherr selber unehrliche Absichten hatte … Können Sie das verstehen?"

Hätte sie bei dem Bauern bleiben sollen? War das Gottes Wille? Vielleicht hätte der Hausherr sie nicht wieder angerührt?

Sie presst ihre Finger fest gegen die Augenlider, bis es dahinter schmerzt und schwarzrot hämmert, um die Erinnerung an die Waldlichtung zu verscheuchen.

Aus der offenen Tür dringt der Dampf vom Suppenkessel der Armenhausspeisung. Die Leute in der Suppenschlange schnuppern. Alte und kleine Kinder, Mütter. Tiefe Augenhöhlen und eingefallene Wangen haben sie vorzeitig zu alten Frauen gemacht. Alle warten geduldig.

Signe ist unter den Letzten. Die Schürze hat sie sich wie einen Schal um den Kopf geschlungen. Sie soll das Haar und einen Teil des Gesichts verbergen. Sieht vermutlich sonderbar aus. Ihr scheint, dass mehrere aus der Schlange sie anschauen, und ein paar kleine Mädchen flüstern miteinander. Aber lieber sieht sie merkwürdig aus und bekommt einen Teller Armensuppe, als dass sie jemand erkennt. Es könnte ja jemand aus dem Kinderheim einige Häuserblöcke entfernt vorbeikommen.

Der Regen wird stärker und die Schlange bewegt sich schneckenlangsam auf den Eingang zu. Jedes Mal, wenn jemand seinen Fuß in den Morast setzt, um seinen Platz zu halten, gibt es ein schmatzendes Geräusch.

„Hat sie eine Schürze auf dem Kopf? Eine Verrückte!"

Ein alter Mann sticht mit seinem Stock in ihren Schürzenschal. Ohne zu antworten macht sie ein paar Schritte vorwärts, wird aber sofort von zwei alten Frauen zurückgeschoben.

„Sich vordrängeln, was ist das für eine Art. Junge Menschen sollten wissen, was sich gehört", schimpft die eine.

Vor Schreck über die viele Aufmerksamkeit stellt sich Signe ans Ende der Schlange.

„Die hab ich hier noch nie gesehen, wie heißt die mit dem Schal?", ruft die andere Alte.

Signe starrt beharrlich in den Matsch der Straße. Die beiden Alten würden sich nicht mit ihrem Namen begnügen, sicher wie das Amen in der Kirche würde die Frage kommen, wo sie wohnt. Wie ein Tölpel würde sie dastehen und stottern.

„Sich vordrängeln und die Sprache verloren!", kreischt die eine Alte, und die andere nickt zustimmend.

Sie müsste augenblicklich weglaufen. Aber sie hat keine Kraft in den Beinen. Steht wie festgewurzelt im Morast. Warum können sie sie nicht in Frieden lassen, damit sie ihren Teller Suppe bekommt …

Der Saal ist voller armer Leute, die auf provisorisch aufgestellten Holzbänken sitzen. Endlich ist der Alte mit dem Stock an der Reihe. Signe steht hinter ihm und verfolgt wie behext den Weg der heißen Suppe aus dem Blechkessel zur Schöpfkelle und hinein in den Teller.

„Schon wieder Kartoffelsuppe", murrt der Mann.

Eine Frau in gestärkter Schürze mit Brustlatz und einem weißen Tuch um das Haar gibt die Suppe aus.

„Der Arme bekommt, was Gott geben will", antwortet sie schlagfertig.

Der Alte reißt den heißen Teller an sich, sodass es auf den schneeweißen Brustlatz der Frau spritzt.

„Und warum gibt er den Armen immer weniger als den Reichen? Können Sie mir das beantworten?"

Die Schürzenfrau verzieht den Mund. Sie versucht Gottes Worte zurückzuhalten, die sich ihr auf die Zunge drängen, denkt Signe. Und verzieht selber das Gesicht, um den Anflug von Schadenfreude zu verbergen, der in ihren Mundwinkeln zuckt. Endlich bekommt sie ihre Suppe. Der Alte hat sie beobachtet und wartet, bis sie sich an das äußerste Ende einer der Holzbänke gesetzt hat, und setzt sich neben sie. Beide schlürfen rasch ein paar Löffel voll Suppe in sich hinein.

Signe schmeckt nichts, hofft nur, dass sich die behagliche Wärme schnell vom Magen in den ganzen Körper verbreitet.

„Mein ganzes Leben lang habe ich gearbeitet, und ich hab mir wahrhaftig einen Teller voll wässriger Suppe verdient", knurrt der Alte.

Sie nickt zwischen den Schlucken.

„Du brauchst keine Angst vor mir zu haben, ich weiß, wer du bist. Du erkennst mich nicht, denn du warst damals noch ein kleines

Mädchen. Ich war Untermieter bei deinem Vater in der Bergsprängargränd."

Signe wagt nicht von der Wassersuppe aufzuschauen, wagt den Worten des Alten nicht zu glauben.

„Dein Vater ist doch Gustav Berg, ein großer, anständiger Kerl?" Er berührt ihren Arm und senkt die Stimme: „Falls du Angst hast, sage ich niemandem, wer du bist. Verlass dich auf mich."

Die Stimme des heruntergekommenen Mannes klingt mild. Signe guckt auf und sieht sich im Saal um. Niemand beachtet sie, die armen Leute sind mit ihrer Suppe beschäftigt und flüstern mit ihren Banknachbarn.

„Wissen Sie etwas über meinen Vater?"

Der Alte kratzt sich unter der schmutzigen Mütze, die er auch im Gotteshaus auf dem Kopf behält.

„Zuletzt hab ich Gustav in einer Hafenschenke gesehen, da hatte er keine Arbeit, überlegte, ob er nach Amerika fahren soll."

Signes Löffel klirrt gegen den Tellerrand. „Amerika", wiederholt sie. Die Hände fallen ihr schwer in den Schoß. Sie kann sich nicht rühren. Wenn der Alte die Wahrheit sagt, was bleibt ihr dann noch?

Der Alte schluckt und räuspert sich. „Aber Gustav ist nicht nach Amerika gefahren", sagt er entschieden.

„Sind Sie sicher? Wissen Sie, wo mein Vater sich aufhält?" Der Eifer siegt, sie vergisst sich und spricht zu laut, bricht ab und drückt die Hand gegen den Mund.

Er schüttelt den Kopf. „Nee, meine Kleine, aber er lebt, das ist gewiss."

Er steht hastig auf, stellt den Teller mit lautem Klappern mitten vor der Nase der Suppenfrau ab. Signe will ihm folgen. Die Fragen drängen sich auf ihrer Zunge: Woher weiß er, dass Vater nicht ausgewandert ist? Aber sie traut sich nicht. Die Suppenfrau klatscht in die Hände und das Gesumm im Saal legt sich. Der Alte tapst zur Holztür hinaus, gestützt auf seinen Stock. Gleichzeitig bahnt sich ein Pfarrer den Weg zur Essensausgabe.

Er hat lange Koteletten und dunkles üppiges Haar. Er steht still und hebt den Blick zur Decke, während die Suppenfrau zwischen den

Bankreihen entlangläuft und die Leute zur Ruhe ermahnt, die noch schlürfen und reden.

„Wir danken dem Herrn, unserm Gott, für diese Mahlzeit", beginnt der Pfarrer. Er schaut durch die offene Tür. Auf der Straße hat sich eine neue Schlange gebildet. Leiert mit eintöniger Stimme: „Manche müssen arm sein, andere sind reich. Wollte man nun diese Ungleichheit ausgleichen, wäre das ungerecht, da viele tausend ihres Besitzes beraubt würden, den sie mit Schweiß und Mühe erworben haben, und ihr Besitz wird Untauglichen in die Hände gegeben, faulen und leichtsinnigen Menschen, die diese Gabe nicht verdienen." Der Pfarrer holt tief und hörbar Luft und fährt fort: „Innerhalb kürzester Zeit würde sich die Erde in eine Wüste verwandeln und alle Menschen würden verarmen und unglücklicher und elender werden denn je."

Er nimmt den Blick von den ausgehungerten Kindern, Frauen und Alten, die im strömenden Regen Schlange stehen, richtet ihn auf Signe. Sie ist gezwungen, eine scheinheilige Miene aufzusetzen, so beharrlich starrt er sie an.

„Bedenke es, du Arme, und sei genügsam", sagt er mit Nachdruck.

Soll ein Armer keine Träume und Hoffnungen nähren? Wie sollte sie weiterleben können ohne Träume?

Vater hätte gesagt, dass man arbeiten und seine Pflicht tun muss. Alice ist tot und Fräulein Åberg ausgewandert. Aber Vater lebt! Die Scham treibt Signe Röte in die Wangen, als sie daran denkt, wie elend sie aussieht. Schmutzig und befleckt, wie sie ist, kann sie ihn nicht in den Schenken suchen. Hat sie wirklich ihr Äußerstes gegeben? Nein, mit keinem Gedanken hat sie daran gedacht, sich eine Arbeit zu suchen. Angst und Hunger haben sie gelenkt. Sie muss sich zusammenreißen, jetzt, da der Magen das Seine bekommen hat. Ihren Unterhalt verdienen, zeigen, dass sie die Tochter ihres Vaters ist. An dem Tag, an dem sie vor ihm steht, soll er sich ihrer nicht schämen müssen. Daran glaubt sie. Und an diesen Glauben muss sie sich klammern.

Die Brauereien suchen Arbeiterinnen, hat Beda erzählt. Vielleicht sollte sie es bei München versuchen?

Die Gedanken hämmern in ihr, sie hämmern im Takt, es ist nicht mehr der Hungertaumel, der vorher in ihrem Kopf wütete. Fleißig und ordentlich, das ist sie, und wenn sie nur ihre Pflicht tun kann, wird Gott ihr Schicksal wenden.

Vor dem roten Ziegelsteinbau der Münchenbrauerei wartet eine Schlange von Mädchen und Frauen. Sie stellt sich hinten an.

„Noch eine!", sagt ein Mädchen aus Dalarna laut.

„Sei du bloß still, ihr bildet euch ein, ihr könnt uns Stadtmädchen die Arbeit wegschnappen, weil ihr so schöne Trachten tragt", antwortet ein hellblondes Mädchen.

Die Hellhaarige steht vor Signe, mehrere aus der Schlange stimmen ihr zu, sodass das Mädchen aus Dalarna keine Widerworte wagt.

„Ist es schwer Flaschen zu spülen?", fragt Signe die Hellhaarige.

„Man muss flinke Finger haben wie ein Taschendieb. Erst werden die Flaschen ins Wasser gelegt. Sie müssen gebürstet und ausgespült werden, da können sie einem leicht zerbrechen. Die sauberen Flaschen werden in Reihen zu hundert in Körbe gelegt. Zählen können musst du also auch", sagt das Mädchen lächelnd.

„Rechnen und schreiben habe ich gelernt", antwortet Signe.

„Aber du hast noch keine Flaschen gewaschen?"

Signe schüttelt den Kopf.

Einige Brauereipferde trotten davon mit ihrer klirrenden Ladung Bierflaschen.

„Wir müssen zufrieden sein, solange die Kerle Bier in sich reingießen", sagt eine krumme Frau mit kariertem Kopftuch.

„Das können sie sich auch leisten, schließlich verdienen sie doppelt so viel wie wir", sagt das Mädchen. Sie wendet sich mit einem mitleidigen Ausdruck in den wasserblauen Augen zu Signe um.

„Es hat keinen Sinn, dass du bleibst. München stellt nur Mädchen mit Erfahrung ein."

„Und die hast du?", fragt Signe misstrauisch.

„Ja", antwortet die Hellhaarige und senkt die Stimme. „Ich hab was mit dem Vorarbeiter. Er kriegt von mir, was er will." Sie zuckt hastig mit den Schultern, mustert Signe und fügt hinzu: „Er hat Blonde am liebsten, vielleicht hast du auch eine Möglichkeit."

Signe versteht plötzlich, was das Mädchen meint. Wollen Männer nur das eine? Übelkeit steigt in ihr auf. Sie nickt dem Mädchen zu und geht rasch weg.

Signe geht nach Slussen, zur Schleuse, hinunter. Im Hafen pulsiert das Leben. Graue Holzfrachter aus Roslagen werden abgeladen und um die Fischfrauen drängen sich Aufkäufer und Hausfrauen. Vielleicht brauchen die Alten eine Gehilfin?

Sie kniet sich draußen auf eine der Klappbrücken und wäscht Gesicht und Hände mit dem kühlen Wasser. Sauber ist es nicht, aber sie wird den ärgsten Schmutz los und fühlt sich ein wenig frischer. Sie trocknet sich mit der Schürze ab und beendet die Toilette, indem sie sich kräftig in beide Wangen kneift. Das hat Alice ihr beigebracht. Dann sieht man frisch und rosig aus, pflegte sie zu sagen.

„Lächeln, lächeln, nicht schüchtern aussehen“, murmelt sie vor sich hin.

Ihre Mundwinkel straffen sich trotzdem, als sie sich dem Fischmarkt bei Slussen nähert. Auf einem langen Anleger verkaufen etwa zehn Frauen Fisch. Um den Anleger herum schaukeln Ruderboote und Fischerboote. Möwen schreien und holen sich im Sturzflug etwas von dem Fang. Der Fischgeruch sticht in die Nase. Signe geht auf dem Steg entlang, der bei jedem Schritt schwankt und quietscht. Ihr Herz pickt wie ein Vogeljunges.

„Guten Tag, Mutter“, sagt sie so fröhlich, wie sie nur kann, und knickst vor der ersten Fischmarktfrau.

„Der Hering ist heute sehr gut“, antwortet die Frau. Wirft eine Hand voll auf ein Stück Zeitungspapier und schiebt es Signe zu.

„Brauchen Sie nicht Hilfe beim Fischausnehmen?“

„Die Fische ausgenommen habe ich heute Morgen, aber Arbeit gibt es immer, als Fischeschunkler!“

Die Hökerin gibt ein Glucksen von sich und das Lachen verbreitet sich unter den anderen Verkäuferinnen. Signe will auf der Stelle davonlaufen. Hat sie so etwas Dummes gesagt, dass sie Schabernack mit ihr treiben?

Fischeschunkler, ja von wegen, denkt Signe wütend. So werden die

Männer genannt, die die gefangenen Fische im Boot am Leben halten. Sie ziehen einen Steinbrocken ganz hoch hinauf in den Mast. Die Aufgabe der *Sumprunkare* ist es, am nach unten gehenden Seil zu ziehen, bis der Stein schaukelt und das Schiff in Bewegung versetzt.

Über die Fischverkäuferinnen kann ein anderer aber auch nur lachen. Sehen aus wie ausgestopfte Würste in ihren dicken Jacken und den langen Schals, den sie mehrere Male um die Mitte gewickelt und auf dem Rücken über Kreuz gebunden haben. Darüber tragen sie eine Schürze und auf dem Bauch eine Börse mit Wechselgeld.

Signe zieht sich zum hintersten Teil des Anlegers zurück, dort erreichen die Scherze sie nicht.

Die Kunden drängen sich um eine dicke Frau mit frisch gestärktem Kopftuch. Ein Dienstmädchen wartet vor dem Holztresen, während die Frau einen Hecht in die eine Waagschale wirft. Der Hecht hat das Maul aufgerissen, die spitzen Zähne sitzen dicht an dicht, der Unterkiefer hängt herunter und verleiht dem Fisch ein trauriges Aussehen. Die Verkäuferin stellt ein Ein-Kilo-Gewicht in die andere Waagschale, durch den Kopf des Hechtes geht ein Ruck. Er nickt ihr zu: „Jetzt!", sagt er.

„Guten Morgen, Mutter, ich habe flinke Hände …", beginnt Signe.

Die Hökerin sieht auf. „Maränenukeleien hab ich, eine ganze Ladung." Sie stößt mit der Zunge an und das macht ihre Aussprache undeutlich.

„Ich kann sofort anfangen", antwortet Signe und krempelt sich die Blusenärmel hoch.

Die Verkäuferin wickelt den Hecht in Zeitungspapier ein und steckt ihn in den Korb des Dienstmädchens. „Meine Hilfe ist nämlich unpässlich." Die Frau wischt sich die Hände ab, die von Fischschuppen glänzen. Reicht Signe eine kräftige Pranke. „Fünfundsiebzig Öre am Tag, solange es Arbeit gibt. Ich heiße Mamsell Kron."

Die Mamsell nickt zu einem Zweimaster, der ein Stück draußen vorm Fischhafen verankert liegt.

„Du kannst auf der *Sophia* schlafen, in der Kajüte gibt es eine Baumwolldecke, die hält die Wärme."

Signe bekommt eine der großen Schürzen mit Brustlatz von der Mamsell. Mit einem scharfen Messer schneidet sie den glitzernden Fischen die Köpfe ab. Die kalten Fischkörper lassen die Finger erstarren. In ihrem Eifer rutscht sie mit dem Messer ab, Blut rinnt ihr am Zeigefinger herunter. Sie versucht den Schnitt zu verbergen. Aber die Augen der Mamsell sehen fast alles und sie steckt Signe einen Lappen zu, mit dem sie das Blut stillen kann.

Mamsell Kron ist beliebt. Die Kunden nehmen den langen Weg bis zum äußersten Ende des Anlegers gern auf sich, um bei ihr einzukaufen. Sie hält mehr Fischsorten bereit als die anderen Verkäuferinnen und bekommt Bestellungen von feinen Restaurants.

Signe wirft den Fischabfall ins Wasser. Kreischend stürzen sich Möwen und Seeschwalben auf die Leckerbissen. Eine große Mantelmöwe stößt vom Mast der *Sophia* auf den Anleger herab. Sie öffnet ihren breiten Schnabel und schreit warnend. Der andere Vogelschwarm lichtet sich, und die Mantelmöwe hackt nach ihnen. Sie ist Alleinherrscherin über die Fischreste.

Signe zuckt zurück vor dem Eindringling. Wenn Alice neben ihr gestanden hätte, hätte sie gesagt: „Wer am lautesten schreit, kriegt am meisten."

Denn man lebt sein Leben nur einmal

Das Licht des eleganten Kristallkronleuchters spiegelt sich blitzend im Glas. Alice führt es langsam zum Mund und trinkt. Der moussierende Wein kitzelt auf der Zunge und rinnt ihr leicht die Kehle hinunter. Sie muss laut lachen. Der Herr an ihrer Seite betrachtet sie amüsiert.

„Nicht auf einmal austrinken."

Er droht zum Spaß mit dem Zeigefinger und legt ihr noch ein Stück Fleisch von der Silberplatte vor. Sie sticht mit der Gabel in den Kranz aus Johannisbeergelee, das die aufgeschnittene Ente umgibt. Das Gelee wackelt so lustig und rutscht auf den Teller. Der Herr lächelt und drückt ihr eine grüne Traube von der Garnierung in den

Mund. Sie schmatzt hörbar und kaut das säuerliche Traubenfleisch. Ein schwarz gekleideter Kellner gleitet vorbei. Alice bemerkt seinen missbilligenden Blick, hebt ihr Glas und lacht, dass ihre Brüste beben.

„Sie sind hier bei Rydbergs", erinnert sie ihr Begleiter.

Aber es ist schwer, ihre Ausgelassenheit im Zaum zu halten, die aus dem glitzernden Glas kommt. Sie dreht sich um und wirft einen spähenden Blick über den Salon, um so viel wie möglich zu sehen. Alice Johansson ist zum ersten Mal im Restaurant Rydberg in dem stattlichen vierstöckigen Haus am Gustav-Adolfs-Torg, wo Stockholms bürgerliche Herren und Damen ihr Souper genießen. Das eine oder andere Mädchen wie Alice, mit Dauerwelle und frisch frisiert, durfte an der Seite seines Beschützers Platz nehmen. Das ist etwas anderes als mit den Bauerntölpeln im „Goldenen Bett", denkt sie. Sie ist über den dunkelroten Teppich gegangen, der den Gang zum Vorraum schmückt. Hat ihren Auftritt gehabt wie eine richtige Dame. Hat die Blicke der Herren gesehen. Unter dem glatten Seidenkleid, das bei jedem Schritt knistert, ist sie eng geschnürt. Und oben auf den einen Busen, der von dem herzförmigen Kleiderausschnitt entblößt wird, hat sie eine Mouche, ein Schönheitspflästerchen, geklebt. Er soll sich nicht schämen müssen, ihr Großhändler.

Sie schielt zu ihm hin. Die Koteletten reichen ihm bis tief in die Wangen und sind schon ein bisschen grau. Die Weste sitzt stramm überm Bauch. Die Kette seiner goldenen Uhr, die aus seiner Westentasche hängt, spannt sich, wenn er sitzt.

Alice schneidet sich selbst etwas von der Ente ab. Das Fleisch ist zart und sie braucht kaum zu kauen. Was für ein wundersamer Unterschied im Vergleich zu zähem Speck. Während sie auf die mit Schokolade glasierte Birne zum Nachtisch warten, hat sich der Großhändler eine Zigarre angezündet. Sein Blick gleitet über die Gäste, bis er an einem kleinwüchsigen Mann mit Schnurrbart hängen bleibt, der dem Kellner gerade seinen Zylinder überlassen hat.

„Strindberg, dieser Revolutionär des Teufels", knurrt der Großhändler zwischen den Mundwinkeln.

Alice wirft dem Kleinwüchsigen einen schläfrigen Blick zu.

„Jetzt hast du also auch den Verfasser vom *Roten Zimmer* gesehen.

Was für eine Räubergeschichte", sagt der Großhändler und drückt seine Zigarre wütend auf dem Teller aus.

Der Nachtisch ist verzehrt und die Portweingläser sind leer. Zwischen den Tischen in dem großen Salon schweben Stimmengemurmel und Zigarrenrauch. Alice schaukelt sanft ihren Oberkörper, und eine Haarsträhne hat sich aus ihrer Frisur gelöst. Sie streicht mit den Fingerspitzen über den Samtbezug des Stuhls, beugt sich vor.

Eine Hand legt sich in ihren Nacken und dreht ihr Gesicht wieder aufwärts.

„Jetzt musst du ein liebes Mädchen sein, Alice."

Der Großhändler zwickt sie ins Ohrläppchen. Vor ihren Augen verschwimmt alles. Das Gesicht ihres Kavaliers hat bestimmt zwei große Nasen. Sie muss hicksen.

„Du fährst jetzt auf der Stelle zur Wohnung und bist da, wenn ich später am Abend komme. Die Sitzung mit der Großhändlervereinigung findet in einem *Chambre séparée* statt."

„Ich würde so gern hier warten und mir den Kristallleuchter anschauen und ..."

„Nein", unterbricht er sie schroff. „Die Puppe muss nach Hause in die Puppenstube."

Seine Faust legt sich wieder um ihren Nacken und der Zeigefinger der anderen Hand gleitet in den Spalt zwischen ihren beiden Brüsten.

„Und dann wirst du sehen", zischt er ihr ins Ohr.

Ein Schweißtropfen rollt aus seinem Haaransatz und wird von den buschigen Augenbrauen aufgefangen. Sie nimmt es wie durch Nebel wahr, sieht die tiefen Furchen in seiner Stirn. Sie möchte auf dem weichen Samtkissen sitzen bleiben, im Licht und im Stimmengewirr zwischen Direktoren, den Frauen der besten Gesellschaft und Schriftstellern bleiben. So tun, als gehörte sie zu den Vornehmen von Stockholm.

Er erhebt sich und hilft ihr auf.

Puppe nennt er sie. Einer Puppe kann man hübsche Kleider anziehen, denkt Alice, als sie sich auf seinen Arm stützt. Und schöne Kleider will sie haben. Aber die Puppe kann man auch entkleiden, unachtsam und grob behandeln, eine Puppe fühlt nichts. Sie lächelt nur und sieht zufrieden aus und aus ihrem Mund kommt Zucker. Eine Puppe muss zu Willen sein.

Der laue Frühsommerabend hat die Menschen zum Abendspaziergang im Königsgarten hinausgelockt. Alice wird wieder munter in der Abendluft. Junge Männer mit Hut und Spazierstock werfen ihr wohlwollende Blicke zu und Paare gehen Arm in Arm. Sie richtet ihren Hut und lächelt ihr breites Lächeln. Nein, heute Abend will die Puppe nicht nach Hause gehen. Seit einigen Wochen wohnt sie im nördlichen Stadtteil Norrmalm in einer kleinen, hübsch möblierten Wohnung. Hat Sahne geschleckt wie eine Katze auf dem Bauernhof. Heute Abend will sie tanzen, nicht allein in der Wohnung sitzen und auf den Großhändler warten. Der Großhändler hat bestimmt viel zu besprechen und sie wird es schaffen, vor ihm in der Wohnung zu sein. Sie muss Menschen sehen und ihre neuen Kleider zeigen.

Alice tritt hinter ein Gebüsch und tupft sich einige Tropfen Eau de Cologne hinters Ohr. So soll das Leben sein, genau so. Endlich sitzt sie in der ersten Reihe, wo es die besten Leckerbissen gibt.

Sie trippelt weiter die mächtige Lindenallee entlang. Bei einigen Büschen bleibt sie stehen und betrachtet die Statue des Heldenkönigs, der auf seinem Sockel mit dem Finger zeigt. Hinter ihr räuspert sich jemand und sie fährt herum. Ein rundlicher Herr in klein kariertem Anzug hat seine Pfefferkornaugen auf sie geheftet.

„Ach, Söder ist dir jetzt wohl nicht mehr fein genug."

Alice schürzt die Lippen. Ein Stück Eis rutscht ihr in den Magen. Sie wirft den Kopf zurück wie ein richtiges Fräulein.

„Sie scheinen mich zu verwechseln", antwortet sie.

Er macht einige Schritte rückwärts und summt eine bekannte Walzermelodie. Sie weiß nicht, warum, aber ihre ungestüme Freude verwandelt sich in Kälte.

„Wollen Sie meinen Arm nehmen, Kleine, und mit zu den Löwen dort drüben gehen und die Blumenbeete bewundern?" Er zeigt mit seinem Spazierstock auf die Königsstatue am nördlichen Ende des Parks.

„Ich scheiß auf Könige!"

Sie hat ihre Sprache wiedergefunden und versucht sich einen Weg mit den Ellenbogen zu bahnen.

Da lacht der klein karierte Herr ein glucksendes Lachen.

„Jetzt hast du gezeigt, woher du kommst, das wollte ich nur hören! Pass nur auf dich auf, du kleine Schlampe, ich behalt dich im Auge, obwohl ich heute Abend in Zivil bin."

Plötzlich weiß sie, wer der Mann ist. Das Lachen, der Gesang, alles hat sie von Kindesbeinen an gehört. Schnell wie ein Huhn auf der Flucht trippelt sie auf die farbigen Laternen zu, die in einer Reihe vor Blanchs Café stehen.

Das war Lieder-Olle, der Schutzmann aus dem Katharinaviertel, sie ist ihm geradewegs in die Arme gelaufen. Und er hat sie wiedererkannt trotz der neuen Kleider. Das ist übel. Noch nie ist sie geschnappt worden, weder wegen Hurerei noch Trunkenheit. Aber er hat sie erkannt. Nein, sie muss ihre Kehle kühlen. Nur – eine feine Dame kann nicht allein ein Lokal aufsuchen. Eine feine Dame nicht, aber sie kann. Sie kann sich amüsieren. Lieder-Olle soll ihr nicht den Abend verderben.

Fröhliche Stimmen und Lachen dringen aus dem Café. Das Licht des Lokals bildet Kegel auf den dicken Lindenstämmen.

Ein Kellner in Frack und mit weißen Handschuhen öffnet die Tür. Er verbeugt sich leicht. „Willkommen bei Blanch, Fräulein. Das Lokal mit elektrischer Beleuchtung."

Mit hoch erhobener Nase schlüpft sie hinein. Feine Leute sehen die Bedienung nicht, das hat sie vom Großhändler gelernt. Aber sie kann es nicht lassen, zu den auffallenden Lampen zu schielen, die kräftiges Licht ausstrahlen. Das elektrische Licht, das Blanch so beliebt gemacht hat.

Auch hier taxieren die Herren ihre Taille, folgen ihren Bewegungen. Sie lässt sich auf einen Stuhl an einem runden Fenstertisch gleiten, der mit einem blendend weißen Tuch bedeckt ist. Öffnet das Cape und zeigt ihren Ausschnitt. Kontrolliert, ob die Mouche da sitzt, wo sie hingehört.

Der Kellner ist sofort bei ihr. An den Nachbartischen trinken die Herren einen Toddy oder einen Cognac, mehrere Offiziere in schnittigen Uniformen. Die Damen trinken Limonade. In den Gläsern sprudelt es farbig. Muss sie auch Zuckerwasser bestellen? Ihr Magen schreit nach einem Schnaps. Sie braucht einen, um das unheilvolle Lachen im Park hinunterzuspülen. Der Kellner sieht ihr Zögern. Er neigt sich vor und flüstert: „Vielleicht möchten Sie etwas Stärkeres?"

„Einen großen", antwortet Alice rasch. Lässt den Blick über den Park gleiten. Er zwinkert im Einverständnis und läuft wie ein Frettchen zwischen den Tischen davon.

Im Innern des Lokals stimmt ein Orchester seine Blechblasinstrumente. Die Basstuba brüllt wie ein Ochse. Alice muss lachen. Die Damen mit dem Sprudelwasser schauen missbilligend in ihre Richtung, während mehrere Herren die Mundwinkel wegen des Lärms verziehen. Das Orchester macht sich bereit. Das Stimmengewirr im Blanch legt sich, man wartet.

Das Waldhorn beginnt und die anderen Instrumente fallen in eine Marschmelodie ein. Aller Augen sind auf die Musiker gerichtet. Einige Offiziere nicken wohlwollend und stampfen mit blanken Stiefeln den Takt.

Der Kellner stellt ihr ein beschlagenes Glas Branntwein auf den Tisch. Sie nimmt es zwischen Daumen und Zeigefinger und kippt die eine Hälfte sofort hinunter. Der Schnaps kühlt den Gaumen, kitzelt im Zwerchfell und wärmt ihren Magen wie glühende Kohle. Der Kellner ist mit den Händen auf dem Rücken bei ihr stehen geblieben.

„Trauen Sie mir etwa nicht?" Sie wirft ihm einen giftigen Blick zu.

„Selbstverständlich, mein Fräulein. Aber Schnaps wird beim Servieren bezahlt."

Sie tastet in ihrem Lederbeutel und legt die Münze mit einem Klirren auf sein Silbertablett. „Und jetzt gehen Sie!" Sie möchte in Ruhe genießen. Polizisten, Kellner, der Teufel und seine Großmutter sollen ihr vom Leibe bleiben.

Von der Galerie ertönt weiter schmissige Musik, die den Herren und Damen zu gefallen scheint. Als der dritte Marsch beendet ist und der Kapellmeister eine Pause ansagt, wird lebhaft applaudiert.

„Mehr, mehr!", wird gerufen.

„Oh, Marschmusik ist so wunderbar feierlich", piepst eine der Limonaden-Damen.

Da kann Alice nicht länger an sich halten, das Lachen muss heraus. Laut und roh lacht sie. Wendet das Gesicht der elektrischen Beleuchtung zu, das in den Instrumenten blitzt und die Goldfäden in den Uniformen der Offiziere zum Glitzern bringt. Das Publikum am Nachbartisch verstummt jäh. Aber sie kann nicht aufhören zu lachen. Will es nicht einmal versuchen. Es ist einfach zu albern, dass feine Leute einem langweiligen Blasorchester applaudieren.

Sie trinkt die zweite Hälfte vom Schnaps und streicht das Seidenkleid glatt, damit es sich nicht in der Taille bauscht.

Nein, Gesang muss es sein! Sie wird den Herrschaften einmal zeigen, wie es an einem fröhlichen Schenkenabend zugeht.

Kaum ist der letzte Marschtakt verklungen, da tönt eine schrille Mädchenstimme durchs Lokal:

„Wo Mälarens Wellen Kungsholms Ufer schlagen,
hinter hohen Planken verborgen
graue, alte Mauern ragen,
wohnen Mädchen in der Blüte ihrer Jahre.
Sie tragen weiße Gewänder
ganz ohne Litzen und Bänder.
Mädchen, die nichts zu verlieren haben,
die das Sechste Gebot gebrochen haben.
Gefallene Mädchen, sie fragen nicht nach morgen,
denn wer sein Leben nur einmal lebt,
macht sich heute keine Sorgen."

Alice steht auf dem Stuhl. Bei jedem neuen Vers beugt sie sich vor, damit die Herren die Mouche und noch ein bisschen mehr sehen. Die Limonaden-Damen verziehen nicht einmal den Mund. Aber fast alle Herren lachen über das Lied von den armen, venerisch kranken Mädchen in Eiras Kurheim, und die Augen der beiden Offiziere glänzen.

Sanft, aber energisch greifen Hände nach ihren Ellenbogen. Sanft, aber energisch wird sie hinausgeführt. Ein älterer, kräftiger Rauswerfer hilft dem Kellner.

„Darf man die Herrschaften nicht unterhalten?", fragt sie mit erhobener Stimme.

„Huren und Säuferinnen gehören hier nicht her“, brummt der Ältere, während sie sie zum Ausgang schieben.

„Selber Hurenbock! Ich komme von Rydbergs, falls es die Herren interessiert.“

Der Ältere bricht in Gelächter aus, das sie schneller der Tür zustreben lässt.

„Du musst wissen, wo du hingehörst“, hört sie die mahnende Stimme des Jüngeren.

Ein kräftiger Knuff in den Rücken und Alice ist draußen. Aber sie findet sich schnell damit ab. Fährt herum und streckt den beiden mit den schwarzen Rockschößen die Zunge heraus.

Im Park ist es dunkel geworden. Die schöne Wärme aus dem Lokal ist verschwunden. Die blendende elektrische Beleuchtung da drinnen leuchtet für die, die sich anständig benehmen und bezahlen können. Denen, die ein Dutzend Seidenkleider besitzen und langweiliger Militärmusik applaudieren. Sie spuckt in das Rhododendronbeet. Schüttelt den Kopf, dass sich ihre aufgesteckten Haare lösen. Will die Schmachworte loswerden.

Natürlich weiß sie, wohin sie gehört. Sie ist die Geliebte eines wohlhabenden Bürgers der Stadt mit Mätressenwohnung auf Norrmalm. Er wohnt mit seiner Familie woanders. Wo, hat er nicht erzählt. Sie hat zufällig eine Fotografie gesehen, die ihm aus der Brieftasche geglitten ist. Darauf waren zwei vornehme junge Damen in ihrem Alter. Vermutlich seine Töchter.

Es ist höchste Zeit, dass sie in die Wohnung geht und ihren Platz einnimmt, das ist entweder das Bett oder der dicke persische Teppich. Dort legt sie sich für den Großhändler auf den Rücken.

Alice gluckst plötzlich vor sich hin, während sie unter den hohen Linden des Parks geht.

Ich bin verrückt nach der kleinen Puppe, pflegt er zu keuchen. Kann sich kaum seiner Schuhe entledigen, so eilig möchte er sie haben. Wenn sie unter ihm liegt, versucht sie auszurechnen, wie viel Geld er ihr hinterher zustecken wird. Es ist besser, vor einem Großhändler auf dem Rücken zu liegen und bei Rydbergs zu essen, als sich den Rücken in der Ausziehbank des „Goldenen Bettes“ für einen

Schnaps oder einen Heringsschwanz aufzuscheuern, überlegt sie. Wird sofort wieder munter. Sie ist jung und gesund. Der Großhändler wird noch viele Kronen ausspucken müssen und schöne Kleider und Schmuck. Den eingebildeten Pinkeln im Blanch wird die Kinnlade runterfallen, wenn sie gezwungen werden, ihr die Türen zum Licht zu öffnen.

Die Vergnügungen des Abends haben sie müde gemacht, sie muss gähnen. Jetzt nähert sie sich dem Steinhaus in der Norrmalmsgatan. Ihre Augenlider sind schwer und am liebsten würde sie schlafen. Sich schnell unter der Decke verstecken, bevor der Großhändler kommt. So tun, als ob sie schliefe, dann lässt er sie heute Abend vielleicht in Frieden. Wahrscheinlich ist er zu betrunken, das kann sie nur hoffen.

Vorsichtig steckt Alice den Schlüssel ins Schloss und dreht ihn um.

Das Licht der Petroleumlampe leuchtet im Türspalt. Lässt sie zögern, ehe sie den Fuß auf den Flurteppich setzt. Sie ist zu müde, um sich eine List auszudenken, sehnt sich danach, ihren Rausch zwischen richtigen Laken auszuschlafen. Ein Wolke Zigarrenrauch schlägt ihr entgegen, sie hustet und stolpert über einen fremden Spazierstock. Erkennt seine seidene Hausjacke. Wortlos packt er sie am Arm.

„Lieber, Bester, es ist doch nur das Püppchen“, fleht sie. Sie möchte sich die Augen reiben, sie brennen vom Rauch, den er ihr ins Gesicht bläst. Aber seine Hände halten rasch ihre beiden Arme fest.

Im Innern der Wohnung räuspert sich eine Männerstimme. Ein großer Mann mit Spitz- und Lippenbart zieht den Vorhang zum Zimmer beiseite. Sie wird auf den persischen Teppich gestoßen, strengt sich an, versucht zu lächeln, sagt etwas Freundliches.

„Es ist doch noch gar nicht spät.“ Das ist alles, was sie herausbekommt. Sie weiß selbst, dass es dumm klingt. Der Großhändler hält sie fest. Der Fremde fängt an, die Knöpfe ihres Seidenkleides über der Brust zu öffnen, aber die Knöpfe sind klein und wollen nicht gehorchen.

„Reiß das Hurenkleid auf! Zerreiß die kleine Hure!“, zischt der Großhändler hinter ihr.

Sie begreift, dass hier mit Worten nichts zu erreichen ist. Zielt und trifft den Mageren am Schienbein, dass er rückwärts taumelt und gegen einen Sekretär fällt.

„Aua, verdammt!“, schreit er. „Ich glaube, jetzt müssen wir andere Saiten aufziehen!“

Die Angst packt sie, sie zittert wie vor Kälte.

Der Schlag schmerzt in der Schläfe.

Alice kommt zu sich, als sich jemand auf sie wälzt. Der Fußboden scheuert sie am Rücken. Der Magere hat vermutlich genug und der Großhändler sitzt rittlings auf ihr. Er spuckt ihr ins Gesicht. Das Seidenkleid ist zerrissen und kaputt, blitzt es durch ihren Kopf.

Sein Gesicht ist undeutlich, aber die Verachtung in seinen Augen kann sie wahrnehmen. Sein Speichel läuft an ihrer Wange entlang.

„Luder! Du wirst lernen, dich nicht von deinem eigenen Willen regieren zu lassen.“ Die Stimme des Großhändlers ist hart wie Hammerschläge. Er beißt ihr in die Brust und beschimpft sie weiter: „Habe ich dir nicht gesagt, du sollst in die Wohnung gehen und warten?“

„Ich wollte doch nur …“, nuschelt sie.

Resolut legt er ihr die Hand über den Mund. „Glaubst du, deine Erklärungen interessieren mich? Gehorchen, gehorchen, gehorchen, das ist das Einzige, was du in deinem kleinen unterentwickelten Schädel brauchst.“

Er schlägt sie mit den Handknöcheln auf die Nase. Blut rinnt ihr in den Mund, sie will schlucken, kann aber nicht. Sie will husten, hustet Blut, Schleim und Ekel heraus.

Der Große knöpft sich die Hose zu. Er hebt ein Punschglas und nimmt einen Schluck. „Brauchst du Unterstützung?“, fragt er freundlich.

Seine sehnigen Hände packen ihre Schultern von hinten. Der Großhändler dringt in sie ein. Er drückt seine Hand auf ihr Gesicht, während er ihren Unterleib hämmert. Hin und wieder spuckt er. Die Spucke rinnt ihr über Hals, Brust und Bauch. Das ekelt sie so, dass ihr Kotze in den Hals steigt, und das ist schlimmer als das Gestoße zwischen ihren Beinen. Sie hat gelernt sich darum nicht zu kümmern.

Das längliche Bartgesicht beugt sich über sie. Sie sieht seine farblosen Augen. Seine Lippen verziehen sich zu einem breiten Grinsen. Sie kann gerade noch denken, in einem auf den Kopf gestellten Gesicht muss alles auf den Kopf gestellt sein, dann nimmt das brennende Gefühl in der Brust überhand. Und sie schreit den wahnsinnigen Schmerz heraus. Schreit und schreit sich in Dunkelheit.

„Der Königspark ist kein Schlafplatz für Nachtschmetterlinge!"

Eine energische, aber nicht unfreundliche Stimme schwebt über ihrem Kopf. Jemand klopft ihre Wangen. Sie will ihn bitten aufzuhören, bekommt aber nur ein dumpfes Gurgeln hervor.

„Kleine! He, du!", fährt die Männerstimme fort. Im hellen Dämmerlicht, das von Osten, von Saltsjön herübersickert, erkennt sie ein kariertes Muster, die Karos hüpfen vor ihren Augen. Ist sie zu betrunken, um gehen zu können? Jemand schüttelt sie am Arm und sie macht einen Versuch sich aufzurichten. Ein brennender Schmerz fährt durch ihre linke Seite und der Körper fällt schwer auf die Holzbank zurück. Warum nur hat sie solche furchtbaren Schmerzen? Und warum zerrt der Mann an ihr?

Seine Stimme dröhnt in ihrem gemarterten Kopf.

„Dummes Ding, du hättest in Söder bleiben sollen, dort ist das Pack wenigstens ehrlich."

Ausnahmsweise will sie nicht widersprechen, sie will nur eins, in Ruhe gelassen werden.

„Die Herren haben ihren Spaß gehabt, das ist eine der schlimmeren Taten", brummt er.

Zwischen ihren halb geschlossenen Lidern schwebt sein rundliches Gesicht mit buschigen Augenbrauen.

„Ich muss sie tragen."

Alice nimmt ihre äußerste Kraft zusammen und wirft den Kopf hin und her. Ihr Kinn fällt auf die Brust, wo sie einen großen Blutfleck sieht. Der Kleiderstoff klebt an ihrer linken Brust. Das getrocknete Blut macht die Haut blasser, und die Mouche ist verdorben, stellt sie fest.

Im Wind, der den Hügel von der Hamngatan herunterpfeift, trommeln Hufe.

Der Mann nimmt sie auf den Arm und sie hustet etwas grüne Galle, die über seinen karierten Ärmel tropft. Er läuft an den Rand des Gehwegs und pfeift laut, eine offene Pferdedroschke hält.

„Ins nächste Krankenhaus!", befielt er dem Kutscher.

Und der Wagen rollt davon.

„Dahin müssen wir dies Rotkäppchen bringen, damit man sie von dem einen und anderen kuriert", sagt der Karierte zu sich selbst.

Der Husten muss heraus, und wenn er ihre Brust bei jeder Attacke zu sprengen droht. Der Mann sieht seine Gelegenheit.

„Jetzt komm mal zu dir. Wie heißt du? Antworte mir!"

Sie starrt ihn wie eine Schlafwandlerin an.

„Ich heiße Alice", sagt sie stöhnend.

Endlich bekommen die karierte Kleidung des Mannes, das runde Gesicht mit den buschigen Augenbrauen einen Zusammenhang. Lieder-Olle hat sie geschnappt.

„Du hast ein verdammtes Glück, dass ich alter Tölpel nicht schlafen kann und nachts spazieren gehe." Die Stimme klingt traurig.

„Ich hab nichts getan! Lassen Sie mich raus!" Sie versucht gegen die Droschkentür zu treten, hat aber keine Kraft. „Ich will nicht mit einem Bullen in Polizeiarrest!"

Die Pfefferkornaugen fixieren sie. „Kannst du dich nicht erinnern, wer dich so zugerichtet hat?"

„Das haben Sie falsch verstanden. Ich komme von einem vornehmen Abendessen im Hotel Rydberg."

Nach diesen vielen Wörtern muss sie laut stöhnen.

Die Droschke schwankt und Alice fällt schwer gegen den Polizisten.

„Verdammt!" Sie wimmert und hält sich die Brust.

Lieder-Olle wird wütend. „Sei nicht so verflixt bockig, erzähl mir, was dir passiert ist."

Zum zweiten Mal innerhalb von vierundzwanzig Stunden hebt er drohend den Finger vor ihren Augen.

„Ich sag dir, kleines Rotkäppchen, du kannst zwischen zwei Möglichkeiten wählen, wenn du kuriert bist. Entweder suchst du dir einen Platz in der Anstalt der Diakonissinnen für gefallene Mädchen oder du meldest dich bei der Sittenpolizei. Mit deiner illegalen Hurerei ist es jetzt so oder so vorbei.“

Alice fixiert den Finger mit den Augen. Lieder-Olle spricht nun mit seiner Polizistenstimme, aber Alice bringt keinen Zusammenhang hinein. Der brennende Schmerz nimmt endgültig überhand und der Finger vor ihren Augen wächst, bis sie auf dem Sitz zusammenbricht.

Ist das nicht das kleine Lamm Gottes?

Signe klopft an der abblätternden Tür, die wird aufgerissen und heraus stürmt ein kleiner Junge mit einem Nuckellappen im Mund.

„Gusten, komm zurück!“, ruft eine Frauenstimme.

Aber er läuft weiter die Steintreppe hinunter. Signe folgt ihm und fängt ihn ein. Der Junge versucht das Fischpaket zu erwischen, das sie unter den Arm geklemmt hat, es gelingt ihm aber nicht. Reißt sich den Lappen aus dem Mund. Ein süßlicher Duft steigt aus dem schmutzigen Lappen auf. Signe rümpft die Nase.

„Hab Ssuckerwasser gekiegt“, sagt er grinsend.

Lässt sich die Steintreppe hinauftragen. Signe merkt, dass er einmal ordentlich mit Bürste und Seife abgeschrubbt werden müsste. Das blasse Gesicht ist mit Rotz verschmiert.

Eine hohlwangige Frau mit nachlässig hoch gesteckten Haaren streckt den Kopf durch die Türöffnung.

„Was willst du?“

Signe setzt Gusten ab. Der kriegt von seiner Mutter einen Schlag übers Ohr, aber das kümmert ihn nicht. Intensiv saugt er an dem gezuckerten Lappen und läuft in die Wohnung.

Signe macht rasch einen Knicks.

„Sind die Småländerinnen da?“

„Soll das Gerenne etwa wieder anfangen? Ich versteh schon, du bist mit dem Apfelsinenmädchen bekannt.“

Die Frau presst die schmalen Lippen zusammen und betrachtet Signe vom Mittelscheitel bis zu den Stiefeln.

„Nee, aber …"

„Das sag ich dir, die Miete bezahlst du an mich. Versuch nicht gratis zu übernachten. Ich höre und sehe alles und hab meine Untermieter unter Kontrolle, die Småländerinnen und das Apfelsinenmädchen im Zimmer. Und bei mir in der Küche die Brüder Persson und Tischler Lundström."

Signe zuckt zurück vor dem Wortschwall der Frau.

Von drinnen ertönt ein Aufschrei, gefolgt von schluchzendem Kinderweinen. Die Witwe schlägt die Tür mit einem Knall zu, der im Treppenhaus widerhallt. Von der Wohnung im nächsten Stock ruft eine schrille Frauenstimme:

„Wenn die Witwe ihre Untermieter nicht in Schach halten kann, werde ich dafür sorgen, dass sie rausgeschmissen wird!"

Noch einmal knallt es kräftig, als die obere Tür zugeschlagen wird. Signe schleicht die Treppe hinunter und bleibt unten dicht hinter der Haustür stehen, um zu warten.

Die Uhr der Katharinakirche schlägt siebenmal. Die Glockenschläge mischen sich mit Hufgeklapper. Das Pferd ist noch einige Häuserblöcke entfernt, nähert sich aber stetig.

Signe hat ein richtiges Anliegen und es macht sie nervös, dass sie warten muss. Beda und Anna müssten kommen und den Tagesverdienst errechnen, der im Bündel steckt, bevor es richtig Abend wird. Sie bereitet sich auf die Begegnung mit den Schwestern vor. Erst will sie das Geld und die Heringe von Mamsell Kron zeigen und dann … Das Hufgeklapper hallt wider in der Gasse. Hastig schaut sie durch die Fensterscheibe der Haustür und sieht, wie der Kutscher einer Mietdroschke die Zügel anzieht und das Pferd zum Stehen bringt. Wer lässt sich von einer Droschke in die Stora Glasbruksgatan bringen? Doch nicht die Småländerinnen, das können sie sich nicht leisten.

„Denn wer sein Leben nur einmal lebt, macht sich heute keine Sorgen …", singt jemand in der Gasse. Ein Mädchen mit breitrandigem Hut schwankt auf die Haustür zu. Sie wedelt mit einem kleinen Stoffbeutel. Signe kennt das Lied nicht, aber die Stimme kommt ihr bekannt vor. Eine helle, kräftige Stimme.

Die Tür wird aufgestoßen. Das Erste, was sie von der Sängerin sieht, ist ein grüner Schal mit langen Fransen, derselbe Schal, unter dem sie bei den Småländerinnen geschlafen hat. Die Sängerin verstummt jäh, starrt sie mit offenem Mund an und entblößt einen ausgeschlagenen Zahn. Haarsträhnen ringeln sich über den grünen Schal bis hinunter zu der fest geschnürten Taille.

„Nein, ist das nicht Gottes kleines Lamm!"

Die Schalträgerin schaut in ihr Gesicht.

Signe schreit auf, lässt das Fischpaket fallen und lehnt sich gegen die Treppenhauswand. Starrt in Alices Gesicht. Ein Gesicht, das aufgedunsen und viel älter aussieht, als es aussehen dürfte.

„Freust du dich nicht mich zu sehen?"

Alice breitet ihre Arme aus und schlägt dabei mit dem Beutel gegen ihre Nase.

„Ich hab gedacht, du bist tot, Alice", flüstert Signe atemlos.

Da bricht Alice in ihr vertrautes lautes Lachen aus. Und für Signe gibt es keinen Zweifel mehr. Sie muss sich auf die kalte Treppe setzen, in ihrem Kopf dreht sich alles.

„Fräulein Åberg hat gesagt …"

Alice schlägt die Hände zusammen, dass es laut klatscht.

„Signe, du darfst den alten Bibelschwestern nicht alles glauben!"

Signe laufen Tränen übers Gesicht, obwohl sie nicht richtig weint.

„Oh, Alice, natürlich freu ich mich. Du bist ja wie meine Schwester. Aber ich verstehe es nicht. Hattest du einen Unfall? Du siehst so verändert aus." Die Worte purzeln einfach so aus ihr heraus, während ihr die Tränen den Hals herunterlaufen.

„Du bist jedenfalls immer noch die Alte, du Heulsuse."

Alice reicht ihr die Hand und zieht sie von der Treppenstufe hoch. Sie lässt ihren Beutel klirren.

„Ich bin jetzt genauso fleißig wie du. Eine fleißige Hure. Heute hab ich mich bei der Sitte registrieren lassen und Geld hab ich genug, dass es für uns beide reicht."

Alice versetzt ihr einen kleinen Knuff, damit sie das Fischpaket aufhebt und die Treppe hinaufgeht.

„Kennst du jemanden im Haus?", fragt Signe verwirrt.

„Und ob, ich wohne zur Untermiete bei der Witwe. Muss mir das religiöse Gewäsch von zwei kleinen Mädchen anhören, aber das bin ich ja gewöhnt.“

Da begreift Signe plötzlich. Annas und Bedas Zimmergenossin, das Apfelsinenmädchen, das sich einen feinen Herrn geangelt hat, ist Alice. Ihre Alice. Und die Worte eben waren kein Gerede. Alice ist schmutzig …

Auf der obersten Treppenstufe bleibt Signe stehen und schaut in Alices wässrige Augen.

„Du bist also das Apfelsinenmädchen.“

Alice sieht etwas erstaunt aus. Sie stellt einen Fuß auf den Absatz, auf dem Signe schon steht. Da tritt Signe auf ihren schwarzen Schnürstiefel, tritt mit aller Kraft zu, die ihr zur Verfügung steht. Tritt aus Wut, Verzweiflung und Ohnmacht. Unbeweglich stehen sie da, und ausnahmsweise ist Alice still, nicht einmal ein Wimmern gibt sie von sich. Signes hellblaue und Alices grüne Augen begegnen sich.

Langsam drückt Alice die Türklinke zur Wohnung der Witwe herunter und schiebt Signe vor sich her.

„Verlass dich nur auf Alice.“

Ein Monat ist vergangen, seit sie in den Schuhkarton gezogen ist. Alice hatte sich bei ihrer Ankunft resolut hingestellt und die Heringe von Mamsell Kron gebraten, dass es im Treppenhaus nur so qualmte, und die Witwe und ihre Kinder eingeladen. Und ihr Versprechen, auch für Signe die Miete zu bezahlen, hatte die Witwe erweicht. Aber die Småländerinnen sind nicht genauso leicht zu erweichen. Anna vermeidet es, mit Alice zu reden, die sie „Stellvertreterin der Sünde“ nennt. Schweigend kauert sie abends auf der Matratze. Flüstert mit ihrer Schwester. Signe betrachtet sie mit Misstrauen.

Die Stimmung im Schuhkarton ist dumpf und wird hin und wieder aufgerissen durch Alices launische Ausbrüche oder Lachsalven.

Signes Geld fürs Fischeausnehmen ist schon lange aufgebraucht. Sie ist mehrmals im Fischhafen gewesen, aber Mamsell Krons Hilfe ist wieder da und niemand von den anderen Frauen kann sich eine Hilfe leisten.

Signe verbringt fast die ganzen Tage in der engen Einzimmerwohnung. Die Brüder Persson und Tischler Lundström gehen früh am Morgen zu ihrer Arbeit. Anna und Beda ziehen los zu ihren geheim gehaltenen Bettelstellen. Alice schläft ihren Rausch aus.

Gusten hat eine Vorliebe für Signe, und manchmal passt sie auf ihn und seine kleine Schwester auf, was die Witwe mit Wohlgefallen hinnimmt. Die Mutter kümmert sich nicht nennenswert um die Kinder und ist häufig den größten Teil des Tages abwesend. Dann herrscht Friede in dem heruntergekommenen Loch. Frieden der Einsamkeit.

Signe sitzt mit Gusten auf dem Schoß da und schnuppert an seinem weichen blonden Haar. Sie hat ihn gerade in der Zinkbadewanne gewaschen. Er lutscht hingebungsvoll am Daumen, während sie mit seinen anderen Fingern spielt.

„Das ist der Daumen, der schüttelt die Pflaumen, der liest sie auf, der bringt sie nach Haus, und der isst sie alle auf."

Er hustet, dass es nur so rasselt, seufzt aber trotzdem begeistert und möchte den Reim wieder und wieder hören. Das erinnert sie an das Zusammensein mit dem kleinen Mädchen in Fredriksberg.

Bei Karlssons hatte sie wegen der Hausarbeiten kaum Zeit gehabt mit dem Mädchen auf dem Schoß dazusitzen. Hat bis in den späten Abend für Essen, Unterkunft und die hundert Kronen gearbeitet, die sie nicht mehr bekommen hat. Jetzt wird ihr die Zeit lang.

Alice sorgt dafür, dass sie genügend zu essen haben. Unterkunft hat sie. Eigentlich brauchte sie sich wegen der Zukunft keine Sorgen zu machen und könnte einfach so dem Augenblick leben wie Alice und Anna. Obwohl sie es auf unterschiedliche Weise tun. Alice geht abends zeitig weg und kommt erst in der Nacht wieder. Redet nie vom nächsten Tag und lebt dem Augenblick. Anna legt ihre Zukunft in Gottes Hände.

„Gott hat unser Schicksal schon bestimmt. Ich kann mich nur nach seinen Beschlüssen richten und das tun, was ich für richtig halte, recht und richtig", pflegt sie zu sagen.

Signe und Beda sind die Wankelmütigen. Aber Beda wagt es nicht sich Signe zu nähern, wenn die Schwester zugegen ist. Trotz der Enge steht Signe außerhalb.

Gusten ist eingeschlafen und sie legt ihn vorsichtig auf den Deckel der Schlafbank.

„Wie Heringe in einer Tonne liegen wir hier“, murmelt sie. Sie sieht die Küche der Witwe am Abend vor sich. Wenn die drei Junggesellen, die Witwe selbst und die Kinder ihre Betten für die Nacht bereitet haben, gibt es nicht mal mehr Platz auf dem Fußboden.

Wenn Alice wenigstens aufwachen würde, damit sie einen kleinen Schwatz halten könnten, bevor sich die Wohnung wieder mit Lärm und Genörgel füllt. Sie späht durch die Tür in den Schuhkarton. Alice dreht sich auf ihrer gemeinsamen Matratze um und gähnt mit weit aufgerissenem Mund. Signe bleibt zögernd in der Türöffnung stehen. Alice kann sehr zornig werden, wenn sie nicht nach ihrem eigenen Rhythmus aufstehen darf. Da kann leicht ein Stiefel angeflogen kommen, wenn sie schlechter Laune ist. Ihr Gesicht ist bleich und grau im hellen Tageslicht. Auf dem Fußboden liegen Rock, Bluse und Leibchen. Sie schläft in ihrem fleckigen Unterrock unter dem grünen Schal. Jetzt spannt sie den Körper zu einem Bogen an und rollt sich auf die Seite. Der Schal gleitet herunter und entblößt eine noch nicht vernarbte Wunde über der einen Brust. Die Brustwarze ist nicht mehr da. Signe keucht. Presst die Hand vor den Mund. Will nicht heimlich gucken, kann aber nicht den Blick von der Stelle nehmen, die auf der blassen Haut böse grinst.

Erinnerungen an Alice als Kind, nackt im Waschraum des Kinderheims, blitzen in ihr auf. Aber Signe weiß, dass das keine Verletzung aus der Kindheit ist.

„Was hast du getan?“

Sie fällt auf die Knie und streicht der Freundin über das verwuschelte Haar.

Alice reißt den Schal an sich und richtet sich kerzengerade auf. „Lass mich in Frieden“, faucht sie und atmet eine betäubende Alkoholwolke aus, die Signe zurückzucken lässt.

Sie nimmt allen Mut zusammen und stottert: „Was – wo hast du dich so verletzt? Warum hast du nichts erzählt?“

Zwischen Alices hellroten Augenbrauen erscheint eine Furche und sie hämmert mit den Fersen auf die Matratze.

„Kümmere du dich um deine Angelegenheiten, ich kümmere mich um meine!"

„Aber Alice, vielleicht brauchst du Pflege."

„Du bist eigensinnig wie ein Maulesel."

Alice wirft den Schal ab und sagt dumpf: „Jetzt glotz du nur, guck's dir genau an."

Signe wendet das Gesicht ab. „Ich hab die Narbe zufällig gesehen, als du geschlafen hast, und ich will dein Bestes, das weißt du wohl."

„Neugierig bist du, du willst es nur nicht zugeben. Und wenn du es genau wissen willst, so amüsieren sich vornehme Herren. Großhändler zum Beispiel."

Alice reibt heftig ihre Augen und erhebt ihre Stimme so, dass Signe sie erschrocken zu dämpfen versucht. „Feine, feine Herren. Solche, die damit protzen, dass sie Heimen für gefallene Mädchen Geld spenden."

„Tut es noch sehr weh?", unterbricht Signe sie. Von Alices Geschichten will sie nichts hören. Ihr schmutziges Leben soll nicht in ihren Tagträumen herumspuken.

Aber Alice trompetet schrill weiter, ohne sie anzusehen: „Für meinen Teil ist es vorbei mit den feinen Herren, die wollen kein entstelltes Luder haben. Bauern und Bierkutscher begnügen sich damit, einem die Röcke hochzuheben."

Alice steht auf und legt das Leibchen an. Sie fummelt mit den Schnüren und beginnt daran zu ziehen. Signe geht einen Schritt näher.

„Feine Herren? Die haben dich mit Absicht verletzt? Sagst du die Wahrheit, Alice?"

Alice streckt die Arme in die Luft. „Zieh mal tüchtig", befiehlt sie. Starrt mit weit geöffneten Augen auf einen kahlen Fleck an der Decke. Während Signe die Leibchenschnüre anzieht, berührt sie die schlafwarme Haut der Freundin.

„Wie können feine Herren ...", sagt sie, möchte die rote Narbe streicheln, rein waschen. Die ganze Alice rein waschen.

Alice wirft ihr einen raschen Blick aus blanken Augen zu.

Weine, Alice, weine, möchte sie sagen, aber die Worte kommen ihr nicht über die Lippen.

„Drückt es nicht?“, fragt sie stattdessen.

Alice reißt sich los, kreiselt herum und bindet die Schnüre selber zu.

„Ich muss schnell zum Arzt“, sprudelt sie hervor.

Signe atmet auf. Genug Verstand für sich zu sorgen hat Alice also doch.

„Soll ich mitkommen? Gusten schläft und …“

Alice lacht auf und bückt sich nach der Bluse. Das Leibchen presst ihre Brüste gegen das Schlüsselbein, verbirgt aber die rot geränderte Narbe.

Signes Magen zieht sich zusammen. Muss Alice lachen, wenn sie versucht ihr zu helfen?

„Vielleicht hast du einen feinen Herrn, der dich begleitet?“ Die Worte sind scharf und es tut ihr im selben Moment Leid, als sie heraus sind.

Alices Finger hören für einen Augenblick auf, die Blusenknöpfe zu schließen. Der breite Mund zieht sich zusammen. „Es ist nicht so ein Arzt, wie du denkst. Es ist der Amtsarzt. In einer Reihe stehen mit den anderen Huren, darauf warten, dass wir die Beine spreizen. Aber das ist wahrscheinlich nichts für Gottes kleines Lamm …“

Signe hält sich die Ohren zu und geht rückwärts zur Tür. Doch Alices Stimme dringt zu ihr durch.

„Das hält sie nicht aus, mir zuzuhören, die kleine Träumerin Gottes. Aber den Hering und die Kartoffeln essen, die ich auf den Tisch bringe, das kann sie!“

Alice stößt sie beiseite und stürmt hinaus in den dunklen Vorraum.

Signe lässt die Arme hängen. Alices Worte hallen wider in ihren Schläfen. Die Worte haben sie ins Herz getroffen. Wie glühende Kohle fühlt es sich an, wenn jemand die Wahrheit sagt, unbehagliche Wahrheiten. Die Wahrheit ist, dass Alice für sie beide herumhurt. Das Hurengeld verschafft auch ihr Essen und Unterkunft. Geborgenheit. Das bisschen Geborgenheit, das man haben kann. Es ist aber auch eine Wahrheit, dass Alice schmutzig, entehrt ist. Die schnellen Schritte sind im Treppenhaus verhallt und unten klappt die Haustür zu.

Und zwei Kronen für mich arme Kleine

Die Frauen in der Schlange haben einen apathischen Ausdruck. Eine dreiviertel Stunde hat Alice ihren Platz im Krankenhauskorridor behauptet. Hat genügend Zeit gehabt, über ihren Wortwechsel mit Signe nachzudenken.

Signe ist eine kleine Heuchlerin und dennoch der einzige Mensch auf der Welt, der sich etwas aus ihr macht. Signe kommt allein nicht zurecht, braucht sie immer noch, genau wie damals, als sie noch kleine Mädchen waren.

Es ist Alices erster Besuch in der allgemeinen Sprechstunde. Sie will die Untersuchung hinter sich bringen und versuchen nur vorwärts zu sehen.

Eine Krankenschwester mit gestärktem Kragen und Schürze ruft die Namen von einer langen Liste auf. Viele beugen sich über den Schreibtisch und versuchen so leise wie möglich zu reden, wenn sie an der Reihe sind. Es lohnt sich nicht. Die Krankenschwester ruft die Namen so laut auf, dass alle in der Schlange sie hören. Alice überlegt, ob sie halb taub oder einfach ein richtiger Drachen ist. Aber schließlich ist das egal.

Sie erkennt mehrere Gesichter in der Schlange. Obwohl sich so viele Mädchen kennen, unterhalten sie sich nicht laut miteinander. Es herrscht eine abwartende Stille, die hin und wieder von Flüstern und Fußscharren unterbrochen wird. Ganz still wird es, wenn der Vorhang neben dem Schreibtisch der Krankenschwester raschelt und ein Mädchen entlässt. Die Entlassene wird von fragenden Blicken ihrer Bekannten in der Schlange empfangen.

„Davongekommen!", zischt jemand.

Aber die meisten sehen mürrisch aus und sagen kein Wort. Das reicht den Wartenden auch als Antwort. Alle wissen, dass es Syphilis oder Tripper bedeutet. Und wenn man eine dieser beschämenden Krankheiten hat, darf man eine Weile nicht als Hure arbeiten und ist gezwungen im Kurhaus zu bleiben.

Alice seufzt ungeduldig. Das Krankenhaus gleicht einer Kaserne, die Mädchen werden wie Rekruten gehalten. Und sie müssen mehr

Regeln beachten als die Soldaten. Heute wartet sie selbst im Haus der Scham. Bisher ist es ihr gelungen gesund zu bleiben. Muss gesund bleiben. Wenn die sie gegen ihren Willen einsperren, wird sie abhauen, das hat sie sich fest vorgenommen. Aus diesem Krankenhaus abzuhauen ist fast so normal, wie einen Tripper aufzuschnappen. Obwohl die Polizisten einen zwangsweise zurückholen in das gehasste Krankenhaus. Oder noch schlimmer. Sie schicken einen zur Strafarbeit in ein richtiges Gefängnis.

Durch einen Stoß in den Rücken wird sie aus ihren Überlegungen gerissen. Die Finnin, eine nach Bier stinkende, grau aufgedunsene Frau, die sie aus einem Hotel in der Altstadt kennt, erinnert sie daran, in der Reihe zu bleiben. Wie die Kühe zur Schlachtbank trotten sie voran. Sind gezwungen sich untersuchen zu lassen. Zweimal in der Woche müssen sie sich zur Gesundheitsuntersuchung einfinden, steht in der Dienstvorschrift, die sie an dem Tag unterschreiben musste, als sie sich im Amt für Prostitution registrieren ließ. Das sind die Regeln der hohen Herren. Die Vorschriften der Männer, um solche wie den Großhändler gegen Syphilis zu schützen, denkt Alice bitter. Trippelt auf der Stelle.

Heute wäre sie am liebsten liegen geblieben, um sich zu erholen. Aber sie muss hinaus und sich für Geld verkaufen. An manchen Tagen würde sie lieber Granit schleppen, als in Haustoren und Nischen zu stehen.

Bei Wind und Wetter müssen sie ihr täglich Brot durch die Lust der Männer verdienen. Wenn sie nur einen kleinen Schluck Schnaps kriegt, dann schafft sie es noch einen weiteren Tag. Kein anderer Weg im Leben scheint ihr offen. Die Polizei, die ihr an jenem unglückseligen Abend half, hat selbst vorgeschlagen, dass sie sich registrieren lassen sollte. Der Beruf der Scham ist wohl das Einzige, wofür sie geeignet ist, geboren von einer Hure. Einmal Hure, immer Hure. So sind die Vorschriften gemeint und so wollen es die hohen Herren haben.

„Alice Maria Johansson", trompetet Alice, als sie endlich am Tisch der Krankenschwester angekommen ist. Ihre durchdringende Stimme erschreckt die Schwester so, dass sie einen Tintenklecks am Rand des Papiers macht. Sie wiederholt Alices Namen nicht, nickt nur mit zusammengepresstem Mund zum Allmächtigen hinter dem Vorhang.

In der Stahlschale des Arztes klirren Instrumente. Alice kneift die Augen zusammen, will nicht sehen, was er zwischen ihren Beinen macht. Die Beine spreizen, das kann sie ja, aber mit kalten Instrumenten malträtiert und abgedrückt zu werden, das ist fast schlimmer, als das Keuchen eines Großhändlers in den Ohren zu haben.

Der Arzt murmelt merkwürdige Wörter, die nicht an sie gerichtet sind. Er ist sich zu fein, um mit einer wie ihr zu reden.

„Fertig!" Die große Krankenschwester nickt ihr zu.

Sie darf gehen. Das muss man ihr nicht zweimal sagen. Alice sammelt ihre Röcke ein und eilt in den Korridor. Sie ist frei, das muss bedeuten, dass sie gesund ist. Am besten, sie entfernt sich so schnell wie möglich, ehe der Arzt es sich anders überlegt. Rasch geht sie an der Finnin vorbei und grinst sie triumphierend an.

Die Finnin hat den Platz im Eingang zum Hotel Falun eingenommen. Sie qualmt eine Zigarre. Späht die sich schlängelnde Österlånggatan entlang. Alice sieht schon von weitem ihr spitzes Kinn und den Rauch, der in den hellen Frühlingsabend steigt.

Wetterfahnen und Dachrinnen schwingen und knarren im Wind, der durch die Altstadt streicht. Alice schaudert. Sie hätte den grünen Schal mitnehmen und um die Schultern schlingen sollen. Nein, lieber nicht, in der auf Taille gearbeiteten Kostümjacke kommt die Figur besser zur Geltung. Sie kann sich doch nicht wie eine alte Frau kleiden.

Vor der Tür von 39 steht ein schlaksiger Kerl und feilscht mit Fia und Schiefmaul. Das ist Fredrik Komet. Alice streckt sich, will nicht vom Kometen gesehen werden, wie der allgemein bekannte Zuhälter genannt wird. Sie hat nicht die geringste Lust, eines „seiner" Mädchen zu werden, um das Geld, das sie heranschafft, mit ihm zu teilen. Flink verdrückt sie sich in eine Seitengasse. Nimmt den Flachmann aus der Rocktasche und gießt sich einen hinter die Binde, damit ihr warm wird.

Ein Haken schlägt gegen ein Fenstersims und kreischt über ihrem Kopf.

„Mach uns nicht die Gasse dreckig!“, ruft eine Alte durch einen Fensterspalt.

Alice streckt ihr die Zunge heraus.

„Warte nur, du Luder! Ich werde deinen Durst schon löschen!“, ruft die Alte.

Aber Alice hat sich schon zur nächsten Straßenecke gerettet, als das Wasser aus einer Schöpfkelle in den Rinnstein platscht.

Fredrik Komet ist gegangen. Arm in Arm nähern sich die Mädchen und winken. Alice grüßt, indem sie ihren Stoffbeutel einige Male durch die Luft schwenkt.

„Hier seht ihr eine, die Geld im Beutel hat“, sagt sie.

Aber der Beutel ist leer.

„Nimm dich in Acht, wenn du allein gehst. Der Komet nimmt nicht sehr viel dafür, wenn er auf uns aufpasst“, sagt Fia. Trotz ihres runden Hutes reicht sie Alice nur bis zur Nase, und manchmal hat sie Schwierigkeiten Kunden zu finden, weil sie so kindlich aussieht.

„Und wozu soll das gut sein? Prügel bezieht ihr doch auf jeden Fall vom Kometen, wenn ihr nicht genug rangeschafft habt für den Gierhals“, antwortet Alice nassforsch.

„So gefährlich ist er gar nicht, man muss mal mit ihm schlafen, dann frisst er einem aus der Hand wie die meisten Männer“, sagt Schiefmaul. Den Spitznamen hat sie wegen ihrer gespaltenen Lippe bekommen.

Aber Alice lässt sich nicht überzeugen. Hätte der Komet sie vor dem Großhändler beschützt? Von wegen! Aber sie will nicht erzählen, was auf der Perserbrücke passiert ist. Solche Geschichten gehen von Mund zu Mund und eins der Mädchen könnte ihn als Kunden bekommen. Der Großhändler ist ein mächtiger Mann. Es sind schlimmere Sachen passiert als das. Mädchen sind im Hafenbecken gefunden worden.

Ein rundlicher Mann in mittleren Jahren mit Hut und Handschuhen bleibt stehen, starrt Alice an.

„Guten Abend, meine Damen“, sagt er.

„Wollen wir gehen, Sie und ich?“, fragt Fia, die als Erste bei ihm ist.

Er scheint ein bisschen unsicher auf den Beinen zu sein.

Aber der Mann nickt in Alices Richtung.
„Wenn das kleine Rotkäppchen frei ist, dann …“
Der Reisende ist aus Östergötland, vermutet Alice, als sie dem Rundlichen ins Hotel Falun folgt. Männer aus Östergötland überlegen immer eine Weile, ehe sie sich für ein Mädchen entscheiden.
Das Paar muss an der Finnin vorbei, die ihre Zigarre ausgetreten hat und keine Miene verzieht. Die Treppenstufen sind hoch und der Mann keucht. Hinter einem zerkratzten Tresen erhebt sich ein verschlafener, blasser Portier.
„Zwei Kronen“, sagt er und nickt dem Mann aus Östergötland zu. Reicht ihm einen Schlüssel.
Das schmale Hotelzimmer ist an der einen Längswand möbliert mit einem durchgelegenen Eisenbettgestell und einem wackligen Korbstuhl. Unter dem schmutzigen Fenster steht eine Kommode.
Alice streckt die Hand aus. „Und zwei Kronen für mich arme Kleine.“
Ohne feilschen zu müssen, bekommt sie die Münzen und streckt sich auf dem schmuddligen Bettüberwurf aus. Die Unebenheiten in der Matratze drücken in ihrem Rücken.
Der Östergötländer lässt sich Zeit. Steht am Fußende und fummelt an seinen Knöpfen.
„Wenn der Herr seine Hosen runterkriegt, ist Rotkäppchen bereit“, sagt sie und rollt ihren Rock bis zur Taille auf.
„Sei nicht so bissig, alles braucht seine Zeit“, nuschelt er in seinem Dialekt.
Nach einer halben Ewigkeit, wie es ihr scheint, lässt er die Hosen mit den Hosenträgern zu Boden fallen. Die Schuhe hat er anbehalten und wirft sich auf sie. Quetscht ihre gemarterte Brust und sie stöhnt auf.
Zwei Kronen klirren im Stoffbeutel, als Alice die Treppe hinunterläuft. Der Abend hat gut angefangen.
„Wo einer kommt, kommen auch mehr!“, sagt sie im Vorbeigehen zu Fia, die inzwischen den Platz der Finnin eingenommen hat, bekommt aber keine Antwort. In Fias rundem Gesicht ist Unruhe und sie trippelt nervös auf der Stelle, späht dauernd die Straße hinauf. So-

bald sich eine männliche Gestalt zeigt, drückt sie sich in die Haustürnische. Alice versetzt ihr einen Stoß in die Seite.

„Angst vorm Komet?“, fragt sie grinsend.

Fia schüttelt den Kopf so heftig, dass ihr der Hut in den Nacken rutscht. „Olsson, der Bulle!“, antwortet sie rasch. Steckt die Nase aus der Türwölbung hervor und späht zum südlichen Teil der Österlånggatan. Das fußlange Cape macht sie noch kleiner. Sie sieht aus wie ein Kind, das Unfug angestellt hat. „Er hat mich gezwungen mit ihm in ein Zimmer zu gehen“, flüstert sie.

Alice zuckt mit den Schultern. „Männer sind eben alle gleich, Polizisten, Gardisten und Handelsreisende. Was spielt das für eine Rolle?“

Aber Fia ist erregt und klammert sich an ihren Arm. „Das Schwein hat nicht bezahlt und er hat mir mein Geld abgenommen. Ganze fünf Kronen hatte ich in der Rocktasche. Will mich ins Zuchthaus schicken, wenn ich nicht gehorche, hat er gesagt.“

Alice zieht ihren Arm zurück. „Was geht das mich an“, sagt sie. Aber sie hat einen Eisklumpen im Magen. Im Zuchthaus in Landskrona wird man hinter Gitter gesperrt und muss den lieben langen Tag Holzsäcke nähen. Dort soll es noch schlimmer sein als im Kurhaus.

Als ob Fia ihre Gedanken gelesen hätte, zischt sie: „Nächstes Mal kommt Olsson zu dir!“

Alice schnaubt. Läuft auf die Straße hinaus und biegt in die erste Seitengasse ein. Sie schaut sich um, ehe sie in ihrer Rocktasche nach dem Flachmann sucht. Im Ostwind ist Winterkälte und am dunkelblauen Abendhimmel segelt eine dünne Mondhälfte wie ein Schiff. Ihre Hände sind steif von der Kälte, die Flasche fällt ihr auf die Straße und rollt die Gasse entlang. „Verdammt noch mal!“, flucht sie und läuft der Flasche nach. Ihre beste Wärmequelle darf nicht zu Bruch gehen.

Eine niedrige Holztür wird aufgeschoben und zwei Männer zeichnen sich in der Dunkelheit ab. Der eine stellt den Fuß vor und hält die Flasche auf. Alice bleibt jäh stehen.

„Gib mir die Pulle, die gehört mir!“, brüllt sie. Fast ist ihr die Luft weggeblieben vom Laufen in der rauen Abendluft.

„Mal immer langsam mit den jungen Pferden“, sagt der Mann grinsend und hebt die Flasche auf.

Die Männer nähern sich ihr mit schwankenden Schritten. Sie erkennt die hohen Mützen und weiß, dass es Gardisten sind. Sie stemmt die Hände in die Hüften und verfolgt die Flasche mit dem Blick, als ob es ein empfindliches Wickelkind wäre.

„Bitte, liebe Herren!“ Sie streckt die Hand nach dem begehrten Schnaps aus. Der Kamerad des Flaschenträgers packt sie und zieht sie an sich. Die Männer lachen verschwörerisch, aber Alice ist nicht nach Scherzen zumute. „Gebt sie her!“, schreit sie.

Eine behandschuhte Faust verschließt ihr rasch den Mund und sie wird die Gasse hinuntergestoßen.

„Beruhige dich mal, wir sehen doch, was für eine du bist“, antwortet der Flaschenträger.

Die Gardisten drücken sie gegen eine Hauswand. Die ist kalt und reißt an den Schulterblättern. Der eine hebt einen Finger zum Zeichen, dass sie still sein soll, während er langsam die Handschuhhand von ihrem Mund nimmt. Sie hat Pferdegeschmack auf den Lippen, spuckt und zischt.

„Sei still und benimm dich“, sagt er mild.

Sein sehniges Gesicht ist ihrem nah. Es ist ein Junge, nicht sehr viel älter als sie, in der Uniform der Kavallerie Schwedens. Sie begreift, dass es am besten ist, wenn sie sich still verhält. Aber die Flasche sollen sie ihr nicht stehlen, komme, was da wolle.

„Zwei Kronen zu zahlen für jeden. Vorher …“, sagt sie mit beherrschter Stimme.

Die Gardisten tauschen einen Blick und grinsen wieder.

„Und die Flasche will ich auch wiederhaben“, fügt sie hinzu.

„Die Flasche kriegst du, wenn wir mit dir fertig sind“, antwortet der andere. Er hält ihre Arme fest und sein Spitzbart kitzelt sie an der Stirn. Der junge Gardist hat die vergoldeten Uniformknöpfe geöffnet und tastet schon unter ihren Röcken. Sie tritt ihn zwischen die Beine, ein erfolgloser Versuch sich zu befreien. Bekommt eine brennende Ohrfeige. Der Griff um ihren Arm wird fester. Dann geht alles sehr schnell.

Alice kriecht auf Knien durch den Schlamm der Gasse. Sie tastet mit steifen Fingern nach ihren zwei Kronen. Die Finger kleben. Den Beutel hat sie behalten, aber das Geld vom Östergötländer muss irgendwo im Matsch liegen. Ist rausgefallen, als die Gardisten sich über sie hergemacht haben.

Nachdem die Männer sich an ihr befriedigt hatten, setzten sie die Flasche an den Mund und schmetterten sie schließlich gegen die Mauer, dass die Scherben nur so flogen. Verschwanden durch dieselbe Holztür, durch die sie gekommen waren, vermutlich führte sie in eine Kellerschenke.

Aber das ist ihr egal. Jetzt geht es um das Geld! Sie muss Branntwein haben, sonst hat sie keine Kraft, heute Abend weiterzumachen.

Alice spuckt aus.

„Verdammt, verdammt! Wenn Gott nicht helfen kann, hört vielleicht der Teufel zu", knurrt sie.

Lieber Herr, hilf uns!

Signe läuft die Stora Glasbruksgatan hinunter. Der Regen in der Nacht hat das Kopfsteinpflaster schlüpfrig gemacht und sie rutscht auf ihren glatten Stiefelsohlen aus. Jetzt entlarvt die Sonne die schmutzigen Fenster der Steinhäuser und Holzschuppen. Flecken und Staub auf Kleidung und Schuhen treten in dem unbarmherzigen Licht hervor. Sie bleibt stehen und reibt vergebens an einem eingetrockneten Kaffeefleck an ihrem Rock. Aber sie kann sich jetzt nicht um ihr Äußeres kümmern. Sie will so schnell wie möglich ihre Besorgung erledigen, damit sie weiter auf Gusten aufpassen kann. Fiebrig und allein liegt er in der Küche der Witwe. Am Hügel hängt eine Bürste an einer Stange vor der Tür von Nummer 6. Es ist das Kennzeichen für einen Viktualienhändler, und zu Carlssons Laden ist sie unterwegs, um von den Zehn-Öre-Münzen, die sie fest in der Hand hält, etwas Essbares zu kaufen.

Von einer kleinen Kaffeerösterei schlägt ihr der liebliche Duft nach geröstetem Kaffee entgegen. Ihr wird schwindlig. Wo sich die Glasbruksgatan zum Hafen öffnet, sticht ihr die Sonne in die Augen. Sie sieht nicht viel und läuft geradewegs in eine kratzige Friesjacke.

„Das wäre fast schief gegangen, kleines Fräulein!"

Die Stimme klingt gemächlich und nett. Signe sieht in ein längliches, ernstes Jungengesicht. Der Junge ist ein ganzes Stück größer als sie, aber nicht viel älter.

„Entschuldigung! Ich bin wahrscheinlich ausgerutscht", bringt sie hervor. Macht einen Schritt rückwärts und will die Treppe zu Carlssons Laden hinaufgehen, aber der Junge steht ihr mit einem Karren im Weg. Er lässt die Holzdeichsel aufs Pflaster herunter. Signe erkennt Carlssons Laufburschen.

„Du hast dir doch nicht wehgetan?"

„Nee." Sie streicht sich eine Haarsträhne hinter das Ohr.

„Ein Glück, dass du mit mir und nicht mit der Karre zusammengestoßen bist", fährt der Junge fort, während er ein riesiges Heringsfass ablädt.

„Glück? Doch, ja, das war ein Glück."

Signe schiebt die Tür auf. Warum redet er weiter so freundlich mit ihr?

„Halt mir doch bitte die Tür auf!" Er drängt sich mit dem Holzfass an ihr vorbei. Als ihre Gesichter einander wieder nah sind, sagt er leise: „Glück für mich, meine ich."

Die Münzen kleben in Signes schweißnasser Hand. Sie starrt in die Kartoffelkiste. Macht er sich über sie lustig? Sie hat ja schon davon gehört, dass Jungen Mädchen gern aufziehen. Aber der hier sieht kein bisschen so aus. Will er auch im Laden weiter mit ihr reden? Für eine entlaufene Magd wie sie ist es nicht gut, Aufmerksamkeit zu erregen. Rasch nimmt sie ein paar Kartoffeln aus der Kiste.

Der Junge hat sein Fass ins Lager gerollt. Sie läuft zur Frau hinter dem Tresen, um zu bezahlen, ehe er zurückkommt.

„Hast du nichts, wohinein du die Kartoffeln legen kannst?"

Signe zuckt zusammen. Die Frau seufzt. Die Hausfrau dieser schlampigen Person kann einem Leid tun, scheint sie zu denken.

Signe trägt die halb weichen Winterkartoffeln in der Schürze. Bevor sie die Ladentür hinter sich schließt, kann sie es nicht lassen, noch einmal in den Laden zu schauen, um einen Blick auf den freundlichen Jungen zu erhaschen. Aber er ist nicht zu sehen. Stattdessen starrt sie auf eine Reihe gut gemästeter, gerupfter Hühner. Ihr läuft sofort das Wasser im Mund zusammen und ihr Magen knurrt laut. Sie geht rückwärts die kurze Treppe hinunter, stößt mit dem Rücken gegen etwas Hartes und fährt herum. Es ist die eine Deichsel der Karre. Himmel, wenn der Junge nun gesehen hat, was für ein Dummchen sie ist! Er hat doch gesagt, dass es ein Glück war, dass sie nicht in die Karre gerannt ist.

Gustens rasselndes Husten ist schon im Treppenhaus zu hören und Signe nimmt zwei Stufen auf einmal. Der Junge sieht nicht viel von seiner Mutter, er hat angefangen sich mehr und mehr an sie anzuschließen. Die Witwe hat eine Arbeit beim Fuhrunternehmer Staf und seiner Familie auf Östermalm bekommen. Sie kümmert sich um den Haushalt und die Kinder und darf ihre kleine Tochter mitbringen. Scheint zufrieden zu sein, dass ihr Gusten erspart bleibt, den sie für widerspenstig hält.

Die Welt ist doch verrückt, wenn eine Mutter ihren Unterhalt dadurch verdienen muss, indem sie sich um fremde Kinder kümmert, sodass sie keine Zeit für ihr eigenes hat. Niemals wird Signe ihre Kinder jemandem anders überlassen, wenn sie welche bekommt.

Sie legt die Hand auf Gustens fieberheiße Stirn. Er hat sich die beiden Decken abgestrampelt, mit denen sie ihn zugedeckt hat. Sein Gesicht ist rot und die Augen glänzen.

„Ich geb dir Zuckerwasser“, sagt sie tröstend.

Diesen Satz pflegt er mit begeistertem Piepsen zu begrüßen, dies Mal antwortet er nicht.

Signe späht in die Speisekammer der Witwe. Es raschelt. Ein langer Schwanz verschwindet in einem der unzähligen Rattenlöcher. Sie tritt mit dem Fuß auf. Rasch gibt sie ein wenig Zucker in eine henkellose Kaffeetasse und schlägt die Tür zu. Die ekligen Ratten lassen sich nur kurzfristig abschrecken. Bald sind sie wieder in der Speisekammer, das kann niemand verhindern.

„Komm, mein Kleiner, das schmeckt gut!“

Signe hat Wasser auf den Zucker gegossen und mit dem Zeigefinger umgerührt, versucht Gusten auf der Küchenbank aufzurichten. Ein Kissen gibt es nicht, aber sie stopft ihm Lappen und Kleider in den Rücken. In seiner Brust rasselt es, wenn er atmet. Seine Lippen sind rot und aufgesprungen und seine daunenweichen Haare kleben vom Schweiß.

„Du musst etwas gegen das Fieber trinken", sagt sie. Sie sucht nach einem Kaffeelöffel und tröpfelt ein wenig Zuckerwasser in Gustens Mund. Für einen Augenblick sieht er ihr in die Augen, scheint zu Bewusstsein zu kommen.

„Das ist der Daumen, der schüttelt die Pflaumen", flüstert Signe.

Aber der Junge verschwindet wieder in der Fieberwelt, und in seinem mageren Gesicht zeigt sich ein Lächeln. Vorsichtig legt sie seinen Kopf zurecht. Schleicht in ihren Schuhkarton.

Der Schlaf wird dem Kleinen gut tun. Schlaf ist die beste Medizin, hat die alte Kata immer gesagt.

Signe hat keine Ruhe sich hinzusetzen, sie geht auf und ab in der dämmrigen Kammer. Was soll sie machen, wenn Gusten nicht bald wieder gesund wird?

In der Fensternische des Hauses gegenüber sitzen einige kleine Kinder, die sonst immer mit Gusten spielen. Sie amüsieren sich damit, Strichmännchen an die staubigen Scheiben zu zeichnen.

Anna hat ein Bild von Jesus mit der Dornenkrone an die Wand gehängt. Signe begegnet Jesus mattem Blick. Sein Gesicht wirkt fast wie eine Fotografie aus einer Zeitung zwischen den Abbildungen und schwarzen Buchstaben der Zeitungstapete.

„Lieber, guter Jesus, hilf Gusten!", sagt sie ohne nachzudenken. Merkt, dass sie Annas Tonfall und Dialekt nachahmt.

In der Küche klirrt etwas und Signe stürmt los. Auf der Zinkabdeckplatte sitzt eine Ratte. Sie trinkt gierig aus der Tasse mit dem Zuckerwasser. Signe erstarrt und wagt sich nicht von der Schwelle zu rühren. Gusten jammert auf der Küchenbank. Sie kann sein Gesicht nicht sehen, nur seine Füße gucken unter den Decken hervor.

„Signe ist ja da."

Sie versucht ruhig zu sprechen. Als Antwort bekommt sie ein jämmerliches Schluchzen. Die Ratte trinkt weiter, ihre Gegenwart stört sie überhaupt nicht. Signe muss sie irgendwie verscheuchen, sieht sich nach einer Waffe in Reichweite um.

Der Stiefel. Sie bückt sich, immer noch den Blick auf den unbekümmerten Eindringling gerichtet, und beginnt ihn aufzuschnüren. Als sie mit dem Stiefel auf die Spüle zielt, wittert die Ratte Unrat. Mit einem Satz ist sie auf dem Fußboden und entschlüpft durch einen Spalt in den Dielen.

Rasch ist Signe bei der Küchenbank. Gusten wimmert im Halbschlaf. An seiner einen Wange läuft Blut herunter.

„Hast du dich gekratzt?"

Sie berührt die Wange und Gusten zuckt zusammen. Da sieht sie die Wunde.

Hinter der Verkleidung knabbert es ausdauernd. Signe tritt mit dem Fuß auf, so fest sie kann. Das Knabbern hört auf. Dass die Nachbarin an die Wand klopft, ist ihr gleich. Was soll sie mit einem kranken kleinen Jungen machen, bewacht von einer raubgierigen Ratte? Ihr kann niemand helfen, sie kann sich mit niemandem beraten. Sie zittert wie im Fieberschauder. Wirft den Zopf zurück. Rattenbisse sind lebensgefährlich, hat sie gehört. Und es ist gar nicht ungewöhnlich, dass diese verabscheuungswürdigen Schmarotzer allein gelassene kleine Kinder angreifen.

„Gusten!", flüstert sie, als ob sie selbst Trost in der Anwesenheit des einzigen menschlichen Wesens suchte. Der sonst so gesprächige Junge antwortet nur mit einem rasselnden Atemzug.

Jetzt muss sie vernünftig nachdenken. Am liebsten würde sie sich nachgeben und wie ein kleines Kind anfangen zu weinen. Sie wünschte, ihr käme ein großer starker Mensch zu Hilfe, der den richtigen Beschluss für sie fasste. Aber weder die Witwe noch die Småländerinnen sind vor dem späten Abend zu erwarten. Ja, die Witwe bleibt vielleicht sogar über Nacht fort. Wann Alice kommt, weiß man vorher nie. Und wenn sie zur Tür hereinkommt, ist sie zu betrunken, um sich um irgendetwas zu kümmern.

Signe braucht Hilfe. Den Jungen allein in der Küche zu lassen wäre zu riskant. Ihr läuft ein Schauder des Entsetzens über den Rücken bei der Vorstellung, was das nagende Biest anrichten könnte, während sie jemanden holt. Rasch klappert sie wieder mit den Stiefelsohlen über den Fußboden, stürmt wie ein Wirbelwind in den Schuhkarton und holt Alices grünen Schal.

Der Junge ist ganz schlaff, aber sie schafft es, ihn einigermaßen einzuwickeln, und nimmt ihn auf den Arm. Zum Glück hat er ein Fliegengewicht.

„Da hast du's, du Rattenscheusal", faucht sie und versetzt der Wohnungstür der Witwe einen kräftigen Tritt.

Sie schleppt den eingewickelten Gusten den wohl bekannten Hügel nach Slussen hinunter. Frauen mit Milcheimern kommen vom Laden und Kinder jagen eine dicke Katze. Niemand bemerkt, in was für einer schwierigen Lage sie ist. Die Bewohner der berüchtigten Straße haben alle Hände voll zu tun, die Nahrung für den Tag zu beschaffen, und sind mit ihrem eigenen Elend beschäftigt.

Signe weiß nicht, wohin sie gehen soll, einen Plan, wer Gusten helfen soll, hat sie nicht. Sie hatte gehofft, etwas würde geschehen, wenn sie zu den Menschen auf der Straße hinauskommt.

Der magere Körper des Jungen wird ihr langsam zu schwer. Sie muss verrückt gewesen sein, dass sie mit einem fieberkranken Kind in den kühlen Frühlingswind hinausgegangen ist.

Der Wind pfeift wie üblich von Saltsjön. Sie geht langsamer und bleibt wie eine unschlüssige Kreatur stehen. Muss sich entscheiden, ob sie weiter zur Altstadt hinuntergeht oder die Götgatan hinauf.

„Jetzt wären wir fast schon wieder zusammengeprallt!"

Der Junge aus Carlssons Laden steht mit seiner Karre vor der Ladentreppe, bereit, sich mit einem Auftrag auf den Weg zu machen.

Signe sieht eine Möglichkeit. Sie muss ihre Schüchternheit überwinden. Für Gusten.

„Bitte, lieber Herr, hilf uns!" Ihre Stimme zittert vor Anstrengung.

„Herr, na, ich danke schön. So wird man nicht alle Tage angesprochen", antwortet er. Macht einen Schritt auf sie zu. „Aber was fehlt denn dem kleinen Bruder?"

Die ruhige Stimme des Jungen hilft Signe sich zu entspannen. Ihre

Unterlippe zittert, als sie sagt: „Es geht ihm schlecht, was soll ich tun?"

Er schirmt die Augen mit der Hand gegen die Sonne ab und wirft einen hastigen Blick auf Gusten. Resolut nimmt er ihn und legt ihn auf die leere Karre.

„Ganz ruhig, mein Fräulein!"

Signe protestiert nicht, als er die Karre in Bewegung setzt. Sie läuft hinter ihm her, wie ein Lamm hinter dem Mutterschaf herläuft.

„Der kleine Bruder muss zum Arzt." Er steuert den Karren zurück die Stora Glasbruksgatan hinauf.

„Ich heiße Signe", sagt sie keuchend. „Gusten hat hohes Fieber. Er reagiert nicht. Aber bald ist er wieder gesund, nicht wahr?" Die Worte sprudeln aus ihr heraus, begleitet vom Holpern der Karrenräder auf dem Straßenpflaster. Sie sieht den Laufburschen von der Seite an. Sein Mund ist wie ein Strich und die Hände sind fest geschlossen um die Deichsel. Obwohl es bergauf geht, wird er schneller.

„Heute hat der Armenarzt in Dihlströms Arbeiterstiftung Sprechstunde", antwortet er. „Und ich heiße Harald."

Harald. Sie schmeckt den Namen nach. Der passt zu ihm, klingt nett und erwachsen.

Signe schaut nach dem Kranken, der wie ein Entenjunges auf seinem ersten Schwimmausflug auf dem Karren schaukelt. Horcht seine Brust ab. Er atmet pfeifend. Auf seiner Wange leuchtet böse der Rattenbiss. Den hat Harald in der Eile vermutlich nicht bemerkt. Und sie hat nicht von der Ratte erzählt. Sie schämt sich, möchte nicht als nachlässige große Schwester dastehen.

„Hast du von der Schlägerei im Winter gehört?" Harald lacht auf. Ohne eine Antwort abzuwarten, fährt er fort: „Die Armenhäusler hatten Schnaps ins Dihlströmsche geschmuggelt. Sie haben den Vorsteher getreten und verprügelt, Käptn Kempff, und sind mit Stöcken auf einen Polizisten losgegangen."

Signe antwortet mit Staunen.

Das schmutzig gelbe Dihlströmsche Haus erhebt sich auf der Hügelkuppe. In das ernste Gesicht des Jungen kommt Leben.

„Man musste Verstärkung von der Polizeistation Katharina und der

Zentrale anfordern, sogar die Feuerwehr ist ausgerückt, um die Schlägerei zu beenden", erzählt er weiter.

„Schnaps schafft nur Unordnung, er sollte verboten werden", rutscht ihr heraus.

Harald wird wieder ernst. „Da hast du Recht, Signe." Er spricht die Worte langsam und mit Nachdruck aus und fügt energisch hinzu: „Ich werde nie einen Tropfen trinken."

Die Steigung wird steiler und Signe versucht die Karre von hinten zu schieben. Harald protestiert.

„Ich bin schwerere Lasten als so ein kleines Kind gewöhnt", sagt er.

Erst jetzt fällt ihr ein, dass er einfach weggegangen ist, ohne seinen eigenen Auftrag zu erledigen.

„Der Händler fragt sich wahrscheinlich, wo du geblieben bist. Bekommst du jetzt Ärger?"

Er guckt sie über die Schulter an und sagt mit einem Aufblitzen in den Augen: „Ich sage immer, es war eine Straßenbahn im Weg. Und Ärger nehm ich deinetwegen gern auf mich!"

Das ist zu viel für sie. Röte steigt ihr vom Hals herauf in die Wangen.

Bis zum Dihlströmschen sind es nur noch wenige Meter, da nimmt sie Gusten, lehnt ihn gegen ihre Schulter und läuft, so schnell sie kann, auf die Toreinfahrt zu.

„Vielen Dank, lieber Herr, jetzt komme ich allein zurecht!", ruft sie, Harald den Rücken zugekehrt.

Mit einem Satz hat er sie eingeholt, legt ihr die Hand auf die Schulter und hält sie fest. Sie sieht nicht in sein Gesicht, als er eine Krone in ihre Schürzentasche gleiten lässt.

„Bist du ganz sicher, Signe?", flüstert er in ihr Haar.

Gusten liegt auf dem Bauch auf einer schmalen Pritsche. Der Doktor klopft seinen Rücken ab. Ein abgestandener, säuerlicher Geruch liegt in dem provisorischen Untersuchungsraum. Hinter einem Vorhang, in einem großen Saal, warten die Armenhäusler, die in der Einrichtung wohnen, auch Frauen mit kranken Kindern aus dem Katharinaviertel warten darauf, an die Reihe zu kommen. Eine Diakonissin in schwarzer Kleidung und weißer Haube und einer Schleife unter dem Kinn versucht die Reihenfolge der Wartenden zu regeln.

Signe steht steif und stumm mit fest verschlungenen Fingern am Fußende der Pritsche. Bis jetzt hat der Doktor noch kein Wort zu ihr gesagt. Ein Schmerz schießt ihr vom Magen bis in die Stirn. Soll sie weiter so tun, als sei sie Gustens große Schwester, wofür Harald sie ganz selbstverständlich gehalten hat? Oder sagen, dass sie zur Untermiete wohnt. Dann will der Arzt vielleicht wissen, woher sie kommt, und … Nein, am liebsten würde sie sich durch den Vorhang davonstehlen. Der Arzt ist ein Vertreter der Behörden und entdeckt vielleicht, dass sie ihrem Bauern davongelaufen ist und nach ihr gesucht wird.

Er drückt sein Stethoskop gegen den nackten Jungenrücken. Lauscht mit offenem Mund. Klopft mit dem Fingerknöchel Bauch und Brust ab. Gusten hickst. Der Arzt schüttelt den Kopf zur Diakonissin. Endlich sieht er Signe durch seine runden Brillengläser an, die ihm auf die Nasenspitze gerutscht sind.

„Unternehmt ihr zu Hause denn gar nichts gegen die Ratten?"

Die Worte sind wie Peitschenhiebe.

„Ich hab auf ihn … ich hab gut auf ihn aufgepasst." Ihre Stimme zittert.

„Ja, ja!" Der Arzt wedelt abwehrend mit der Hand. „Sorg dafür, dass die Mutter des Kindes herkommt."

Ihre Handflächen sind von Schweiß bedeckt. Der Arzt findet, dass sie nachlässig gewesen ist. Wenn sie Gusten nicht allein gelassen hätte, wenn sie ihm nicht das Zuckerwasser zubereitet hätte …

Sie wischt die Hände an der Schürze ab.

„Geh jetzt, weg, hast du nicht gehört?"

Der Arzt redet mit ihr und kehrt ihr dabei den Rücken zu und schreibt in seinen Papieren.

„Die Witwe ist weit weg auf Östermalm. Ich kann sie holen, wenn Sie möchten."

Signe spricht schnell und leise, will den Arzt wohlwollend stimmen, damit er glaubt, dass sie ihr Äußerstes für Gusten getan hat.

Der Arzt streicht sich über den Scheitel. „Der Junge muss ins Krankenhaus. Ich werde ihm ein kostenloses Bett in Ersta besorgen und die

Mutter muss das Attest unterschreiben." Sein Ton ist milder, als er sagt: „Geh zur Hausfrau und bitte sie um ein Glas Milch, damit du Kraft für den Weg hast."

„Danke, Herr!" Sie macht einen Knicks. Aber der Arzt sieht sie nicht an, flüstert mit der Schwarzgekleideten.

„Hast du fünfzig Öre für Medizin für den Jungen?", fragt die Diakonissin.

Rasch steckt sie die Hand in die Schürzentasche und holt die Münze von Harald heraus. Sie kann zahlen, was sie schuldig ist.

Die Diakonissin sieht sie milde, aber ernst an. „Das Bett in Ersta kostet nichts, aber Medizin ist teuer, weißt du, und die Diakonie ist abhängig von Spenden", erklärt sie freundlich.

Signe nickt. Natürlich versteht sie, dass Medizin und ärztliche Versorgung Geld kosten.

Die Diakonissin spricht mit ihr wie mit einer Ebenbürtigen. Als ob sie jemand sei, mit dem man rechnen kann. Die Frage brennt in ihr, sie muss eine Antwort haben.

„Wird Gusten wieder gesund?"

Die Ersta-Schwester schüttelt abwehrend den Kopf, sodass der weiße Kragen flattert.

„Das weiß man nicht, kleines Fräulein. Er hat es in den Lungen. Und jetzt auf Wiedersehen!", antwortet der Arzt rasch.

Er zieht den Vorhang auf und winkt eine zahnlose alte Frau herein, die sich den Bauch hält. Die freundliche Diakonissin legt Signe eine Hand auf den Rücken und sagt: „Sonntag darfst du ihn besuchen." Es ist, als hätte sie Signes Gedanken gelesen.

Signe begreift, dass sie die Zeit des Arztes zu lange in Anspruch genommen hat, und geht schnell weg. Bringt es nicht über sich, sich von Gusten zu verabschieden.

Die kalte Milch rinnt durch ihre Kehle. Signe trinkt so hastig, dass ihr Schlucken zu hören ist. Kann ein leichtes Stöhnen nicht unterdrücken, als das Glas geleert ist. So haben sie es im Kinderheim gemacht, wenn sie sich satt getrunken haben. Seitdem hat sie nicht mehr so gute und so viel Milch bekommen.

Niemand hat ihr wollüstiges Stöhnen gehört. Hier unter den Armenhäuslern ist man wahrscheinlich nicht so fein. Signe bahnt sich einen Weg zwischen den alten Männern und Frauen. Im Dihlströmschen sind mehrere hundert Arme untergebracht, jene, die sich nicht mehr allein versorgen können und die den Behörden ein Dorn im Auge sind. Die Behörden wollen ihre Bettelei auf Straßen und Plätzen unterbinden. Sie sollen arbeiten. Holz hacken, Kerzendochte drehen und andere einfache Arbeiten ausführen. Für ein paar Öre bekommen sie ein Dach über den Kopf und für den Tag zu essen. Wenn sie nur nie hier landet! Die Armen tragen dunkle Jacken und Holzschuhe, sie muss aufpassen, dass sie ihr nicht auf die Füße treten.

Draußen auf der Straße muss sie sich die Ohren zuhalten. Es grollt wie Gewitter vom Stadthafen, wo man den Fels mit Pulver sprengt. Mit Pferd und Wagen werden riesige Felsbrocken fortgeschafft. Der Hafen wird erweitert. Bis zu den Treppen beim Söderberg ist man gelangt.

Wohin sie schaut in der Stadt, es wird gesprengt und neu gebaut. Die Neugestaltung schafft neue Arbeitsplätze, jedenfalls für die Männer. Vater, der so oft im Hafen gearbeitet hat, schuftet er jetzt in diesem Gewimmel da unten? „Gustav ist nicht nach Amerika gefahren", hat der arme Mann in der Suppenküche so energisch behauptet. Es muss stimmen. Vater war in Stockholm geboren und aufgewachsen. Seit fünf Generationen, pflegte er stolz zu sagen. Er ist hier zu Hause.

Signe geht schneller. Bis Östermalm muss sie, am besten, sie nutzt die Kraft, die ihr die Milch gegeben hat. Gott allein weiß, wann sie das nächste Mal etwas in den Magen bekommt. Sie möchte der Diakonissin so schnell wie möglich zu Willen sein. Ihrem milden Blick war anzusehen, was für ein guter Mensch sie ist. Eine reine Seele. Das Gesicht mit der hohen Stirn gleicht dem Gesicht von Jesus Mutter. Die Diakonissin hatte so freundlich nach den fünfzig Ören für die Medizin gefragt und wäre nicht böse geworden, wenn sie kein Geld gehabt hätte.

Signe bleibt jäh stehen. Die Bürste des Viktualienhändlers ragt vom letzten Haus der Straße heraus, erinnert sie an Haralds Geschenk. Natürlich war es für den Arzt und die Medizin bestimmt. Obwohl sie herumstolzierte wie ein herrschaftliches Fräulein, hatte Harald ihr eine ganze Krone gegeben, und erst jetzt begreift sie, wofür. Das Wechselgeld in ihrer Schürzentasche gehört rechtmäßig Harald.

„Gottes kleines Lamm“ hat Alice sie immer genannt. So ein falsches kleines Lamm war sie also. Fühlte sich rechtschaffen, wenn sie mit dem Geld von Fremden bezahlte.

Harald hatte sie verunsichert. In seiner Nähe fühlte sie sich gleichzeitig ruhig und verschreckt. Doch obgleich er versucht hatte mit ihr zu scherzen, hatte er ihr die Münze gegeben, damit Gusten wieder gesund wurde. Die fünfzig Öre, die in ihrer Tasche schaukeln, wird sie ihm zurückgeben. Bald hat sie den Laden erreicht. Was hat Fräulein Åberg immer gesagt, wenn einem etwas widerstrebte? Pack den Stier bei den Hörnern!

Die Frau hinterm Tresen nickt Signe zu, als sie an der Reihe ist. Im Laden sind viele Kunden. Sie angelt die Fünfzig-Öre-Münze aus der Tasche, späht aus den Augenwinkeln nach allen Seiten.

„Ist Harald nicht da?“

Um die Mundwinkel der Frau spielt ein erstauntes Lächeln. Sie schüttelt verneinend den Kopf.

„Willst du nichts einkaufen?“

„Würden Sie so nett sein und ihm das hier geben?“

Signe schiebt die Münze über den Tresen.

„Das werde ich, von wem soll ich ihn grüßen?“

Signe zieht sich rückwärts zum Ausgang zurück.

„Geben Sie ihm das bitte nur.“

„Dann werde ich Harald von seiner kleinen Verlobten grüßen“, zwitschert die Frau. Sieht sich unter den Frauen um, die darauf warten, an die Reihe zu kommen. Gelächter bricht aus. Schallendes Gelächter, das Signe hinaustreibt.

Ihre Wangen brennen und ihr Herz rast. Verlobte! Was wird Harald denken, wenn er das hört? Dass sie sich bei ihm einschmeicheln will? „Männer machen nur Scherereien“, hallt Alices Stimme wider in ihrem Kopf. Trotzdem verspürt sie Stiche in der Herzgegend und ihr Gewissen flüstert, dass Harald etwas Gutes getan hat. Immer noch spürt sie seinen Atem in ihrem Haar. Aber ein Junge, nein, ein Mann ist er. Nie mehr wird sie sich in den Laden trauen. Nie mehr wird sie es wagen Harald zu begegnen.

Die Pferdestraßenbahn von Söder rattert vorbei, als Signe den Fuß auf die Straße setzt. Vertreibt die erregten Gedanken. Jetzt geht sie nach Östermalm in die Humlegaardsgatan und wird der Witwe mitteilen, dass Gusten in guten Händen ist.

Signe holt tief Luft und ihr Körper fühlt sich gleich viel leichter. Sie hat keine Verantwortung mehr für Gusten. Aber sie wird die kleine warme Hand vermissen, die sich in ihre schmiegt. Sein piepsiges Lachen bei den Fingerspielen. Gusten hat ihr gezeigt, dass er sie braucht. Sie nimmt sich vor, ihn zu besuchen. Die Witwe hat vermutlich keine Zeit dafür.

Östermalm, der östliche Stadtteil, ist eine fremde Welt für Signe. Hier wohnen feine Leute, Direktoren und Fuhrunternehmer, viele haben den neuen Titel Fabrikant angenommen. Familien, die sich Dienerschaft leisten können. Nicht nur eine Magd, die hier allerdings Hausgehilfin genannt wird, sondern auch noch eine Haushälterin, einen Chauffeur und eine Köchin.

Die steinernen Häuser sind anders als auf Söder. Signe schaut zu den hübsch verzierten Erkern hinauf. Auf einem Balkon im fünften Stock steht ein Hausmädchen in weiß gestärkter Kleidung und putzt Fenster. Es sieht hübsch aus, obwohl es putzt. Es gleicht einem Engel Gottes, ein durchbrochenes Eisengeländer trennt sie vom Himmel. Vor Signes Augen flimmert es, vielleicht kann das Hausmädchen die Wolken berühren? Es muss schwer sein den Reichen zu dienen.

Signe drückt sich an den neu gebauten Hausfassaden entlang. Im Park drüben, im Humlegaarden, gehen mitten in der Woche fein gekleidete Herren und Damen spazieren. Die Damen tragen einen Regenschirm überm Arm, obwohl die Sonne scheint. Sie selber möchte am liebsten mit dem grauen Stein verschmelzen in ihren fleckigen Kleidern und abgenutzten Stiefeln.

Am nördlichen Ende des Parks biegt sie um die Ecke und findet die richtige Hausnummer. Im Treppenaufgang mit der breiten Marmortreppe und dem frisch polierten Geländer zögert sie. Vielleicht dürfen Boten diesen Eingang nicht benutzen? Leise schleicht sie eine Treppe hinauf. Sieht sofort das polierte Messingschild mit dem verschnörkelt eingravierten Namen Staf. Jetzt kommt es darauf an, es richtig und sich nicht lächerlich zu machen. Sorgfältig liest sie alle Türschilder und findet eins, auf dem „Kücheneingang und Boten“ steht. Hier muss es sein.

Signe drückt auf den Klingelknopf und tritt sofort auf Armeslänge zurück. Der laute Klingelton zerreißt die brütende Stille im Treppenhaus. Am liebsten würde sie davonstürzen. Wenn jetzt die Weißgestärkte öffnet, wie redet man mit so einer?

Die Tür fliegt auf, und Signe hat Glück. Es ist die Witwe mit einem adretten Jungen im Matrosenanzug auf dem Arm.

„Himmel, was machst du hier?“, sagt sie.

Während Signe von Gustens Krankenhausaufenthalt erzählt, verzieht die Witwe keine Miene. Späht hinter sich in den dunklen Vorraum.

„Sag dem Doktor, dass ich Glasscherben in das Rattenloch gesteckt habe, ich schaffe es nicht bis Ersta.“ Das ist ihr einziger geflüsterter Kommentar.

„Aber der Doktor braucht eine Unterschrift“, sagt Signe.

Da schiebt die Witwe die Tür bis auf einen schmalen Spalt zu und zischt: „Spiel dich bloß nicht auf. Morgen bekomme ich die Miete, vergiss das nicht! Und lass dich nicht wieder hier blicken!“

Die Tür fällt mit einem kleinen vornehmen Knacken zu. Signe steht wieder allein im Marmormeer.

Ich hab's für Geld gemacht

„Hast du Alice gesehen?“

Signe steht auf der Schwelle zum Schuhkarton. Beda zuckt zusammen, scheint sie nicht kommen gehört zu haben, so beschäftigt ist sie damit, Geld zu zählen. Das Bündel, der abgelegte Unterrock, hat sie auf dem Fußboden ausgebreitet. Die kleineren Münzen auf einem Haufen, mehrere Kronenstücke auf einem anderen. Ihre Hand zittert, aber es ist zu spät das Geld zu verstecken. Beda versucht mit flackerndem Blick zu lächeln.

„Anna ist in der Betstunde und ich wollte nur zählen, was im Bündel ist." Ihre Stimme flötet im Falsett.

Signe ist zu müde, um sich über das merkwürdige Verhalten ihrer Zimmergenossin Gedanken zu machen. Die Füße tun ihr weh nach stundenlangem Marsch über die gepflasterten Straßen. Sie setzt sich schwer nieder.

„Endlich kann man die Schuhe ausziehen. Huh, wie die riechen." Sie schleudert die Stiefel von den Füßen und mustert ihre geschwollenen rotfleckigen Füße. Ihre kleinen Zehen sind krumm, weil sie immer in zu kleinem Schuhwerk herumgelaufen ist.

Bald kommt Alice mit Geld für die Miete nach Hause, es ist vierundzwanzig Stunden her, seit sie sich zuletzt gezeigt hat.

„Alice hat sich also nicht blicken lassen?", wiederholt Signe.

Beda schüttelt schnell den Kopf, streicht das Geld zusammen und bindet es fest in den Unterrock. Nachdrücklich sagt sie: „Das Geld gehört mir. Und wenn du meiner Schwester einen Mucks sagst, werde ich ewig unglücklich."

„Ich werde nichts sagen."

Trotz ihrer Müdigkeit ist Signe verwundert. Sonst teilen sich die Schwestern das Bettelgeld immer.

„Ich habe Brot und du kriegst kalte Pfannkuchen", fährt Beda fort und versteckt das Bündel unter der Matratze.

Die plötzliche Großzügigkeit ihrer Zimmergenossin ist schwer zu begreifen. Sonst kümmern sich die Mädchen nicht umeinander. Jede muss für sich selber sorgen, hat Anna bestimmt, als Signe in den Schuhkarton zog.

„Die Pfannkuchen sind von gestern aus Carlssons Laden", sagt Beda nicht ohne Stolz.

Signes Ohrläppchen brennen. Sie möchte wissen, ob Beda Harald getroffen hat.

„Waren viele Leute im Laden?"

Aber Beda antwortet nicht. Sie wickelt die Pfannkuchen aus dem fettigen Papier und schneidet Brot mit einem stumpfen Messer.

„Ich hab noch ein paar Kartoffeln, die wir uns kochen können", sagt Signe, angesteckt von Bedas Großzügigkeit.

Sie läuft in die Küche der Witwe.

Aber als sie Gusten wegbrachte, hat sie die Knollen in der Eile auf der Zinkplatte liegen lassen. Spitze Abdrücke im weißgelben Kartoffelfleisch verraten, wer dabei gewesen ist. Sie bringt es nicht über sich, die Kartoffeln zu nehmen.

„Glassscherben in den Löchern, das glaubt auch nur der Teufel", sagt sie zu sich selber. Vor ihrem inneren Auge sieht sie, wie die Ratte ihren Körper, der wie eine Wurst gestopft ist, durch die Wandverkleidung zwängt.

Beda hat gleiche Portionen aufgeteilt.

„An alles kommen sie heran, diese Rattenungeheuer", jammert Signe. Sie setzt sich neben Beda und nimmt von der goldgelben Pfannkuchenrolle. Die schmeckt nach Fett und schmilzt im Mund, verbreitet Wärme im Körper und löst die Zunge. Bald hat Beda die ganze Geschichte vom armen Gusten und der kaltblütigen Witwe erfahren. Aber von Harald erzählt Signe nichts. Beda hört zu und nickt zustimmend an den richtigen Stellen.

Sie sind beide Zuhörerinnen, stellt Signe fest. Anna und Alice reden lieber selber, als dass sie zuhören. Früher hat sie Beda nur für eine nickende Puppe ihrer Schwester gehalten, ganz ohne Eigenschaften.

Beda kocht dünnen Kaffee auf dem Ofen.

„Es ist wie damals, als wir uns das erste Mal getroffen haben", denkt Signe laut.

Da lächelt Beda herzlich. Das Angespannte in ihrem Blick ist verschwunden.

„Kann ich mich dir anvertrauen?"

Signe nickt erstaunt.

„Dieses Geld, wie soll ich sagen …"

Der Kaffeekessel pfeift in der Stille.

„Sag schon!"

„Heute ist Donnerstag", sagt Beda zögernd.

Signe nickt aufmunternd.

„Und donnerstags", Beda räuspert sich, „kommen die Bauern von

Sorunda zu den Händlern in der Götgatan. Ich war zufällig da, nicht mit Absicht, das darfst du nicht glauben."

Beda befingert eine gesprungene Tasse.

„Wie dem auch sei, ich bin mit einigen Bauern ins Gespräch gekommen. Die haben mich zu Kaffee eingeladen. Mir war kalt im Wind, und deshalb bin ich mit ihnen in ihr Quartier gegangen. Und da ergab sich dann das eine aus dem anderen." Beda holt tief Luft. „Sie waren kein bisschen gemein."

Signe beugt sich vor. „Aber all das Geld?"

„Wir saßen da mit unserem Kaffee und sie wollten ein wenig unter meine Bluse grapschen."

Signe kann nicht glauben, was sie hört. Die tugendhaften Småländerinnen! Sie versucht ihre Aufregung zu verbergen, merkt, dass es Beda schwer gefallen ist, ihr zu erzählen, was sie mit sich herumschleppt.

„Das eine ergab sich aus dem anderen und dann noch ein bisschen mehr", sagt Beda und schaut ihr geradewegs ins Gesicht. Und die Worte knattern wie eine Gewehrsalve: „Verflixt, ich habe es ganz einfach für Geld getan. Die Augen zugemacht und das Geld im Kopf gezählt, während ich dort lag. Und ich habe zehn Kronen in meinem Bündel, du hast es ja selbst gesehen."

Die vertrauliche Stimmung wechselt zu abwartendem Schweigen. In Signe tobt ein Kampf. Beda hat das Schlimmste getan, ist genauso tief gefallen wie Alice. Obwohl sie aus einem religiösen Zuhause kommt, weder trinkt noch sonstwie Dummheiten macht. Eben, als sie Beda die schreckliche Rattengeschichte anvertraut hat, war ihr, als verständen sie sich gut. Als dächten und fühlten sie auf die gleiche Art.

Bedas Hurengeld liegt unter der Matratze der Schwestern versteckt. Wenn Anna es entdeckt, dann wird sie Beda zur Rechenschaft ziehen und mit ihr zürnen. Signe schielt zu Jesus an der Längswand. Kann er ihr nicht ein Zeichen geben? Soll sie Beda zuliebe lügen oder Anna die Wahrheit sagen?

Beda richtet sich heftig auf und wischt die Krümel vom Rock. „Ich sehe, was du denkst, Signe, du denkst, ich bin verloren." Sie stellt sich breitbeinig zwischen Signe und Jesus und fährt fort: „Glotz du nur, ich lass mich nicht registrieren wie Alice. Ich werde mich an die Bauern halten, die sehen verlässlich aus, keine Säufer."

„Wie willst du dich vor Jesus und Anna verantworten?"

„Maria von Magdala, war sie nicht die größte Sünderin unter allen, war sie nicht Jesus am nächsten?", fließt es wie Wasser aus dem Mund der Småländerin. Und sie fügt spitz hinzu: „Anna wird es nie erfahren. Warum solltest du mich verpetzen? Du lebst doch selbst von Hurengeld!"

Da kommt die Wahrheit an den Tag. Die bohrt sich unter die Haut, nagt im Magen, klebt im Schweiß in den Haarwurzeln. Es gibt kein Entrinnen.

Signe steht hastig auf. Schweigend legt sie Schürze und Bluse ab und kriecht unter die kratzige Decke.

Graublaues Abendlicht sickert ins Zimmer. Sie schließt die Augen, um Bedas Wahrheiten vorm Licht und sich selbst zu verbergen. Im Einschlafen fällt ihr ein Bibeltext ein:

Er litte aber im Glauben und zweifle nicht;
denn wer da zweifelt, der ist gleich
wie die Meereswoge,
die vom Winde getrieben und bewegt wird.
Ein solcher Mensch denke nicht, dass er
etwas von dem Herrn empfangen werde.
Ein Zweifler ist unbeständig in allen seinen Wegen.

Unschlüssig ist sie. Darum will der Herr ihren Weg nicht ändern. Nein, ihre kleinmütigen Anstrengungen waren nicht genug für Ihn.

Früh am nächsten Morgen macht Signe sich auf den Weg. Die Småländerinnen schlafen noch mit offenen Mündern. Und Alice hat eine weitere Nacht an unbekanntem Ort verbracht. Signe schleicht mit den Stiefeln in der Hand in den Vorraum. Eine quengelige Kinderstimme fängt an zu weinen. Sie hat das Kleine geweckt! Die Tür fliegt auf und die Witwe im Nachhemd und geflochtenem Zopf steht vor ihr.

„Ich sehe, das saubere Fräulein möchte sich vor der Miete drücken."

„Nein, gnädige Frau."

„Ach? Und die andere, die hat man schon seit Tagen nicht gesehen."

Das Kind brüllt laut und Lundström steckt seinen grauen zerzausten Kopf aus der Küche. „Ruhe so früh am Morgen!"

Signe nimmt die Gelegenheit wahr, reißt die Wohnungstür auf und sagt hastig: „Sie bekommen die Miete heute. Ich verspreche es!"

Das Trommeln der Stiefelsohlen auf dem Holz, der rosafarbene Morgenhimmel und das Geschrei der Seevögel machen ihr Hoffnung. Signe nimmt zwei Treppenstufen auf einmal zum Söderberg hinauf. Es ist Mittsommerzeit und der Hering zieht in die Schären. Jetzt braucht Mamsell Kron sie bestimmt, ihre einzige Hilfe kann nicht genug sein.

Das Wasser im Hafen liegt ungewöhnlich still. Die milde Luft kündigt eine Hitzewelle an. Das kann bedeuten, dass die Mamsell das Fischeausnehmen noch mehr beschleunigen möchte, damit die großen Fänge nicht verderben. Endlich bekommen ihre flinken Finger Beschäftigung. Wenn sie es genau wie das erste Mal macht, als sie Arbeit suchte, muss es funktionieren.

Sie marschiert auf den nächsten Anleger hinaus und spült ihr Gesicht im trüben Wasser. Dabei bekommt sie etwas in die Nase und ein säuerlicher Geruch dringt in ihre Kehle. Sie spuckt, wird den ekelerregenden Geschmack jedoch nicht los. Dann sind die Wangen an der Reihe. Sie kneift sich in die Haut und spürt die Wangenknochen unter den Fingern. Richtet den Schal.

„Guckt euch die an!", ruft eine Mädchenstimme.

Einige Mädchen aus Dalarna in breit gestreiften Schürzen und farbenfrohen Umschlagtüchern zeigen vom Kai her auf sie.

Signe richtet sich hastig auf. Die Mädchen gehen weiter zum Anleger der Hökerinnen. Sie folgt ihnen in gehörigem Abstand.

Mamsell Kron ist in die gleiche Menge Schals eingewickelt wie immer. Vor ihrem Stand liegt ein Schiff aus Roslagen und sie nimmt eine riesige Ladung Fisch in Empfang.

„Gut, dass ihr rechtzeitig kommt, Mädchen!“, brüllt sie.

Signe geht schneller. Mamsell hat sie schon von weitem gesehen. Zum ersten Mal seit langem spürt sie echte Freude in ihren Wangen glühen. Die Mädchen aus Dalarna haben sich über den Fisch hergemacht und fangen an, ihn nach Größe zu sortieren.

„Guten Tag“, grüßt Signe und macht einen Knicks vor der Mamsell. Für einen Augenblick schwebt ihre Hoffnung hoch in der Luft wie eine Schwalbe vor der Sommersonne. Aber sie sinkt rasch, als die Mamsell sie erstaunt anschaut.

„Hast du nicht gesehen, dass ich genügend Hilfe habe?“

„Aber ich bin doch auch frühzeitig da gewesen“, piepst Signe. Ihre Stimme klingt wie die eines kleinen Mädchens, das um ein Bonbon bittet.

Mamsell Kron schiebt sie beiseite, wickelt einen Heringsschwanz in ein Stück Papier und reicht ihn ihr.

„Lass dich hier nicht mehr sehen!“, sagt sie nachdrücklich.

Langsam erwacht die Österlånggatan. In den oberen Stockwerken der steinernen Häuser kreischen Fenster in den Angeln, die geöffnet werden, um die Junisonne hereinzulassen. Signe unten auf der Straße zittert vor Kälte. Bis zu ihr reicht die Sonne nicht. Aber nicht nur der Schatten lässt sie frieren. Die Kälte kommt von innen. Vergebliche Träume hat sie genährt, hat zu lange getrödelt, ehe sie ihre Nase bei der Fischhökerin zeigte, sodass andere, Mädchen von auswärts, ihr zuvorkommen konnten. Ja, unschlüssig und schwankend, das ist sie. Und auf ihre Handlungsweise hat sie gerade Antwort bekommen. Nie mehr wird sie auf die Hilfe des Herrn hoffen.

Vor ihr trottet ein alter Biergaul her. Der Kutscher sitzt weit vornübergebeugt da. Sein Oberkörper schwankt. Das Pferd bleibt jäh stehen und der Mann grunzt.

„Los, Julle!“, schimpft er. Reißt an den Zügeln. Aber das Pferd schüttelt nur den Kopf und will sich nicht von der Stelle bewegen.

„Das Pferdevieh findet ja besser nach Hause als er selber!“, ruft eine Frauenstimme. Eine kleine Person, die einen Hut auf ihr zerrauftes Haar gedrückt hat, kommt aus einer Tür.

„Ein großes Maul, das hat sie!“, antwortet verschlafen der Kutscher.

Er packt einige Kästen Bier. Signe drückt sich hinter dem Fuhrwerk herum. Über der Haustür hängt ein Schild mit dem Wort HOTEL in roten abblätternden Buchstaben.

„Die Herren der Dame brauchen eine Abkühlung“, sagt der Kutscher grinsend.

Das Mädchen gähnt und hält ihm die Tür auf.

„Haben Sie Zeit für eine nette halbe Stunde?“

„Kommen Sie heute Abend wieder. Ich trink jetzt eine Tasse Kaffee und krieche in meine Koje.“

Signe wird klar, dass sie an die richtige Person geraten ist. Sie versteckt das Paket Hering auf dem Rücken und tritt hervor, als die Zerraufte die Straße überquert.

Signe trinkt den Kaffee in großen Schlucken. Fia hat ihr eine Tasse angeboten, nachdem sie Signes Anliegen gehört hat. Sie sitzen in einem Bierlokal gegenüber vom Hotel Falun. Signe hat ihren weißen Schal von den Schultern gleiten gelassen, aber Fia behält ihren Hut auf. Manchmal sieht sie aus wie eine alte Frau, manchmal wie ein kleines Kind, nicht so aufgedonnert wie ein Straßenmädchen. Nett und freimütig scheint sie zu sein, aber ein wenig nervös.

„Wie gesagt, Alice hat sich seit ein paar Abenden nicht in der Straße sehen lassen“, sagt Fia. Ihr Blick flackert, und jedes Mal, wenn sich jemand am Fenster zeigt, erstarrt sie.

„Glaubst du, Alice ist in einem anderen Hotel?“ Signe versucht Fias Blick festzuhalten, es gelingt ihr jedoch nicht. Lügt sie?

Fia schielt über die Schulter.

„Nee, sie ist im Hotel Falun, sie will nicht durch die Straßen laufen. Als ich sie das letzte Mal gesehen habe, hat sie gesagt, sie hat Bauchschmerzen. Aber sie war hochnäsig wie immer.“

„Wir müssen die Miete bezahlen, ich muss sie unbedingt treffen“, erklärt Signe.

Fia nickt langsam mit einem abwesenden Ausdruck in ihrem kindlichen Gesicht.

Jemand klopft ans Fenster. Sie lugt hinter der Gardine hinaus und winkt. Signe sieht gerade noch den Rücken eines langen dünnen Mannes und erhebt sich von dem wackligen Stuhl.

„Auf dich wartet wahrscheinlich jemand?"

„Nein, nein, ich halte nur Ausschau nach Olsson. Der Bulle ist hinter mir her."

„War das Olsson da draußen?"

„Oh nein, das war der Komet", antwortet Fia und fährt rasch fort: „Es ist schön, wenn man mit jemandem reden kann, findest du nicht auch?"

Sie lächelt und zeigt eine Reihe hübscher kleiner Zähne. Die Worte treffen Signe im Innersten. Wärmen genauso gut wie der Kaffee eben. Sie zieht das Paket Hering unter ihrem Rock hervor.

„Nimm das, wenn du etwas hast, worin du ihn braten kannst."

„Hering nehm ich gern. Für heute habe ich zu essen, aber man weiß nie, was morgen ist. Warte, du bekommst etwas zum Tausch."

Ehe Signe protestieren kann, ist Fia hinausgegangen. Durchs Fenster sieht Signe sie über die Straße und ins Hotel laufen und bald darauf wieder zurückkehren.

„Ich brauch sie nicht mehr. Nimm du sie!"

Signe hält eine Apfelsine in der Hand. Sie stehen vor dem Lokal und Fia trippelt auf der Stelle. Signe ist stumm. Nicht einmal einen Dank bringt sie heraus.

„Mach dir keine Sorgen wegen Alice, sie taucht bestimmt bald wieder auf", sagt Fia zum Abschied.

Wieder läuft sie auf Nummer 39 zu. In der Tür wartet der dünne Mann. Fia winkt. Der Mann wirft Signe einen langen Blick zu. Unbeholfen hebt sie die Hand zum Gruß.

Die Apfelsine lässt sie in die Rocktasche gleiten. Langsam geht sie davon. Die schwere Frucht stößt bei jedem Schritt gegen ihren Schenkel, erinnert sie an die Begegnung mit Fia.

Die Katharinakirche schlägt achtmal und die Mariakirche fällt ein. Gemeinsam läuten sie das Wochenende ein.

Signe schleppt sich im Takt der Glockenschläge die Straße entlang, ihre Füße und Beine sind müde. Es ist Samstagabend und Zahltag.

Arbeiter in kleinen Gruppen haben schon die ersten Gläser getrunken und sind auf dem Weg zu einem Lokal. Einige Straßenverkäuferinnen schleppen Säcke, aus denen Bürsten und Besenquasten herausragen. Geschäftsleute schließen ihre Läden.

Am Brunnsbacken steht ein Mann in langem Mantel und Schlapphut. Etwas an der mageren Figur kommt ihr bekannt vor, aber sie hat keine Kraft darüber nachzudenken, wo sie ihn gesehen haben könnte. Seit sie sich von Fia verabschiedet hat, hat sie die Altstadt durchkämmt. Ist alle Straßen auf und ab spaziert, hat sich sogar in die Gasse mit dem schlechtesten Ruf getraut, wo eine Zigarren rauchende Frau sie zum Teufel gewünscht hat, als sie nach ihrer „rothaarigen Schwester" fragte. Nirgends eine Spur von Alice. In jedem kleinwüchsigen Mädchen meint Signe sie zu erkennen. Aus alter Gewohnheit haben sich ihre Füße in Richtung Söder bewegt. Jetzt steht sie unter dem elektrischen Aufzug, der hier gebaut wird. Tut so, als betrachte sie ein paar Hüte, die im Schaufenster von „Neue und gebrauchte Kleidung" ausgestellt sind. Aber der Blick stiehlt sich zu Carlssons. Obwohl der Laden geschlossen ist, könnte Harald noch mit einem verspäteten Auftrag zurückkommen und den Karren abstellen. Er würde sie ernst anschauen und Rat wissen, wie beim letzten Mal. Im tiefsten Innern weiß sie, dass es ein Wunschtraum ist. Würde seine Gestalt auftauchen, dann würde sie gewiss wie das Amen in der Kirche davonlaufen. Sich verstecken.

Wieder beherrscht der Hunger ihren Körper. Ihre Gedanken flattern hierhin und dahin. Im Schaufenster der Viktualienhandlung stapeln sich Zuckerhüte. Es schneidet ihr ins Herz. Gusten und Zucker gehören zusammen. Morgen ist Sonntag und dann ist Besuchstag im Krankenhaus.

Ohne Miete traut sie sich nicht in den Schuhkarton. Sie muss sich bewegen, damit sie nicht der Polizei auffällt und wegen Herumtreiberei festnommen wird. Wünschte, die Småländerinnen kämen auf dem Weg zum Schuhkarton vorbei. Tut so, als halte sie Ausschau nach einem Wagen. Einem Wagen, aus dem Alice den Kopf hervorstreckt und ihren Namen ruft. Sie mit sich nimmt. Zusammen würden sie weiter den Hügel hinauffahren. Und wenn die Witwe ihre Nase zeigte, würde Alice ihren prallen Geldbeutel zücken.

Alice und sie würden essen, richtig essen, etwas Warmes, knusprig gebratenes Kotelett mit dicker weißer Soße und frischen Kartoffeln.

Ihr dreht sich der Magen um und es grollt darin wie Gewitter. Sie holt die Apfelsine hervor. Ein süßer, würziger Duft kitzelt sie in der Nase. Die Schale fühlt sich weich an.

Signe trippelt weiter. Aus der entgegengesetzten Richtung kommt der Mann vom Brunnsbacken. Jetzt erkennt sie seinen schlendernden Gang. Der Mann ist der Komet und er kommt auf sie zu.

Männerstimmen grölen. Eine Gruppe Bauarbeiter kommt mit einer Schiebkarre den Hügel heruntergelaufen. Sie kriegt einen Stoß in die Seite und die Apfelsine rutscht ihr aus der Hand. In der Karre sitzt ein fetter Kerl mit gespreizten Beinen. Er hält eine Literflasche in der Hand.

„Ich bin der Kleine Elefant, angenehm!" Er lüpft seine Mütze vor ihr.

„Jetzt mit der Ruhe, Jungs! Mit Frauenzimmern und Branntwein soll man vorsichtig sein", sagt ein breitschultriger Mann mit Jackett und Hut. Er fängt die Apfelsine auf und berührt seinen Hutrand mit den Fingerspitzen. „Hoffentlich ist sie nicht verdorben!" Und fährt fort: „Entschuldigen Sie den Aufruhr, mein Fräulein. Die Jungs sind nicht böse."

Signe nickt steif. Sieht, dass der Komet stehen geblieben ist und sich eine Zigarette angezündet hat. Sie steht wie festgewurzelt da, weiß nicht, was sie antworten soll. Wahrscheinlich hat sie selbst nicht ordentlich aufgepasst.

„Ich bin Vorarbeiter. In dieser Stadt wird ja gebaut wie beim Goldrausch. Die neuen Baumeister sind richtige Witzbolde", sagt der Mann. Er wiegt die Apfelsine in der Hand. „Aber was rede ich da!"

Er lacht und bietet ihr ganz natürlich seinen Arm.

„Jetzt gehen wir beide und nehmen etwas zu uns, ein Pflaster für unsere Wunden."

Signe kann gar nicht mehr denken, schon geht sie neben dem Redseligen her.

„Ich nehm den gelben Ball, den brauchst du jetzt nicht."

Die Apfelsine rutscht in seine Jacketttasche.

Signe empfindet einen Anflug von Reue. Glaubt der Mann, sie hat mit der Apfelsine in der Hand dagestanden, um Männer anzulocken?

Er sieht sie verschmitzt von der Seite an. „Möchtest du wissen, warum ein Elefant mit der Schubkarre fährt?“

„Ein Elefant?“

„Ja, er wird der Kleine Elefant genannt. Er ist ein Lehrling vom Lager.“

„Ach so, der in der Schubkarre“, antwortet sie dumm.

„Sein Bruder ist der größte Arbeiter im Hafen und wiegt hundertsechzig Kilo. Weißt du, wie er genannt wird?“ Der Mann gibt sich im selben Atemzug die Antwort: „Natürlich der Große Elefant.“

Um seine Augen ziehen sich Lachfalten und das Lächeln macht sein Gesicht fast viereckig. Er redet weiter ohne sie anzusehen: „Wie ich schon gesagt habe, auf die neuen Baumeister ist kein Verlass. Manchmal müssen wir bis Mitternacht warten, ehe der Wochenlohn ausgezahlt wird. Als es sieben schlug und der Baumeister sich immer noch nicht gezeigt hatte, kam der Kleine Elefant auf die Idee, dass wir die Sache selbst in die Hand nehmen sollten. Also haben wir beim Baumeister zu Hause angeklopft. Seiner Frau und der Haushälterin ist die Kinnlade heruntergefallen, sie haben mit der Polizei gedroht. Aber wir sind in unseren Arbeitsklamotten in die feine Wohnung gestiefelt und haben das Piano zum Pfandleiher geschleppt.“ Er lacht laut und greift sich ans Kinn.

Sie gehen über den Södermalmstorg zu einem großen Bierlokal. An einer Straßenlaterne lehnt der Komet. Als sie vorbeigehen, klopft er auf seine Taschenuhr und nickt vielsagend. Angst packt sie. Erschrocken und verwirrt hält sie den Arm des Mannes ganz fest.

„Zum Djurgaarden!“, befiehlt er dem Kutscher.

Der Mann hebt sie in den geschlossenen Wagen. Ihm fällt es schwer, das Trittbrett zu finden. Sie ist schlaftrunken. Muss vom Essen und der mahlenden Stimme des Mannes auf der Schenkenbank eingenickt sein. Als die Droschke anfährt, sieht sie die Konturen seines schwankenden Oberkörpers. Sie sitzen eng aneinander gedrückt auf der schmalen Bank. Signe wagt sich nicht zu rühren, kaum zu atmen. Nährt eine idiotische Hoffnung, er könnte sie in seinem Rausch vergessen.

„Nimm einen ordentlichen Schluck!"

Der Mann drückt ihr eine Literflasche an den Mund. Aber sie kneift die Lippen zusammen und legt den Kopf in den Nacken. Der scharfe Schnapsgeruch bereitet ihr Übelkeit.

„Dann krieg ich eben umso mehr." Er nimmt glucksend einen Schluck und rülpst laut. Fährt mit honigsüßer Stimme fort: „Du brauchst keine Angst zu haben. Ich werde vorsichtig sein. Du bist Unschuld, so was spür ich in den Knien."

Die Droschke schlingert und sein Kopf fällt auf ihre Schulter. Ein Spuckefaden lässt ihre Bluse feucht werden.

„Kleines Apfelsinenmädchen! Aber wir werden ja hinterher sehen, ob du Geld wert bist, ich hab schon eine ganze Menge für dich ausgegeben", nuschelt er.

Signe wird an die Droschkenwand gedrückt. Sie muss sich dareinfinden. Friert trotz der Wärme von seinem Körper. Hätte früher auf ihre innere Warnung horchen sollen, jetzt ist es zu spät. Viel zu spät. Hat sie nicht den Hering und den Kartoffelbrei mit der zerlassenen Butter gegessen? Sich vom Essen wärmen lassen, wie nur ein unerwarteter Glücksmoment wärmen kann. Trügerisches Glück. Denn jetzt steht sie in der Schuld des Mannes.

Sie erinnert sich an Bedas Worte: „Die Augen zumachen und im Kopf das Geld zählen." Das Geld? Sie wagt nicht einmal einen Mucks von Geld zu sagen. Aber die Augen schließen kann sie und den Körper wie einen Flitzebogen anspannen, obwohl er sie noch nicht angerührt hat.

„Kleine Unschuld", nölt der Mann. Er sabbert, während er einen Arm um ihren Hals legt und mit der Hand an ihrer Brust fummelt.

Signe kneift die Augen zusammen und wartet. Der Mann keucht an ihrem Hals. Bald, bald ist sie in seiner Gewalt.

Die Droschke hat das Kopfsteinpflaster verlassen und rollt jetzt über ebene Erde. Eine Ewigkeit oder drei Minuten sind vergangen. Der Mann atmet immer noch schwer. Schwer und gleichmäßig. Sie guckt aus den Augenwinkeln. Seine Augenlider sind geschlossen. Vorsichtig hebt sie seinen Arm von ihrer Schulter. Lässt ihre Hand in seine vorstehende Jacketttasche schlüpfen und holt die Apfelsine hervor. Wartet ab, ehe sie seinen Kopf gegen die Wand lehnt und sich langsam zu Boden gleiten lässt. Sie streckt den Arm aus und erreicht das kleine Fenster, das den Fahrgastraum vom Kutscher trennt. Kratzt mit den Nägeln. Doch, die Droschke bleibt mit einem Ruck stehen. Ein hoher Schnarchton rasselt in der Kehle des Mannes. Sie wirft sich hinaus.

„Fahren Sie zurück nach Söder!“, bittet sie.

„Bist du sicher?“ Der Kutscher sieht von seinem Kutschbock auf sie herab.

„Ja, ja, beeilen Sie sich. Der Herr drinnen hat viel Geld!“

Signe läuft davon, einen schlammigen Weg entlang, der von hohen Eichen gesäumt wird. Sie späht über die Schulter, der Kutscher schwingt seine lange Peitsche und das Pferd fällt in Trab, zurück in die Stadt.

Lehmklumpen bleiben unter ihren Stiefeln kleben und zwingen sie langsamer zu gehen. Bei einem großen Stein bleibt sie stehen und schabt die Sohlen an seinen scharfen Kanten ab. Schicht für Schicht löst sich.

Der Fels liegt auf einer Anhöhe und unten zeichnet sich ein Band Laubwald ab. Hier oben ist sie zu sehen in der hellen Nacht. Schwankend rutscht sie den Abhang hinunter und hockt sich ins Birkengebüsch. Lauscht zum Weg hinauf. Es ist kein Hufgeklapper mehr zu hören. Ihre Blase drückt sie sehr. Sie muss sich erleichtern.

Die Nacht ist mild und es säuselt im Laub der Bäume. Endlich flüstert die Linde ihr „ruh dich aus, ruh dich aus“.

Signe hört es wie ein Lied, während sie auf einem Baumstumpf sitzt und sieht, wie die ersten Strahlen der Sonne über dem Hügel herauffingern. Heftig bohrt sie ihre Nägel in die Apfelsine. Reißt die Schale ab und beißt in die Frucht, dass der Saft spritzt. Ein fremder, süßsaurer Geschmack füllt ihren Mund. Sie kaut beharrlich das zähe Fruchtfleisch, gibt nicht auf, bis sie den letzten Fetzen hinuntergeschluckt hat.

Sie blutet wie ein angestochenes Schwein

Alice hatte schon so eine Ahnung, hat sie aber beiseite geschoben. Sich Sorgen machen und Grübelei ist nichts für sie, so ist sie nun einmal. Und nach einigen Wochen ging die Übelkeit vorbei. Erst als ihre monatliche Blutung lange ausgeblieben war, kaufte sie sie. Drei Bündel Phosphorstäbchen, in drei verschiedenen Läden, um keinen Verdacht zu wecken.

War es gestern oder schon lange her, seit sie in den Holzvorrat des Hotels gekrochen ist? Sie hat gewartet, bis die Straße leer war, und ist wie eine Katze bei Regenwetter durch die Kellerluke geschlüpft und über die Holzhaufen in das niedrige Gelass gekrochen.

Mit einem Holzspan hat sie das Gelbe von den Zündsätzen geschabt und es in die wassergefüllte Taschenflasche praktiziert, hat es sich auf der rauen Unterlage bequem zu machen versucht, so gut es ging. Dann hat sie ein paarmal tief Luft geholt, bevor sie die übelriechende Flüssigkeit in wenigen Schlucken hinunterkippte. In einigen Stunden würde es vorbei sein, dachte sie. Ein Bankert, ein Hurenkind zu allem Übel sollte ihr Leben nicht noch schlimmer machen, als es schon war.

Alice erwacht vom Tageslicht, das durch die Luke fällt. Sie richtet sich mit einem Ruck auf und guckt unter ihre Röcke. Nichts ist geschehen. Ihr wird jäh übel und sie wirft sich zur Seite, um ihre Kleider zu schonen. Lange muss sie sich übergeben.

Die Sonne da draußen ist hinter Wolken verschwunden und sie tastet im Dunkeln nach ihrer Flasche. Der Durst brennt in ihrer Kehle, sie braucht Wasser.

„Ach ja, ja", knurrt sie. Erinnert sich, dass sie die Taschenflasche geleert hat. Vielleicht hat sie zu wenig von der Mischung getrunken, um das Balg loszuwerden? Weiß nicht, wie viel Phosphor nötig ist. Hat sich nicht getraut jemanden um Rat zu fragen. Der Finnin hatte sie erzählt, es gehe um eine Freundin, die in der Klemme stecke. Und die Finnin hatte in ihrem Dialekt gesungen:

„Gefääääh'lich zu viel zu nehmen, aber zu wenig nüüützt auch nichts."

Die Antwort hatte sie kaum klüger gemacht. Aber drei Bündel mussten doch reichen?

Der Durst ist unerträglich. Sie späht durch die Luke und schleicht sich hinaus, als niemand in der Nähe ist. Hinkt auf steifen Beinen zum Hydranten am Järntorget. Hofft, dass das Elend vorbeigeht, wenn sie sich bewegt.

Die Übelkeit vergeht nicht und ihr Körper fühlt sich so trocken an wie der Holzhaufen, der sie umgibt. Diesen Durst hat ihr der Teufel persönlich gesandt und er ist mit Wasser nicht zu löschen. Als die ersten Wehen durch ihren Unterleib ziehen, ist es eine Erleichterung, trotz des Schmerzes.

„Jetzt kommt der Satansbraten raus", flüstert sie und beißt sich auf die Unterlippe. Endlich wirkt das Gift.

Zwischen den Wehen schleppt sie sich hinaus auf die Straße. Das Hoftor führt zur Hintertreppe und sie muss nicht am Portiertresen vorbei. Auf allen vieren kriecht sie die unendlichen Steintreppen hinauf.

„Zum Teufel noch mal, öffne!"

Der Portier brüllt und die dünne Brettertür bebt. Aber sie will nicht, hat keine Kraft die Tür zum Abtritt aufzuschließen. Das Schloss ist so weit von ihrer Hand entfernt. Und die Schmerzen im Kreuz und im Bauch kommen dicht hintereinander, werden mit jeder Bewegung schlimmer.

„Lass … mich doch … in Ruhe!", stöhnt sie.

„Bist du bald fertig?"

„Mmm!"

Die Schritte auf der Steintreppe entfernen sich und sie hört ihn was von „verrückten Frauenzimmern" murmeln.

Alice ist allein mit ihren Schmerzen. Mühselig erhebt sie sich vom Steinfußboden, steigt auf den Fußschemel und setzt sich auf den Abtritt. In ihr zerrt und reißt es, aber sie darf nicht schreien, nur hoffen, dass es jetzt schnell geht.

Der Fötus, ein kleiner blutiger Klumpen, fällt in den Latrinenbehälter. Ihr wird schwarz vor Augen, sie sinkt zusammen und bleibt mit gesenktem Kopf sitzen. Nach einer Weile richtet sie sich ein wenig auf und reißt die Nabelschnur mit den Händen ab. Sie kleben vom Blut.

Alice kommt durch neuerliches Hämmern an der Tür zu sich.

„Wenn du nicht allein herauskommen kannst, müssen wir die Tür aufbrechen!", dröhnt die Stimme des Portiers. Und Fias Piepsen schrillt in ihren Ohren:

„Ich sehe ihre Stiefel!"

Niemand ruft die Polizei, kann sie gerade noch denken, als die Tür aufgebrochen wird und Holzsplitter auf sie niederrieseln.

Sie richtet sich auf, stützt sich gegen die Wand, ohne die beiden Eindringlinge zu sehen.

„Alles ist voller Blut", sagt Fia keuchend. Sie schlägt die Hände vors Gesicht.

„Du hast heimlich entbunden, gib's zu! Hättest du das nicht woanders erledigen können?", knurrt der Portier.

„Mein Monatsblut", presst sie hervor. Stolpert zur Speichertreppe.

„Mach das Blut weg! Wenn die Polizei hier rumschnüffelt, sind wir alle dran!"

Der blasse Portier übernimmt das Kommando, versetzt Fia einen Stoß und wendet sich mit Abscheu ab. „Habt euch nicht so und mal ein bisschen dalli", ermahnt er sie.

Fia reibt sich die Augen und wischt mit dem Ärmel unter ihrer Nase entlang. Alice beginnt ihren mühseligen Abstieg auf der Steintreppe. Bleibt an einem Fenster stehen, sieht die Dächer und Schornsteine der Altstadt sich heben und senken. Hastig wendet sie den Blick ab, doch auch die Treppe bewegt sich, schlängelt sich wie eine Ringelnatter vor ihren Füßen.

Mit der Hand des Portiers in ihrem Rücken wankt sie alle Treppen hinunter zum Hotel Falun.

„Zimmer eins ist frei. Leg dich eine Weile hin!"

„Ich bin gleich wieder in Ordnung", murmelt sie.

Der Portier schiebt sie über die Türschwelle. Ehe er die Tür wieder schließt, sieht sie, wie er sich in die Handflächen spuckt und sie an seinem Jackettfutter abwischt. Er macht das mit einer Geste, als ob er sich beschmutzt hätte.

Als sie allein ist, stützt sie sich am Bettpfosten ab und zieht den blutigen Unterrock aus, wickelt ihn zusammen und steckt ihn sich zwischen die Beine.

Sie lässt sich auf das durchgelegene Bett fallen. Ihr Mund ist staubtrocken, als ob sie Salz und Sand gegessen hätte. Was für einen Durst sie hat! Tastet im Bett nach der Flasche. Hat sie sie in ihrem verwirrten Zustand verloren?

„Verdammtes Blut", murmelt sie.

Erinnert sich, dass sie die Flasche zwischen zwei Birkenkloben im Holzvorrat geschoben hat. Dorthin wagt sie sich jetzt nicht und außerdem hat sie keine Kraft. Die Polizei patroulliert Tag und Nacht in der Österlånggatan, und Polizei ist das Allerletzte, was sie jetzt gebrauchen kann. Ihr bleibt nichts anderes übrig, als sich hinzulegen und darauf zu warten, dass der Schlaf wie ein Befreier kommt. Aber als sie die Augen schließt, hallt ihr Kopf wider von barschen Männerstimmen, Stimmen der Obrigkeit. Sie murmeln im Chor Paragraphen, Verordnungen und Gefängnisstrafen. Schlagen mit ihrem Hämmerchen gegen ihre Schläfe. Ihr werden die starken Schmerzen im Bauch bewusst. Erneut zieht und reißt es in ihrem Kreuz. Sie kann sich nicht beherrschen, stöhnt laut. Die Tür wird aufgerissen und Fia steht an ihrem Bett.

„Ist das Kind noch nicht draußen?"

Alice hat keine Kraft zu antworten, der Druck ist zu groß, sie muss pressen. Fia hat ihre Röcke hochgeschlagen.

„Himmel, das ist die Nachgeburt! Und sie blutet ja wie ein angestochenes Schwein!"

Nach einigen Stunden im Dämmerzustand fühlt sie sich stärker. Steht auf und schmuggelt den blutigen Unterrock in eine Kommodenschublade. Aber Fia muss sie gehört haben, sie kommt herein und sieht sich um.

„Darf man denn nie in Frieden sein", faucht Alice.

Fia stemmt ihre Arme in die Seiten und stampft mit dem Fuß auf wie bei einem Befehl. „Sei froh, dass sich jemand um dich kümmert. Hab ich nicht das Blut aufgewischt und die Nachgeburt verschwinden lassen? Würdest du das für mich tun? Nie im Leben!"

Alice ist platt und ausnahmsweise verschlägt es ihr die Sprache.

Fia fährt in ruhigerem Ton fort: „Ein ausgehungertes Mädchen hat nach dir gefragt."

Alice seufzt. „Signe?"

Fia macht einen Schritt auf sie zu. „Himmel, Alice, du bist ja ganz gelb im Gesicht!"

Zorn hämmert in Alices Brust. Muss dieses naseweise Ding sich in alles einmischen? Aber der Gedanke, dass Signe nach ihr gefragt hat, lässt sie verdrossen schlucken. Laut sagt sie: „Du kannst mir mal im Mondschein begegnen."

Fia zuckt mit den Schultern. „Wie du willst."

„Was hat Signe gewollt?"

Fia bekommt einen boshaften Ausdruck in den Augen, als sie antwortet: „Die werden wir wohl auch bald im Falun sehen, wenn der Komet das kriegt, was er will."

Ihr Zorn flammt erneut auf und zusammen mit ihm ein beißender Schmerz in der Brust. Alice stützt sich gegen die Kommode.

„Bestell dieser Missgeburt von Hopfenstange, er soll seine dreckigen Hände von dem Mädchen lassen!"

Durch ihren Körper schießt ein kalter Strom, lässt sie zittrig und schwindlig werden. Fia starrt sie an wie ein Gespenst.

„Leg dich wieder hin, du hast ja Fieber", sagt sie leise.

Alice ruht unter der fleckigen Decke. „Gib mir meinen Schal, den warmen, grünen Schal. Ich hab ihn mal für viel Geld gekauft."

Aber Fias Antwort nimmt sie nicht wahr. Wieder zerreißt ihr der Schmerz die Brust und ihre Zähne klappern im Fieber. Sie hat einen süßlichen Geschmack im Mund und muss schlucken.

„Du blutest ja aus dem Mund! Nein, jetzt hol ich einen Arzt, egal, was danach kommt."

„Kein Arzt!", bringt Alice gurgelnd hervor.

Hat sie zu viel von dem gelben Zeug genommen? „Man kann davon sterben", singt die Stimme der Finnin in ihrem Kopf. Nein, sie will nicht! Warum muss sie sich noch so quälen, jetzt, wo das Kind draußen ist?

Fia gibt ihr Preiselbeerwasser zu trinken. Gibt es ihr mit einem Löffel ein, das meiste rinnt an ihrem Kinn herunter. Sie sieht, wie sich Fias Lippen bewegen, bringt aber keinen Sinn in die Wörter. „Arzt“ versteht sie und „Geruch“.

Als Alice das nächste Mal bei Bewusstsein ist, steht eine Arzttasche auf der Kommode. Ein grauhaariger Herr mit Krummnase beugt sich über sie. Finger ziehen ihr eines Augenlid hoch und drücken den Körper ab.

„Besorgniserregendes Aussehen, wie bei einem Betrunkenen, starrer Blick“, sagt der Herr zu sich selbst. Fährt lauter fort: „Hör mal, was hast du genommen?“

Alice richtet sich auf den Ellenbogen auf. „Rhizinusöl“, flüstert sie. Sinkt wieder zurück.

„So was hab ich schon mal gehört“, antwortet der Krummnasige, während er sich Notizen macht. „Deutlich wahrnehmbarer Phosphorgeruch aus dem Mund. Verneint, etwas eingenommen zu haben, was die eingetretene Fehlgeburt verursacht haben könnte. Es wird zu einer polizeilichen Untersuchung kommen.“

Er schließt seine Tasche mit einem trockenen Knipsen.

Fräulein Engel

Signe watet in das schleimige grüne Wasser hinaus. Es kühlt angenehm an den Fußknöcheln. Gleich rechts führt die Holzbrücke nach Beckholmen. Einige der Tausenden von Tonnen sind zu sehen, in denen Pech und Teer gelagert werden.

Auf der anderen Seite des Wassers liegen das Wirrwarr von Södermalms Häusern und die felsigen Anhöhen noch im Schatten. Und über dem Hafen ruht Sonntagsfriede.

Signe löst ihren Zopf und lässt die Finger durchs Haar gleiten. Hier im kühlen Wasser zu stehen ist wie ein Wunder. Der Körper hat eine neue Leichtigkeit und es ist, als ob das Wasser den Gedanken Klarheit gäbe.

Gestern war sie nur um Haaresbreite von der Sünde entfernt. War das wirklich sie, Signe Gustavsdotter, die mit einem fremden Mann in ein Bierlokal gegangen ist? Fast Branntwein getrunken hätte und mit dem Mann eine Droschke mit unbekanntem Ziel geteilt hat? Nein, das war nicht die wahre Signe. Hunger und Angst hatten einen Pakt geschlossen: die Ohnmacht. Wie eine gierige Ratte hat sich die Ohnmacht in die Seele gefressen, versucht in den Abgrund zu lenken. Aber es ist vorbei. Sie ist nicht „so eine", sie ist kein Apfelsinenmädchen.

Alice ist auch von der Ohnmacht der Armut besessen, obwohl sie es selbst nicht begreift.

Signe schüttelt den Kopf, sodass die offenen gekräuselten Haare die Wasseroberfläche peitschen. Es gibt keine „schlechten" Mädchen, jedenfalls keine schlechteren als diese verlogenen einschmeichelnden Kerle, die frei herumlaufen. Niemals mehr wird sie einem Mann vertrauen.

Ein grün gestrichener Dampfer unterbricht die Morgenstille und tuckert in Richtung Nybron. Hoch oben auf dem Erstafelsen blitzt die Sonne in den Fenstern der Diakonieanstalt.

Signe nimmt ihr feuchtes Haar zusammen und flicht es zu einem festen Zopf. Der Morgen ist genauso ungewiss wie immer, aber heute weiß sie sicher, wohin sie gehen wird. Entweder kommt es von Gott oder es ist ihre eigene Eingebung. Heute soll Gusten Besuch bekommen.

Sieben kleine weiße Eisenbetten mit Latten an den Seiten füllen den Krankenhaussaal. Signe sieht sich suchend um. Unter den Decken liegen Kinder, alle sehen merkwürdig gleich aus. Gusten muss irgendwo unter ihnen sein.

Langsam betritt Signe den Saal. Im Bett, das der Tür am nächsten steht, breitet sich helles Haar auf dem Kissen aus. Sie fällt auf die Knie neben dem Bett, hebt die Decke an und erkennt sein blasses Gesicht. Auf der Wange ist eine verschorfte Narbe mit Spuren von Nähten.

Gusten nimmt sie nicht wahr. Seine kornblumenblauen Augen starren in weite Ferne. Er befindet sich irgendwo anders. Sie hat einen kalten Klumpen im Hals. Hat er sie schon vergessen?

„Gusten!“, sagt sie ein bisschen zu laut.

Ein Mädchen im Nachbarbett beginnt zu weinen.

„Igne“, piepst er schwach. Dann dreht er den Kopf zur Wand. Sie streicht ihm vorsichtig übers Haar.

„Signe ist da. Signe ist gekommen. Jetzt musst du versprechen wieder ein gesunder, starker Junge zu werden, Gusten.“ Die Worte strömen ihr über die Zunge. Das kleine Wesen unter der Decke ist ein Teil von ihr. Am liebsten hätte sie ihn in die Arme genommen.

„Der Junge braucht seine Ruhe!“

In der Türöffnung steht die Diakonissin vom Dihlströmschen. Das schwarze Cape ist weg, sie leuchtet wie ein Engel in ihrer weißen Bluse.

Signe richtet sich hastig auf. Knickst.

„Dann werde ich gehen.“

Die Weiße lächelt mit den Augen. Wieder liegt Milde auf ihrem Gesicht. „Guten Tag, Fräulein. Dank Ihrem Geld ist Gusten auf dem Weg der Besserung.“

Signe schaut zu Boden. In ihrem Körper kribbelt es vor Wohlbehagen und Schüchternheit.

„Möchten Sie eine Tasse Kaffee mit mir trinken? Das Wasser kocht schon.“

„Ja, danke schön“, stammelt Signe. Glaubt ihren Ohren nicht.

Der Engel gleitet eine enge Treppe hinunter. Signe fühlt sich wie ein plumper Troll, als sie in ihren derben Kleidern hinterhertrampelt.

Die Frau schiebt eine Tür auf und führt Signe hinein.

„Hier ist die Expedition. Setzen Sie sich, ich komme gleich mit dem Kaffee.“

Signe steht verblüfft da. Der Engel behandelt sie, als sei sie ein herrschaftliches Fräulein. Sie setzt sich auf den Rand eines verzierten Stuhls mit hoher Lehne. Guckt vorsichtig durch ein kleines angelehntes Fenster. Unter dem Gewölbe des Torweges reckt sich ein Schweinerüssel hervor und noch ein Schwein schubst sich hindurch. Ein Mädchen taucht auf.

„Hört mal, ihr Nöff-Nöffs, ihr wollt ja wohl nicht in die Kirche!“, schimpft es. Mit einem Stock scheucht es die Schweine zum südlichen

Torhaus. Signe muss lächeln, als sie sich die Schweine in einer Kirchenbank vorstellt.

Vor ihr auf dem dunklen Schreibtisch stapeln sich dicke Bücher. Das oberste ist aufgeschlagen. Jemand hat etwas mit Tinte in die vielen Spalten geschrieben. Dort stehen an die zwanzig Namen. Sie liest: „Lovisa Kristina Anderson, geboren am 26. August 1862 in der Katharinagemeinde. Uneinsichtig, bösartig und schwierig." Hoffentlich ist diese Lovisa nicht bösartig gegen Schwester Engel, denkt Signe. Die Bücher gleichen jenen, in die die Qvennerstedtsche ihre Kommentare und Strafen eingetragen hat. Da möchte Signe lieber das kleine, in Leder gebundene Buch anfassen. „Häusliches Andachtsbuch, af Roos" steht in hübschen goldenen Buchstaben darauf. Wie kann man so ein langweiliges Buch so hübsch gestalten!

Signe geht dazu über, die Bibelsprüche zu lesen, die die Wände in Mengen schmücken. Gestickter roter Kreuzstich formt verschlungene Anfangsbuchstaben. Einer heißt: „Diene dem Herrn mit Freude." Ein Bild, teils farbig, ist auch aufgehängt. Es zeigt eine junge Frau in rotem fußlangen Gewand mit erröteten Wangen. Sie küsst die Hand des Erlösers. Signe erhebt sich. „So verdamme ich dich auch nicht; gehe hin und sündige hinfort nicht mehr", liest sie laut.

Die Diakonissin öffnet die Tür mit dem Fuß und stellt ein Kaffeetablett ab. Signe legt sich die Hand auf den Mund.

„Maria Magdalena, haben Sie schon einmal von ihr gehört? Sie war eine verlorene Frau, ein Straßenmädchen, würden wir heute sagen. Falls Sie verstehen, was ich meine?" Der Engel wirft ihr einen hastigen Blick zu. „Maria von Magdala wurde von Jesus vergeben, nach ihr haben wir das Heim genannt. Sie dürfen sich die Zeichnung gern ansehen. Signhild, eine der Magdalenen, hat sie angefertigt. Und über das Magdalenenheim möchte ich mit Ihnen sprechen."

Hinter Signes Rücken knarrt eine Schranktür. Ein warmer Wind streicht über ihre Schultern. Bevor sie weiß, was es ist, steigt ihr ein Geruch nach Eau de Cologne und Essensdünsten in die Nase. Alices Duft! Sie drückt den grünen Schal an den Mund. Tränen steigen ihr in die Augen und tropfen auf ihre Knie. Die Spannung der Samstagnacht lässt nach, eine betäubende Müdigkeit überfällt ihren Körper.

„Gusten braucht ihn nicht mehr“, sagt die Diakonissin, während sie Kaffee aus einer blank geputzten Kupferkanne einschenkt.

„Alices Schal“, sagt Signe schniefend.

„Eine liebe Freundin?“

Signe nickt.

Der Engel reicht ihr ein frisch gebügeltes Taschentuch. Sie drückt es leicht gegen die Augen. Das Taschentuch riecht stark nach Kräutern. In diese saubere Baumwolle kann man sich wohl nicht die Nase schnauben.

„Vielleicht ist Alice bald hier?“, sagt die Diakonissin.

„Nee, sie ist weg.“

„Aber eine gute Freundin wie Sie und so ein Wollschal können wohl nicht lange getrennt sein“, sagt der Engel. Sie guckt Signe über die Kaffeetasse an. „Darf ich Signe sagen? So heißt du doch? Gusten hat von dir gesprochen.“

„Ich heiße Signe, Fräulein Engel“, rutscht ihr heraus. Hastig tut sie so, als sähe sie aus dem Fenster, um dem Blick des Engels auszuweichen.

„Du kannst mich Schwester Edith nennen“, sagt der Engel ruhig und fährt fort: „Was hältst du davon, im Magdalenenheim zu bleiben? Ich nehme an, du hast keine Familie.“

Signe will die Diakonissin immer noch nicht ansehen. In ihrem Kopf dreht es sich. Sie weiß, sie hat keine andere Wahl. Aber dann wird sie wieder eingesperrt und bekommt Bibelsprüche eingetrichtert, davon hat sie eigentlich genug.

Sie nimmt einen großen Schluck Kaffee, um nicht gleich antworten zu müssen. Der Kaffee gerät ihr in die falsche Kehle, sie muss husten und erneut strömen Tränen. Wischt sie mit dem Kräutertaschentuch ab.

Zwischen den Augenbrauen der Diakonissin zeigen sich ernste Falten.

„Dann kommst du weg vom Straßenleben, hast Gelegenheit einen Beruf zu lernen. Ohne die Fürsorge einer Mutter und das Einkommen eines Vaters kann es schwer werden, sich über Wasser zu halten. Ja, klug und misstrauisch gegen Männer zu sein, die sich vielleicht freundlich zeigen und verschwenderisch sind mit Zärtlichkeitsbeweisen …“

Es klopft an der Tür. Schwester Edith ruft kurz: „Herein!“

Ein etwa zwanzigjähriges, rundliches Mädchen poltert in Holzschuhen über die Schwelle. Das helle Haar wird fast von einem weißen Tuch verborgen und sie strömt einen Duft nach Angebranntem aus. Sie knickst vor dem Engel.

„Das ist Berta“, erklärt Schwester Edith.

„Schwester Ellen lässt sagen, dass der Pastor angekommen ist.“

„Danke, Berta.“ Der Engel strahlt die Rundliche an.

Signe spürt Eifersucht. Berta bleibt stehen und schiebt den Bauch vor. Wie kann der Engel diese blöde Kuh mögen?

„Berta und Signe werden bestimmte gute Freundinnen“, sagt Schwester Edith und sieht aufmunternd von der einen zur anderen. Berta starrt Signe dümmlich an und sagt:

„Wird schon.“

„Sag, ich komme gleich zur Besprechung.“

Endlich schlurft Berta davon.

Signes Magen zieht sich zusammen. Mit diesem trägen Wesen möchte sie nie etwas zu tun haben. Wie kann der Engel nur so etwas glauben.

Der Engel nimmt die großen Journale in die Arme und steht langsam auf. Signe steht auch auf. Schweigend stehen sie einander gegenüber. Der Engel schaut geradewegs in sie hinein. Sieht die Zweifel, den Widerstand und die Angst.

„Du bist ein gutes Mädchen, das sagt mir mein Herz. Du hast dich für den kleinen Gusten verantwortlich gefühlt. Ich spreche heute mit dem Vorstand, Pastor Bång, er wird dafür sorgen, dass die Armenfürsorge deine Unterkunft bezahlt.“

Der Engel schwebt hinaus und sie trampelt hinterher.

Die lange Treppe zum Magdalenenheim hinauf führt an mehreren Terrassen vorbei, die von Büschen und Blumenbeeten prunken. Schwester Edith zeigt Signe den Weg. Der kleine Garten wird nach Westen von einem Holzplankenzaun abgeschirmt. Vielleicht zum Schutz gegen neugierige Augen, die gern einen Blick auf die verlorenen Magdalenen erhaschen möchten, überlegt Signe.

Die schwindelerregende Aussicht über die Hafeneinfahrt

schrumpft mit jedem Schritt. Kähne, Dampfer, Segelschiffe und viele kleine Ruderboote mit Frauen an den Rudern sind auf dem Weg in die Stadt oder hinaus.

Dort, wo die Treppe endet, ragt ein Zaun auf. Er trennt die unterste Terrasse vom Holzvorrat und Abtritt.

„Oh!“, macht Signe.

Der Duft aus dem Taschentuch strömt ihr entgegen.

„Magst du Lavendel?“

„Lave … ja, Schwester Edith.“

Der betäubende Duft mit dem seltsamen Namen wird ewig mit dem Engel verbunden bleiben.

Signe kann als Erste schlafen gehen. Steht da im langen Nachthemd, das sie in der Wäschekammer quittiert hat. Ihre eigenen Sachen sind in die Wäscherei der Diakonieanstalt geschickt worden. Ein Mädchen mit hohen Wangenknochen, kleinem Kinn und einem Muttermal am Hals hat sie in einen Korb geworfen.

„Hoffentlich halten sie die Wäsche überhaupt noch aus“, hat sie Signe ins Gesicht gebellt und ist davongetrippelt.

Signe bemerkte den Fleck am schmalen Hals der Schönheit. War der echt oder eine billige Mouche?

Aber sie war nicht erstaunt, höchstens neugierig auf das Mädchen. Irgendetwas kommt ihr bekannt vor an dem trotzigen Gang und ihrer hochnäsigen Art. Das Mädchen erinnert sie an Alice.

Die vier Betten stehen ordentlich gemacht je zwei hintereinander an den Längswänden. Jedes hat einen eigenen Nachttisch. Signe schraubt die Flamme in der Petroleumlampe herunter.

Die Magdalenen haben gerade Abendbrot gegessen im großen Saal: Hafergrütze mit Preiselbeeren und Milch. Das Abendgebet wurde von Pastor Bång gesprochen. Danach durften die Mädchen einen „Augenblick der Stille“ verbringen, wie Schwester Edith es ausdrückte. Mit bedächtiger Stimme forderte sie jene auf, die Gottes Rat brauchten, im Vertrauen mit ihm zu sprechen. Ein rotäugiges Dickerchen mit braunen gelockten Haaren über den Ohren trat vor. Signe sah die Gelegenheit ihre Ruhe zu haben und lief zum Zimmer. Sie wollte schlafen oder wenigstens so tun als ob, wenn ihre Zimmerkameradinnen kamen.

„Um neun müssen alle im Bett sein, darauf legen wir großen Wert", hat der Engel gesagt.

Signe hat gebadet und ist mit dem Läusekamm gekämmt, als sie zwischen die sauberen gemangelten Laken kriecht. Sie liegt auf dem Rücken und lässt das weiße Leinen, das so zart wie Gustens Wange ist, durch die Finger gleiten. Zum ersten Mal, seit sie sich von Vater trennen musste, wird sie in einem Bett für sich allein schlafen. Sie dreht sich mehrere Male, um herauszufinden, wie viel Platz sie hat, rollt sich mit angezogenen Knien auf der Seite zusammen und schließt die Augen.

Die Ruhe ist kurz. Ein Schluchzen weckt sie. Im Bett gegenüber sitzt das Dickerchen. Es verbirgt das Gesicht in den Händen und wiegt den Oberkörper vor und zurück. Signe kann nicht wieder einschlafen, die Fremde zu trösten traut sie sich auch nicht. Die Tür fliegt auf und Berta trampelt herein.

„Hör auf zu heulen, Signhild!", sagt sie.

Berta lässt sich auf das Bett fallen, das Signe am nächsten ist. Das weiße Tuch hat sie abgenommen und die dünnen mausfarbenen Haare liegen eng um ihren Kopf. Sie schnappt nach Luft, während sie sich auszieht.

„Ich hab auch ein Uneheliches zur Welt gebracht, aber ich heule nicht jeden Abend", sagt Berta.

„Aber deins lebt! Vater und Mutter werden mir nie verzeihen, dass ich Schande über sie gebracht habe. Nicht einmal der Pastor konnte sie dazu überreden", sagt Signhild langsam.

Zwischen ihren Schluchzern sind jetzt längere Pausen.

„Deine Strafe hast du in ganzen drei Jahren abgearbeitet. Du hast gesühnt, Signhild!", antwortet Berta.

„Schmach und Schande hab ich über meine Eltern gebracht. Ich hätte es nie tun dürfen."

Signe wird die Decke weggerissen.

„Die kleine Neue belauscht uns!" Das Mädchen mit dem Schönheitsfleck hat sich hereingeschlichen und steht am Fußende des Bettes. „Jetzt wollen wir uns von unserem Leben erzählen!“, sagt sie mit gefährlichem Lächeln.

Signe reißt die Decke an sich. Die mit dem Schönheitsfleck dreht ihren großen Zeh um. Der beißende Schmerz zwingt Signe sich aufzurichten. Sie begegnet drei abwartenden Mienen. Es ist mäuschenstill im Zimmer.

„Aha, hören kann sie also.“

Die mit dem Schönheitsfleck fährt fort: „In diesem Zimmer habe ich das Sagen. Am besten, du merkst es dir gleich. Ich heiße Lovisa.“ Sie stampft mit dem Fuß auf und dreht sich herrisch zu Signhild um. „Die Neue will den Rest hören!“

Signhild wirft Lovisa einen Hundeblick zu und sieht auf ihre geröteten Hände, die auf dem Laken ruhen.

„Zuerst wollte ich nicht glauben, dass ich schwanger war. Hab geglaubt, ich leide an Blutmangel oder Magensäure. Aber dann begriff ich, was mit mir los war.“

Lovisa wiehert bösartig. Signhild hebt ihre Stimme.

„Ich wollte das Kind weggeben!“

„Sag, was du getan hast!“, hetzt Lovisa sie.

„Ich hab auf dem Dampfer *Fyris* gearbeitet, das Schiff war auf dem Weg nach Uppsala, als die Wehen einsetzten. Ich musste mich in meiner Kajüte einschließen. Das Kind kam, ich habe auf dem Kajütenboden gelegen und es selbst herausgezogen.“

Signhild rattert es wie auswendig gelernt herunter. Signe will nichts mehr hören. Aber sie wagt es nicht sich die Ohren zuzuhalten, dann lachen die anderen sie bestimmt aus.

„Wenn ich es nur dabei belassen hätte.“ Signhild schaukelt vor und zurück. „Das Kind wimmerte und ich bekam Angst und legte ihm eine dicke Decke über das Gesicht. Das Schreien war trotzdem zu hören, da hab ich mit der Hand zugedrückt. Im Stäkesund war das Kind tot. Da bin ich in Ohnmacht gefallen. Als ich wieder zu Bewusstsein kam, wickelte ich es in meinen Unterrock und steckte es in einen Rucksack.“

„Lass dich von Pastor Bång auf den Rücken legen, dann kriegt er vielleicht Lust deinen Alten zu überreden“, schlägt Lovisa vor.

„Wie kannst du so was über den Pastor sagen, Lovisa?“ Signhild schaudert.

„Die Neue ist an der Reihe!“ Lovisa dreht sich auf dem Absatz um und lächelt ein schiefes Lächeln.

„Ich heiße Signe.“

„Das reicht nicht. Hast du im Hotel Brage geackert? Für eine Mädchenstelle bist du noch zu grün.“

Signe schüttelt den Kopf, aber ihr ist klar, dass sie der Ausfragerei nicht entgeht. „Ich weiß nicht, wo ich wohnen soll, und da hat Schwester Edith …“

„Die scheinheilige Ziege! Glaubst du, die hat schon mal eine Wurst zwischen den Beinen gehabt?“ Lovisa sieht ihre Zuhörer triumphierend an. Berta lacht laut und Signe spürt, wie ihr die Entrüstung die Wangen rötet. Lovisa stemmt die Arme in die Seite und beugt sich über sie.

„Nee, höchstens zwischen den Zähnen, was hast du denn gedacht?“

Berta ist hochrot vor Erregung und Signhild liegt blass und still da und starrt zur Decke. Bevor Signe etwas einfällt, womit sie den Engel verteidigen könnte, fliegt die Tür auf. Schwester Ellen kommt mit einer Petroleumlampe in der Hand herein. Sie schaut die Mädchen an.

„Was ist das hier für ein Spektakel! Deine Stimme ist ja im ganzen Haus zu hören, Lovisa.“

„Es war die Neue“, sagt Lovisa und schlurft zu ihrem Bett.

Schwester Ellen schüttelt schweigend den Kopf. Das Licht der Petroleumlampe spiegelt sich in ihren Brillengläsern und schleudert Blitze auf Lovisa.

„Mit den Neueinlieferungen kommt ein Hauch von der Straße herein, Verführungen und lockende Stimmen aus eurem alten Leben. Bittet unsern Herrn um Hilfe, dem zu widerstehen“, sagt sie energisch.

Sie geht zu Signes Bett.

„Du begleitest Berta morgen in die Bäckerei.“

Signe nickt gehorsam. Durch die dicken Brillengläser kann sie die Augen von Schwester Ellen nicht erkennen. Aber als sie sich bückt, um die Petroleumlampe auf dem Nachttisch auszulöschen, werden die tiefen Runzeln unter der Nase und die scharfen Falten unterm Kinn sichtbar. Sie lässt die vier im Dunkeln.

„Morgen machen wir uns miteinander bekannt, Kleine."

Signe hört Bertas Flüstern, tut aber so, als ob sie schliefe. Mit der Kuh will sie nichts zu tun haben. Berta ist eine Verräterin und des Engels Wohlwollen nicht wert.

Vor Signes geschlossenen Augen türmen sich frisch gebackene Brotlaibe auf.

Nach einigen Tagen in der Bäckerei fühlt sie sich vertraut. Backen konnte sie schon. Und sie wird von Frau Holm gelobt, der fröhlichen Bäckerin, die die Arbeit leitet.

Die Wärme der mit Holz geheizten Backöfen bringt die Mädchen ins Schwitzen und den ganzen Tag steht die Tür zum Erstahügel hin offen.

Berta drängt sich auf. Fragt sie nach allem zwischen Himmel und Erde aus. Versucht sich einzuschmeicheln. Signe antwortet einsilbig. Sie knetet Teig und gibt Acht auf das Brot im Ofen. Genießt die Arbeit. Aber Berta ist ihr mit ihrem Geschwätz ständig auf den Fersen.

„Ich hab ein Kind in der Entbindungsanstalt und brauche es nicht selbst zu stillen, weil ich mit Syphilis infiziert sein soll. Der Arzt behauptet, man steckt das Kind mit der Milch an. Glaubst du das?"

Berta pickt ein paar Haare aus dem Zwiebackteig. Sie redet weiter, obwohl Signe sie mit Schweigen zum Verstummen bringen will.

„Und das war wirklich eine Erlösung, die hat mir der Herr geschickt. Sonst hätte ich mehrere Kinder bis zu einem Jahr stillen müssen. Ich kann dir sagen, die Schwestern in der Entbindungsanstalt sind strenger als unsere."

Ein gellender Schrei und Geschepper von Backblechen lässt sie davonstürzen und alles stehen und liegen lassen, was sie in den Händen haben. Eine Sau und drei Ferkel sind in die Bäckerei eingedrungen und haben sich über das Brot, das zu Boden gefallen ist, hergemacht. Frau Holm ist auf eine Bank geflüchtet.

„Mädchen, scheucht die Brote raus! Nein, nein! Die Schweine! Ich hasse Schweine!", brüllt Frau Holm.

Die Mädchen müssen sich zusammennehmen, dass sie nicht über die glücklichen Schweine lachen, die so viel Brot verschlingen, wie sie erwischen können. Bewaffnet mit Brotspaten jagen die Bäckerinnen die widerstrebenden Schweine hinaus. Dort stoßen sie mit der Schweinehirtin zusammen, die ein rot flammendes Gesicht hat.

„Habt ihr Brot geklaut!", schimpft sie und gibt der Sau eins mit ihrem Stab über den Rücken. „Dafür muss ich büßen! Die Sau ist weggelaufen und die Ferkel hinterher. Ich musste erst die anderen in den Stall scheuchen, bevor ich nach ihnen suchen konnte", erklärt sie atemlos.

Frau Holm ist von der Bank gestiegen und räumt auf. „Das sind mir Schweine, wie die das hier versaut haben", sagt sie lachend.

Die Stimmung in der Bäckerei ist fröhlich trotz der Extraarbeit. Alle drei sind erleichtert, dass die Verwüstung nicht schlimmer ist. Signe und Berta haben früher auch schon Schweine getrieben, erzählen sie einander und fallen sich dabei gegenseitig ins Wort.

„Als ich auf Tuna gedient habe, ist die alte Sau mal so wütend geworden, dass sie dem Knecht die Nase abgebissen hat", sagt Berta.

„Tuna, meinst du Tuna auf Värmdön?", fragt Signe.

Berta nickt selbstsicher.

„Ich hab bei Karlsson auf Fredriksberg gedient, er hat das Land vom Gutsherrn auf Tuna gepachtet."

Berta grinst, dann grölt sie: „Auf Tuna gibt's keinen Gutsherrn, das muss ich ja wohl wissen, ich bin in der Gegend geboren." Wichtigtuerisch fährt sie fort: „Die Sau hat die Nasenspitze aufgefressen und der Knecht hat geblutet. Er hat so geschrien und gebrüllt, dass wir die alte Kata holen mussten. Sie hat einen doppelten Grützumschlag gemacht, trotzdem ist noch Blut durchgekommen!"

Triumphierend sieht sie Signe an. Aber die ist nicht empfänglich für Bertas Schweinegeschichten.

„Mit der alten Kata hab ich das Bett geteilt!"

„Die alte Hexe ist im Moor umgekommen, als sie nach dem Hund gesucht hat", teilt Berta mit.

Signe holt scharf Luft. Die alte Kata ist tot. Aber sie durfte wenigstens in der Natur sterben zwischen all ihren Heilkräutern und Moosen. Und Ludde, der kleine Ludde, hat er wieder nach Hause gefunden? Sie will Berta nicht fragen, möchte es vielleicht gar nicht wissen.

Frau Holm muss Bestellungen aufschreiben und die Mädchen kehren an den Backofen zurück. Sie wollen ihre Arbeit gerade wieder aufnehmen, da sieht Berta ihre Gelegenheit, packt Signes Arm mit ihrer groben Hand.

„Es ist doch schön, wenn man eine Freundin hat!"

Signe macht sich los und nimmt einen Klacks Margarine aus dem offenen Paket und streicht damit kratzend ein schwarzes Backblech ein. Sie folgt den Bewegungen der Hand mit den Augen. „Ich habe eine beste Freundin, das reicht mir", sagt sie schroff.

Danach schweigt Berta für den Rest des Tages.

Signe muss über vieles nachdenken. Eins und eins kann sie zusammenzählen. Der Bauer hat sie mit dem Gutsherrn auf Tuna erschreckt, damit sie kein Unheil ahnte. Endlich weiß sie, dass sie richtig gehandelt hat, als sie von Fredriksberg floh.

Sie nimmt sich des Teigs an, den Berta gemischt hat. Heute wird Zwieback gebacken, und knusprig goldbraun soll er werden, dafür wird sie sorgen!

Es ist Samstag und die Arbeitswoche ist zu Ende. Im großen Saal ist für den Nachmittagskaffee gedeckt. Pastor Bång und die Schwestern sitzen an einem eigenen Tisch. Die Magdelenen haben ihnen zugeteilte Plätze am langen Tisch. Die Mädchen sind andächtig. Es gilt, sich von seiner besten Seite zu zeigen. Der Pastor ist befugt, die Mädchen im Heim aufzunehmen, aber er ist es auch, der entscheidet, ob sie wieder gehen müssen.

Er erhebt sich von seinem Stuhl, ein Mann in den Fünfzigern mit Kugelbauch, der seinen Pastormantel vorwölbt. Sein Blick streift zunächst die Schüssel mit den frisch gebackenen Zwiebäcken, dann schweift er über die Versammelten, die darauf warten, dass er die Stille bricht, hin zum Fenster, wo eine große Schmeißfliege herumspaziert.

„Lasst uns daran erinnern …", beginnt er. Die Fliege surrt durchdringend. Schwester Ellen wirft sich auf sie und schlägt mit dem Andachtsbuch nach der Friedensstörerin. Aber die Fliege wird zornig. Der Pastor räuspert sich.

„In jedem Wesen ist etwas Edles verborgen“ – er wirft der Fliege einen wütenden Blick zu –, „auch in den Erniedrigten und Gefallenen.“

Schwester Ellen hat die Jagd aufgegeben und versucht mit ihrer Tasse einen Schutz zwischen dem Pastor und der Fliege zu bilden.

„Ihre innerste verborgene Sehnsucht“ – dem Pastor bleibt der Mund offen stehen, sein Blick ist zu der Schüssel mit den glasierten Wecken gewandert – „ist, ein besserer Mensch zu werden. So war Maria von Magdala, und so seid auch ihr, meine Kinder.“

Er faltet die Hände.

„Komm, Herr Jesus, sei unser Gast, und segne, was du uns bescheret hast, amen“, rattert er schnell herunter und setzt sich umständlich hin.

„Danke für die klugen Worte! Bitte, bedienen Sie sich!“, sagt Schwester Edith. Sie versucht ihn den Ärger mit der Fliege vergessen zu lassen, indem sie ihm die reichlich beladene Zwiebackschüssel reicht. „Wir haben auch Wecken gebacken, eigens für Sie.“ Rasch schiebt sie eine kleinere Schüssel heran.

Signe verfolgt interessiert die Wahl des Pastors. Wird er von ihren Zwiebäcken nehmen? Vermutlich verlieren sie gegen Frau Holms Weizenwecken. Wenn der Pastor doch etwas über den Zwieback sagen würde, wie knusprig und gleichmäßig braun er ihr gelungen ist.

Ein Tritt gegen das Schienbein von Lovisa, die ihr gegenüber sitzt, lässt sie den Blick senken. In diesem Augenblick entscheidet sich der Pastor endlich.

„Der Zwieback sieht lecker aus“, sagt er mit seiner bedächtigen Stimme.

„Den hat Signe, unsere kleine Neue, gebacken“, sagt Schwester Edith lächelnd.

Signe meint Stolz in ihrer Stimme zu hören, oder bildet sie sich das nur ein?

Einige Magdalenen seufzen. Sehnen sich danach, endlich nach der Kaffeetasse greifen und den Zwieback hineintauchen zu dürfen, aber niemand darf anfangen, bevor nicht der Pastor den ersten Bissen genommen hat. Das ist eine ungeschriebene Regel. Signe kann es nicht lassen, sie muss sehen, wie Pastor Bång in den Zwieback beißt. Bald kracht und knastert es vom Zwiebackkauen am langen Tisch. Aber das Knastern wird vom lauten Husten des Pastors übertönt. Signe, die ihren Zwieback noch nicht probiert hat, schaut erschrocken auf. Der Pastor hustet und sein Gesicht wird jede Sekunde dunkler. Sogar am langen Tisch beginnt das Räuspern und Husten.

„Versalzen, vollkommen versalzen", wird gemurmelt.

„Pfui Teufel", heult Lovisa. Und Signhild ist rotäugig wie gewöhnlich, aber dies Mal nicht aus Selbstmitleid.

Schwester Edith klopft dem Pastor auf den Rücken. Er muss aufstehen und wankt aus dem großen Saal. Schwester Ellen klatscht in die Hände, um für Ruhe zu sorgen. Zufällig sieht Signe in dem Tumult in Bertas Richtung. Sie sitzt ruhig mit über dem Bauch gefalteten Händen da und sieht aus wie die heilige Maria persönlich. Den Zwieback hat sie nicht angerührt.

Dort im Hafen ist er

Signe hält sich die Nase zu. Der Leim qualmt und stinkt, er steht im Wasserbad in einem Kupfertopf auf dem eisernen Herd. Sie muss aufpassen, dass er nicht kocht, rührt mit einem Holzstock, bis die zähe Masse sämig wie Sahne und die Mischung klar ist. Zwei Messerspitzen Alaun müssen noch hinzugefügt werden, das schützt die Bücher davor, vom Bücherwurm aufgefressen zu werden, hat der Engel ihr beigebracht.

Meistens ist Signe allein in der Buchbinderei hoch oben im Torhaus. Irgendwann im Lauf des Tage schaut Schwester Edith nach ihr und zeigt ihr etwas Neues.

„Für Signe ist es am besten, wenn sie bis auf weiteres in Abgeschiedenheit arbeiten kann", hat Schwester Edith nach dem Zwieback-Aufruhr gesagt. Signe hat nicht mehr das Vertrauen der Schwestern, obwohl sie mit der Hand auf der Bibel geschworen hat, dass sie nichts mit dem versalzenen Zwieback zu tun hatte. Der Engel ist immer noch freundlich zu ihr, aber die Vertraulichkeit zwischen ihnen ist verschwunden. Und Signe merkt, dass die Diakonissin sie heimlich beobachtet.

Berta weiß, dass Signe es weiß. Das ist ihrem ausweichenden Blick anzumerken. Aber Signe will nicht petzen, außerdem gefällt ihr die neue leichtere Arbeit.

Die Arbeitsbank mit dem Buchbinderwerkzeug und der Buchpresse steht vor einem kleinen Fenster. Signe verfolgt das Fortschreiten des Herbstes im Ahorn, das gelbrote Laub wird jeden Tag spärlicher. Sie kann auch das Treiben auf dem Erstahügel überwachen, während sie Bücher bindet. Sorgfältig sortiert sie die ungefalteten Bögen, sieht sich jede Buchseite an, damit die paginierten Blätter nicht durcheinandergeraten. Ihr Mund ist trocken und sie muss sich ständig räuspern. Der feine Papierstaub dringt in Mund und Nase und macht die Hände rissig.

Als sie nach dem Falzbein greift, strebt eine hoch gewachsene Gestalt im Herbstwetter den Hügel herauf. Die gekrümmte Fensterscheibe treibt ihren Schabernack mit den Augen, zieht den Mann in die Länge und Breite. Etwas an dem energischen Gang fesselt Signes Interesse und sie drückt das Gesicht gegen das Glas, um die Unebenheiten zu überlisten. Der Mann trägt nur ein Hemd, die Arme sind ein ganzes Stück länger als die Ärmel und seine Hände sind groß wie Schaufeln. Als er fast aus ihrem Blickfeld verschwunden ist, nimmt er sich die runde Mütze ab und entblößt einen hellen Schopf.

Sie war gerade dabei, einen Falz in einen Bogen mit dem Falzbein zu streichen. Jetzt lässt sie das Werkzeug zu Boden fallen. Der Mann mit dem energischen Gang ist Vater. In Kopf und Brust hämmern Panik. Vater weiß, dass sie im Magdalenenheim ist, und jetzt ist er gekommen, um seiner verlorenen Tochter einige Wahrheiten zu sagen.

Signe stürmt die Treppe hinunter, sie muss sich verstecken. Vater darf sie nicht finden. Wohin jetzt? Was soll sie sagen, wenn sie ihm geradewegs in die Arme läuft?

Die Gedanken wirbeln in ihrem Kopf herum und sie läuft aufs Geratewohl in das Krankenhausgebäude. Angekommen bei Gusten, keucht sie wie eine Dampflok.

„Das ist der Daumen, der schüttelt die Pflaumen“, begrüßt er sie. Zeigt auf seine kurzen Finger. Er hat sich an ihre Besuche gewöhnt und die Schüchternheit ist verschwunden. Sie bekommt kein Wort heraus, streichelt ihm nur die Wange. Ihr Herz klopft und sie hat Seitenstechen vom schnellen Laufen.

Sollte Vater sie finden, wird sie sagen, sie sei auf Ersta zu Besuch bei dem kleinen Kranken. Dass Vater wohl alles missvertanden hat. Sie gehört doch nicht zu den Magdalenenmädchen!

Im tiefsten Innern weiß sie, dass die Wahrheit herauskommen wird. Zusammengekauert sitzt sie auf dem Holzschemel neben Gustens Bett. Wartet wie eine Maus in ihrem Winkel, dass die Katze ihre Pfote ausstreckt und dem Elend ein Ende bereitet.

„Igne, Igne!“ Gusten verlangt ihre Aufmerksamkeit, zieht an ihrem Schürzenband. Aber sie hat keine Kraft sich um ihn zu kümmern. Lauscht angespannt darauf, dass die Krankenhaustür geöffnet wird und schwere Schritte die Treppe heraufpoltern. Aber nur die gewöhnlichen Schniefer und Hustenanfälle von Gustens kleinen Zimmerkameraden unterbrechen die Stille.

„Was hast du heute gegessen?“, fragt sie, um etwas zu sagen.

„Milch, Bot mit Butte“, antwortet er schnell. Legt den Kopf schief und schaut sie zufrieden an.

„Du bist lieb, Gusten, aber es heißt Brot und Butter.“

„Butte!“

„Sag mal R“, fordert Signe ihn auf.

„R!“, antwortet Gusten.

„Dann kannst du auch Butter sagen, sag Butter, Gusten!“

Gustens fröhliche Laune ist umgeschlagen in abwartendes Schweigen. Er guckt Signe unter seinem Pony an und nimmt einen Anlauf.

„Magajine!“

Signe bricht in glucksendes Lachen aus. Es kommt aus dem Bauch und sie kann es nicht zurückhalten. Sie lacht, dass sie kaum noch Luft kriegt und die Tränen fließen. Gusten vergisst seine Niederlage schnell und gibt ein paar Freudenquietscher von sich. Dann siegt der Husten. Signe beruhigt sich und deckt ihn sorgsam zu.

Auf dem Weg zurück ins Torhaus werden ihre Wangen wieder nass von Tränen und der Wind brennt in ihrem Gesicht. Ist sie eigentlich froh oder traurig?

Von der Arbeitsbank aus schaut sie sehnsuchtsvoll hinaus. Das Herbstlaub tanzt auf der Straße, teils einen wehmütigen, teils einen ausgelassenen Tanz. Vater ist nicht gekommen. Aber er lebt! Eines Tages, wenn sie ihn aufsucht, braucht er sich ihretwegen nicht zu schämen.

„Die linke Hand liegt immer zwischen den Bögen und die rechte führt die Nadel."

Der Engel überwacht ihre Finger, die das Bindegarn durchziehen.

„Du lernst schnell. Bald darfst du mit Kalbsleder arbeiten, wir wollen Halbfranzbände machen."

„Leder? Meinen Sie so was, wie af Roos gebunden ist?"

Der Engel lacht leise. Zum ersten Mal seit der Sache mit dem versalzenen Zwieback hat sie den Engel zum Lachen gebracht. Was daran so lustig sein soll, versteht sie nicht.

„Du meinst wohl die Ledereinbände der Andachtsbücher?"

Der Engel gleitet zum Ausgang.

„Auf Wiedersehen, Signe! Eine neue Magdalena ist angekündigt und ich muss ihre Ankunft vorbereiten. Ach ja, Signe, du hast einen Brief bekommen." Schwester Edith zieht den Umschlag aus ihrer Rocktasche. „Er hat lange auf dich gewartet. Er war an das Kinderheim Vitabergen adressiert. Fräulein Qvennerstedt hat es Pastor Bång mitgegeben."

Vorsichtig nimmt Signe den Brief in die Hand. Er ist mit mehreren Stempeln und Briefmarken versehen. Zum ersten Mal hat jemand ihren Namen auf ein feines Kuvert geschrieben.

„Vergiss nicht den Bogen zu heften!"

„Nein, Schwester Edith", antwortet sie langsam und knickst. Aber zu spät. Der Engel ist schon gegangen und Signe entfaltet das Briefpapier.

„Liebe Signe", steht darüber. Es gibt nur eine einzige Person, die das S mit solchen Schnörkeln schreibt. Sie liest die Anrede mehrere Male. Der Brief muss lange vorhalten. Aber die Neugier siegt und der Blick gleitet über die eng geschriebenen Zeilen:

„Schicke diesen Brief ans Kinderheim Vitabergen, dann kann Fräulein Qvennerstedt ihn an dich weiterleiten, wenn du noch deine Stelle in Fredriksberg hast. Ich wünsche dir von ganzem Herzen eine gute Hausfrau.

Ich erfreue mich guter Gesundheit, Gott sei Dank. Jetzt bin ich in Amerika. In Göteborg ist es entsetzlich gewesen! Ich warne alle, die auswandern wollen, ihr Vertrauen Werbern zu schenken. Von ihnen wimmelt es im Hafen, sie reden und machen Versprechungen, als wären sie Engel des Lichts. Noch eine Warnung vor Chicago, wo wir uns niedergelassen haben. Hier gibt es mindestens 30.000 arbeitslose Männer! Die meisten anwesenden Schweden scheinen doch mit ihrer neuen Heimat zufrieden zu sein, da das Bedürfnis ihrer Mägen zu befriedigen. Bedauerlicherweise haben die meisten Landsleute keine anderen Bedürfnisse!

Ich kann mich nicht mit den Sitten amerikanischer Gentlemen anfreunden, auf Stühlen zu kippeln und die Füße hochzulegen. Sie kauen unaufhörlich Tabak und spucken dann!

Ich wünsche dir alles Gute und hoffe, du hast etwas von deinem Vater gehört.

Es grüßt dich
Fräulein Åberg“

Fräulein Åberg hat sie nicht vergessen, obwohl sie ganz bis nach Amerika gefahren ist. Signe glättet den Brief, faltet ihn zusammen und steckt ihn in die Tasche.

Die Herbstkühle dringt herein und Signe holt Feuerholz für den Kamin. Schneeflocken wirbeln, als würde irgendein Verrückter Würfelzucker vom Himmel ausstreuen. Sie schmelzen sofort auf Haaren und Händen.

Signe geht über die Terrassen, bleibt auf der untersten stehen und fährt mit der Hand durch den verwelkten Lavendel. Er hat seine Farbe verloren, duftet aber immer noch genauso lieblich. Sie zupft ein paar Blüten ab. Die soll Alice in einem Stoffsäckchen bekommen. Dann kann sie sich den Kauf von Eau de Cologne sparen.

Am Fuß des Abhangs mit Aussicht über die Hafeneinfahrt steht Signhild und hängt Wäsche auf. Sie winkt Signe zu.

„Ein feines Wetter zum Wäschetrocknen“, sagt sie mit einer Grimasse. Sie kämpft mit einem Laken, das sich im Wind verwickelt hat. Signe nimmt das eine Lakenende und jede zieht an einem Ende, dann hängen sie es auf.

„Hast du meine Hände gesehen? Rot wie rohes Fleisch!“ Signhild zeigt ihre Hände, aber es hat angefangen zu dämmern, sodass Signe keine Röte erkennen kann. Sie nickt nur. „Sei froh, dass du im warmen Haus arbeiten darfst“, fährt Signhild fort. Sehnsüchtig späht sie übers Wasser. „Das Zuckerschiff liegt seit Montag am Kai. So einen großen alten Kasten hab ich noch nie gesehen. Die Schauerleute sind wie verrückt gewesen, sind auf den Berg gerannt und haben Ausschau gehalten, als er einlief. Jeder wollte der Erste sein, damit sie eine Arbeit bekommen.“

Signhild nickt in Richtung Westen. Die Mädchen beobachten interessiert das Gewimmel von Menschen und Tieren im Hafen. Die Dampferwinden fieren Säcke aus dem Zuckerschiff, die von den sehnigen Fäusten der Schauerleute in Empfang genommen werden.

„Ich habe solche Sehnsucht wieder an Bord zu gehen. Nach getaner Arbeit konnte man an Deck sitzen und den Wellen zuschauen“, sagt Signhild seufzend. Sie breitet ein Tischtuch aus und versucht es auf die Leine zu hängen. „Kaffee verschütten, das kann der Pastor, aber meinem Vater gut zureden, das schafft er nicht. Guck dir die Kaffeeflecken an!“

„Vater“, wiederholt Signe. Das Wort holt sie in die Wirklichkeit zurück. Sie dreht sich jäh zur Zimmerkameradin um.

„Er ist im Hafen!“

Sie packt den Korb mit dem Feuerholz. Signhild guckt sie anzüglich an.

„Ist dein Liebster unter den Schauerleuten?“

Signe hat keine Zeit für Erklärungen. Sie läuft davon mit dem Holzvorrat. Will zurück zur Arbeitsbank, damit sie rechtzeitig an ihrem Ausguck ist. Gleich wird Schwester Ellen die Glocke läuten, die verkündet, dass der Arbeitstag beendet ist.

Da kommt er den Hügel herunter. Nähert sich der Gaslaterne unter dem Fenster. Für einen Augenblick färbt das blaue Licht sein kräftiges Kinn.

Jeden Abend, die ganze Arbeitswoche, steht Signe am Fenster der Buchbinderei und wartet auf Vater.

Am Samstag nach dem Abendessen läuft sie zum Abtritt am Fuß des Hügels. Heute ist sie schon mindestens zehnmal hingelaufen. Der Abtritt ist eine gute Ausrede, um zu kontrollieren, ob das Schiff noch im Hafen liegt. So lange hat Vater vermutlich Arbeit und sie kann ihn auf dem Heimweg von seiner Schufterei sehen.

Sie späht über den schlecht beleuchteten Hafen. Kann kaum die Masten des Zuckerschiffes gegen das dunkellila Himmelsgewölbe erkennen.

In ihr ist schmerzliche Sehnsucht, sich Vater an einer Straßenecke in den Weg zu stellen. Sie könnte so tun, als sei sie zufällig in der Gegend zu Besuch. Aber das ist unmöglich. Er würde die Wahrheit aus ihr herausholen, sie dazu bringen zu erzählen, dass sie im Magdalenenheim bleiben musste, wenn sie nicht wegen Herumtreiberei aufgegriffen werden wollte. Auf der Straße wird sie zur Verbrecherin, eine, die von der Polizei eingesperrt und bestraft werden kann. Außerdem hat sich Gustav Bergs Tochter wie ein Apfelsinenmädchen aufgeführt. Das Niedrigste, was Vater kennt. Genau das, dem sie nie anheim fallen sollte, so hat er es ihr eingebläut. Nein, das muss um jeden Preis verborgen bleiben.

Die Tür zum Abtritt ist von innen geschlossen. Signe trippelt auf der Stelle, sodass das gefrorene Gras raschelt. Dies Mal hat sie ein dringendes Bedürfnis zu erledigen. Das Gaslicht der Laternen von der nächsten Straße fällt nicht bis zum Abhang. Nach Einbruch der Dunkelheit dürfen sich die Magdalenen nicht mehr draußen aufhalten, wenn sie nicht gerade den Abtritt aufsuchen oder eine Besorgung zu erledigen haben. Das hilft ihr nichts, ihre Angst vor Dunkelheit hat sie immer noch nicht bewältigt.

Signe trommelt gegen die Brettertür.

„Ist da jemand?"

Keine Antwort. Sie kann es nicht mehr zurückhalten, muss sich ins Gras hocken.

„Kleine?", flüstert eine Stimme.

„Bist du krank, Lovisa?"

Signe richtet rasch ihre Röcke.

„Psst, still, Dummchen!“ Der Haken klappert, Lovisa zieht sie in den Abtritt und schließt schnell wieder die Tür.

„Du hast mich nicht gesehen und du weißt von nichts!“, kommandiert sie.

„Ich verspreche es.“

„Das Salzfräulein kann den Mund halten, das weiß ich. Und zugenommen hast du auch, siehst schon recht anständig aus.“

Seit dem Theater mit dem versalzenen Zwieback genießt Signe Lovisas Respekt. Wenn sie irgendwo zusammentreffen, flüstert Lovisa: „Großartige Idee, schade, dass der Pastor, dieser Teufelsbraten, sich nicht zu Tode gehustet hat.“

Die Mädchen drängeln sich auf den Holzflechten zwischen den drei Öffnungen. In der Dunkelheit kann Signe die Zimmerkameradin nicht erkennen, aber die Körperwärme und ihr Atem verraten ihre Gegenwart.

„Hilf mir!“ Lovisa drückt Signe eine Münze in die Hand.

„Ich will kein Geld von dir!“

„Nimm schon, du sollst auch etwas dafür tun.“

Signe spürt, wie das Unbehagen ihr den Magen umdreht. Sie will nicht in Lovisas Geschichten hineingezogen werden. Aber wer wagt ihr zu widersprechen?

„Heute Abend gehst du vor den anderen ins Zimmer. Ich hab meine Bettdecke mit Wäsche ausgestopft.“

„Willst du fliehen?“

„Schhh! Wenn Schwester Ellen kommt, sagst du, dass ich meine Tage habe und schon schlafe. Dann guckt sie nicht so genau. Ich will einen Vorsprung haben, wenn sie die Polizei auf mich ansetzen.“ Lovisa prüft die Dunkelheit, ehe sie fortfährt: „Bin drei Abende hintereinander nach Glockenschlag elf vor Rydbergs erwischt worden und in Arrest gekommen. Hab mich gegen ihre teuflischen Regeln vergangen und kriegte natürlich Verbot.“

„Und die anderen Mädchen?“, fragt Signe.

Lovisa grinst eine Sekunde. „Ach, die feigen Dinger trauen sich doch nichts zu sagen.“

„Wohin willst du denn gehen?“, fragt Signe andächtig. Sie versteht zwar nicht, warum Lovisa Essen und Geborgenheit aufgibt, bewundert aber trotzdem ihren Mut.

„Zu meiner alten Mädchenstelle. Wohin, sag ich nicht“, antwortet Lovisa rasch.

„Ist das auch wie ein Heim für Mädchen?“

„Nee, Kleine! In der Stadt wimmelt es von Mädchenstellen. Dort bestimmt die Wirtin, und die Kunden müssen mindestens zwei Bier kaufen oder eine Flasche Wein, wenn es eine etwas feinere Stelle ist.“

Signe seufzt leise. Im Vergleich zu ihrer erfahrenen Kameradin fühlt sie sich wie eine Konfirmandin.

„Ich hab dort einen Bekannten. Er hat mir versprochen, dass ich bis zu siebentausend Kronen in einem feinen Bordell in Sankt Petersburg verdienen kann.“

Die Augen haben sich an die Dunkelheit gewöhnt und Signe sieht einen triumphierenden Ausdruck in Lovisas Gesicht. Sie kann auch die Kleidung ihrer Zimmergenossin erkennen.

„Wie hübsch du bist, Lovisa“, entschlüpft es ihr.

Unter dem Schal trägt Lovisa ein Kleid mit schmalen Streifen und Spitzenkrause um den Hals. Sie greift unter die Spitze und zeigt ein Samtband, das sich eng um ihren Schwanenhals schmiegt. Daran hängt etwas.

„Die Kameebrosche hab ich von einem echten Grafen bekommen, das kannst du mir glauben.“

„Gibt es denn Grafen?“

Lovisa kichert. „Weißt du das nicht? Ein Graf ist fast genauso fein wie ein Prinz.“ Sie richtet den Oberkörper auf und schiebt die Brust vor. „Ich war in einem feinen Mädchenhaus auf Norrmalm. Mittwochs fuhr immer ein geschlossener Wagen vor, wir wurden alle zu Grafen und Königlichen Hoheiten gebracht.“

„Du meinst doch wohl nicht, dass der König … er ist doch mit Königin Sophie verheiratet!“, sagt Signe entrüstet.

„Wusstest du nicht, dass König Oskar ein richtiger Weiberheld ist?“, antwortet Lovisa schnippisch. Und fährt fort: „Die hohen Herren haben sich ausgesucht, mit welchen Mädchen sie sich verlustieren wollten. Bei der Gelegenheit hab ich den Grafen getroffen. Ich war mehrere Male mit ihm zusammen, bis er nach Deutschland fuhr. Die Brosche hat er mir zum Abschied geschenkt."

Signe wird unruhig. „Ich muss jetzt hineingehen, sonst werden die anderen aufmerksam."

„Wenn du dich ins Laternenlicht am Zaun stellst, weiß ich, dass niemand draußen ist. Dann schleiche ich mich weg wie eine Katze im März", sagt Lovisa.

Signe öffnet die Tür einen Spalt, lauscht, aber kein menschlicher Laut ist zu hören, nur das Rauschen des Windes am Erstaberg.

„Auf Wiedersehen, Lovisa", flüstert sie.

„Wir werden uns wohl nie mehr wiedersehen, aber vielen Dank", antwortet Lovisa schroff.

Die Dunkelheit umhüllt Signe. Gras und Laub rascheln bei jedem Schritt. Sie streckt tastend eine Hand aus. Beim nächsten Busch kann ein Gespenst warten, sie mit seinen eisigen Händen packen. Die alte Kata lacht im Wind oder ist es ein Rabe? „Die Taten der Dunkelheit", krächzt es. Und Signe flüchtet sich in den Schutz der Straßenlaterne. Sie muss einen Blick unter den Wollschal werfen. Die Bluse presst sich enger an ihren Körper. Und die Haut über ihren Wangenknochen ist nicht mehr so gespannt, ihre Züge sind weicher geworden, aber mit Lovisas Schönheit kann sie nicht mithalten. Die hat ihr nur geschmeichelt, damit sie ihr hilft.

Wie hat Mutter eigentlich ausgesehen? Vater hat ihr nie eine Fotografie gezeigt. Ob sie ihrer Mutter ähnlich ist? Signe stellt sie sich wie einen rundlichen Engel mit hellen Locken vor. Übrigens eine kindische Idee.

Am nächsten Morgen reißt Schwester Ellen die Decke von dem Bündel, das sie für die schlafende Lovisa hält.

„Was um alles in der Welt!", ruft sie.

Fleckige Unterhosen und verschwitzte Nachthemden liegen zusammengeknüllt auf einem Haufen.

Schwester Ellen nimmt die Brille ab und hebt die Kleider hoch. „Dieses Mädchen kann einen zur Weißglut bringen", murmelt sie. Die Diakonissin wendet sich zu Signe und Signhild, die eifrig mit dem Morgenputz beschäftigt sind. „Wohin ist Lovisa gegangen? Sie muss doch etwas gesagt haben!“

Ein Schleier bedeckt die Augen der Schwester. Das trübt ihren Blick und erleichtert es zu lügen.

„Kein Wort“, antwortet Signe. Sie hat sich beim Bettenmachen auf die Frage vorbereitet. Signhild, die schon einen überraschten Schrei ausgestoßen hat, schüttelt den Kopf. Schwester Ellen setzt sich die Brille wieder auf.

„Ausbrecherinnen sind ansteckend wie die Schwindsucht, jetzt hetzt euch nicht gegenseitig auf, Mädchen. Sprecht mit dem Herrn! Ich muss seinen Stellvertreter, Pastor Bång, aufsuchen. Kämpft gegen die Verführungen des Teufels!“ Sie zeigt zur Decke und marschiert davon.

Nach einem Moment der abwartenden Stille schielen die Mädchen zueinander hin und grinsen.

„Der Finger hat in die falsche Richtung gezeigt“, flüstert Signe.

Signhild nickt. „Vermissen werde ich Lovisas Gemeinheiten nicht.“ Schnell erscheint wieder der sehnsuchtsvolle Ausdruck in ihrem Gesicht und sie fährt fort: „Aber eingesperrt ist man hier schon, und Lovisa konnte sich eben nicht einfügen.“

Signe zieht ihre Bettdecke glatt und macht zustimmend „hm“.

„Im Frühling, wenn das Eis bricht, gehe ich vielleicht auch weg. Nichts ist wie das Leben auf See“, sagt Signhild seufzend und fegt unter den Betten, redet mehr mit sich selbst: „Man ist natürlich undankbar. Ich habe lange überlegt, was Menschen wie die Schwestern hier wohl von mir denken würden. Als wir das erste Mal einen Spaziergang gemacht haben, hat Schwester Edith mich untergehakt und ist mit mir gegangen. Stell dir nur vor, eine wie mich! Mir war richtig nach Weinen zumute.“

Alices Schal erkenne ich wieder

Auf dem Kaffeetisch im großen Saal brennt das zweite Adventslicht. Es herrscht Sonntagsfriede. Der flackernde Schein wirft Schattenflecken auf die Gesichter der Mädchen. Schweigend tauchen sie ihr Weißbrot in den Kaffee. Gerne wären sie am einzigen freien Tag der Woche ein wenig länger im Bett liegen geblieben.

Schwester Ellen erhebt sich. Niemand wagt Kaffeetasse oder Löffel zu bewegen. Sie hält die Bibel mit ausgestreckten Armen. Während sie liest, bewegt sie den Kopf hin und her wie eine Eule, um die Buchstaben zu sehen. Schwester Ellens Gott ist streng. Strafe und Richttag hängen wie niedrige Unwetterwolken unter der Petroleumlampe an der Decke. Die Stimmung ist dumpf und bedrückt, als die Glocken zum Gottesdienst in die Kapelle rufen und Schwester Ellen die Bibel zuklappt.

Im ungeheizten Mantelzimmer ziehen die Magdalenen Oberkleidung an. Signe wickelt den grünen Schal um die Schultern, der hält die Kälte anfangs zurück. Aus alter Gewohnheit steckt sie die Nase in die Wolle, der Duft nach Alice ist verschwunden. Schnell stellt sie sich an ihren Platz in der Reihe an Bertas Seite.

„Wie nett, dass du neben mir gehst“, sagt Berta lächelnd.

„Das hat Schwester Ellen bestimmt, nicht ich“, antwortet Signe kurz. Berta soll sich nicht einbilden, dass sie es vergessen hat.

„Alle angezogen?“, fragt Schwester Edith. Ohne eine Antwort zu erwarten, öffnet sie die Tür.

Draußen lauert die Dezemberfinsternis und eine Wolke von Schnee weht den Mädchen ins Gesicht. Die Gruppe setzt sich in Richtung Kirche in Bewegung.

Jemand zieht an dem Schal und Signe bleibt stehen.

„Signe!“

Ein blasses Gesicht, halb verborgen von einem grauen Kopftuch, taucht in Höhe ihrer Schulter auf. Ist es ein großes Kind oder eine kleine Erwachsene, die sie aufhält? Der fremde Mund öffnet sich, um etwas zu sagen, schließt sich aber wieder. Signe starrt auf die Gestalt im Schneegestöber. Ein knöchellanges Cape verbirgt die Kleine.

„Fia!“

Die Kleine nickt wie eine alte Frau.

„Ich bin jetzt gekommen“, sagt sie bibbernd.

Signe sieht sich unschlüssig um. „Weißt du etwas über Alice?“

Aber Schwester Edith hat sie entdeckt. Ihre schwarze Tracht flattert im Schneegestöber.

„Zurück in die Reihe! Ich kümmere mich um die Neue!“

Signe läuft hinter den anderen her. Die neue Magdalena, die der Engel erwartet hat, war Fia, aber warum sieht sie so besorgt aus?

Berta ist schon in der Kirche und hat sich hingesetzt. Sieht Signe beleidigt an, als sie sich ein paar Bänke entfernt neben Signhild niederlässt.

Die Orgel spielt mächtige Töne und die Holzbänke knarren, als die Magdalenen sich setzen. Der Kirchenraum ist hellgelb. Kräftige Pfeiler tragen das große Sternengewölbe an der Decke. Das Kruzifix unter dem Altarbaldachin hängt im Blickfang. Jesus am Kreuz schlägt die Augen nieder. Signe kommt es vor, als schaue er zur Seite. Die roten Stellen an seinen Händen und Füßen sind ihr unheimlich.

„Haben sie richtige Nägel hineingeschlagen?“, flüstert sie Signhild zu.

„Ich hab mal die Kirche geputzt, da bin ich mit dem Finger drüber gefahren. Die Nägel sind echt, aber das Blut ist aufgemalt“, antwortet Signhild.

Das Dröhnen der Orgel verstummt. Pastor Bång steigt auf die Kanzel und sieht sie durch seine kleine Lesebrille an.

Er beginnt über „Die verbrecherische Braut“ zu lesen:

„Ist’s aber die Wahrheit, dass das Mädchen nicht mehr Jungfrau war, so soll man sie heraus vor die Tür des Hauses ihres Vater führen und die Leute der Stadt sollen sie zu Tode steinigen, weil sie eine Schandtat in Israel begangen und in ihres Vaters Hause Hurerei getrieben hat, so sollst du das Böse aus deiner Mitte wegtun …“

Die Stimme rollt durch den Kirchenraum.

Die meisten, die sich an diesem Sonntagmorgen in den Kirchenbänken drücken, kennen ihren Vater nicht, überlegt Signe. Warum liest der Pastor nicht lieber das Weihnachtsevangelium? Eintönige, unverständliche Sätze fließen dem Pastor aus dem großen Maul. Augen schließen sich und müde Köpfe lehnen sich zurück. Berta gibt einen lauten Schnarcher von sich, sodass ihre Banknachbarin sie in die Seite stößt.

Die Kirchentür schlägt zu. Schwester Edith führt Fia den Mittelgang entlang, hat dem Mädchen einen Arm um die Schultern gelegt, als ob sie ein Krüppel wäre, bis zu einem freien Platz.

Fia muss über Alice Bescheid wissen. Ungeduldig kratzt Signe mit den Fingernägeln an der Gesangbuchstütze. Bald wird sie die Neuigkeiten erfahren. Aber wird sie es wagen Fia zu fragen, warum sie ihr die Apfelsine gegeben hat?

Erneut dröhnen die Glocken. Berta und andere Schlaftrunkene bemühen sich munter und gottesfürchtig auszusehen. Berta bleibt zurück und Signe denkt nicht daran, ihretwegen zu trödeln. In der Kirchenvorhalle warten Schwester Edith und Fia.

„Begleite du bitte Sofia zurück. Sie kann Lovisas Bett übernehmen“, sagt die Schwester hastig und eilt zum Krankenhaus.

Fia schnieft. „Schwester Edith hat mich gezwungen in die Kirche zu gehen, schmutzig und jämmerlich, wie ich bin. Da muss man sich doch schämen.“ Sie kratzt sich an einigen roten Stellen im Haaransatz.

Signe rückt instinktiv ein Stück ab. Flöhe und Läuse, die Begleiter des Teufels, die sind sie in ihrem Zimmer los.

„Du musst ein Bad nehmen, bevor du einziehst“, sagt sie und versucht ihre Stimme energisch klingen zu lassen.

Das magere Mädchen sieht nicht begeistert aus. „Dann aber in richtig heißem Wasser. Ich bin mehrere Nächte unter freiem Himmel herumgezogen, ohne Wollschal“, antwortet sie scharf. Fia zupft an dem grünen Schal. „Den hast du dir natürlich von Alice genommen. Alices Schal erkenne ich wieder.“

Signe bleibt jäh auf der Kirchentreppe stehen. „Ich bin wahrhaftig kein Dieb, falls du das meinst! Den Schal gebe ich ihr zurück, wenn ich Alice endlich finde.“

Der böse Ausdruck in Fias Gesicht verschwindet. Mit aufgerissenen Augen starrt sie Signe an und stößt die Worte heraus. „Weißt du nicht, dass Alice tot ist? Ich hab an ihrem Totenbett gesessen.“

Der Glockenklang vibriert in Signes Kopf, begleitet Fias Worte, lässt sie wahr klingen. Wächst zu einem übermächtigen Schmerz, der ihr fast den Kopf sprengt. Sie drückt die Fingerspitzen gegen die Schläfen.

„Wusstest du das nicht?", wiederholt Fia. Sie sieht erschrocken aus und versucht Signe festzuhalten. Aber Signe reißt sich los.

Sie läuft. Die raue Winterluft schneidet in den Lungen. Sie rutscht im Schneematsch aus und rappelt sich wieder auf. Die Füße bestimmen selbst, wohin sie wollen, laufen die Treppenstufen an den Terrassen hinunter, laufen, bis ihnen der Zaun im Weg ist. Sie hängt über den Holzplanken und keucht. Körniger Schnee wird ihr in den Mund geblasen. Bald platzt ihr der Kopf.

Jetzt läuten keine Glocken mehr für Alice. Unterhalb wartet eine jäh abfallende Bergwand und darunter nachtdünnes Eis.

Über ihr schwebt ein schwarzer Engel der Hölle, sie ist in die Hölle gekommen für ihren Verrat. Weiße Gesichter vor dunklem Himmel. Hände heben den Körper aus dem Schnee auf und tragen ihn. Ihre Glieder hängen schwer. Sie lässt es geschehen, lässt sich tragen, hinlegen und einwickeln.

Wasserkaraffe und Glas auf dem Nachttisch, die kleine Petroleumlampe mit Stoffschirm, Bertas und Signhilds geglättete Bettüberwürfe. Möbel und Gegenstände scheinen weit entfernt zu sein, obwohl sie sich in dem vertrauten Zimmer in ihrem Bett befindet.

Gegenüber: Fias Bett. Fia, die in der Todesstunde bei Alice gesessen hat.

Warum war es nicht sie, Signe, die sich um Alice gekümmert hat? Sie waren einander doch so nah, fast wie Schwestern. Warum konnte sie ihrer liebsten Freundin nicht beistehen?

Seit der Kindheit hat Alice ihr aus der Patsche geholfen. Und als sie sich auf Söder wieder gefunden haben, hat Alice für ihr Überleben gesorgt, indem sie ihren Körper verkaufte. Alice ist tot. Niemals kann Signe ihre Schuld begleichen. In ihrer Brust wühlt Zorn. Alice hätte die angebotene Hilfe nie angenommen.

Signe beißt sich heftig auf die Lippen, bis sie Blutgeschmack im

Mund spürt. Sie will sich selber quälen, sich schneiden, schlagen, schlagen. Sich quälen wie Alice.

Schwester Edith öffnet leise die Tür und tritt an Signes Bett, ihre weiße Bluse schimmert. Signe möchte sie berühren, wissen, ob sie wirklich ist.

„Deine beste Freundin ist tot, das ist so traurig."

Der Engel stellt eine Tasse auf den Nachttisch und setzt sich auf die Bettkante.

„Du hast uns erschreckt, Signe, du hättest ja erfrieren können auf der Terrasse. Trink jetzt diesen warmen Sud, damit du ruhig wirst", sagt sie bestimmt.

Das Getränk rinnt in kleinen Schlucken ihre Kehle hinunter. Es schmeckt säuerlich und bitter. Signe gehorcht wie ein Kind. Ihr eigener Wille ist ausgelöscht.

„Jetzt musst du dein Herz erleichtern. Die Trauer darf dich nicht beherrschen. Denk an deine eigene Zukunft. Lass die Vergangenheit hinter dir", sagt der Engel.

Sie öffnet den Mund, weiß nicht, ob ihre Stimme trägt.

„Es ist meine Schuld, Schwester Edith, meine."

„So darfst du nicht denken. Deine Freundin hat sich für den Weg der Sünde entschieden. Sie war schweren Versuchungen ausgesetzt. Du hast dich dafür entschieden zu uns ins Magdalenenheim zu kommen."

„Trotzdem bin ich schlechter, bin ich schwächer als Alice."

Der Engel berührt vorsichtig ihre Wange, streichelt sie mit weichen Fingerspitzen.

Die Wärme der Hand lässt den Schmerz in Signe aufbrechen. Sie fällt nach vorn und lässt das Weinen heraus, das an ihrem Körper reißt und zerrt.

Der Engel sitzt lange still, tupft ihr die Tränen mit dem Lavendeltaschentuch ab.

Signe ringt nach Luft und versucht sich zu sammeln.

„Schwester Edith ist der beste Mensch auf der Welt und ich, ich …" Sie schnaubt fest in das duftende Taschentuch. „Ich bin schlecht! Ich schäme mich vor meinem Vater, dass ich im Magdalenenheim wohne.

Gelogen habe ich auch. Ich habe Lovisa geholfen zu fliehen." Sie verstummt, schaut auf die graue Decke und fügt leise hinzu: „Ich verstehe, wenn Sie mich nicht mehr hier behalten wollen."

Die Diakonissin nimmt ihre Hand und hält sie fest. Signe wagt es nicht sie anzusehen.

„Ich weiß, dass unser Herr dir durch mich vergeben hat. Das Gute in dir wächst, jetzt, da du deine Sünden gebeichtet hast."

Signe wird ruhig. Wichtig ist, dass der Engel vergeben kann. Gott ist weit weg.

„Hast du deinen Vater getroffen, willst du mir davon erzählen?"

Schwester Edith erfährt von Signes Erlebnis. Vom Zuckerschiff, das den Hafen verlassen hat. Und von ihrer Angst vor der Verachtung ihres Vaters.

„Du hast einen Vater, freu dich darüber. Arbeitet er im Hafen, wie du glaubst, dann wirst du ihm eher oder später begegnen. Ich verspreche dir mit ihm zu reden. Ich werde ihm sagen, dass Signe kein richtiges Magdalenenmädchen ist, sondern auf Ersta wohnt, um einen Beruf zu lernen."

„Wollen Sie das wirklich tun?"

Wieder schaut Signe auf die graue Decke, befürchtet, der Engel könnte auch das dunkelste Geheimnis aus ihr herausholen: Sie ist weder rein noch unschuldig, dafür hat der Bauer gesorgt. Und sie war nur um Haaresbreite davon entfernt, ein Apfelsinenmädchen zu werden.

„Es ist meine Aufgabe Familienbande zu knüpfen, wenn es irgend möglich ist. Aber es hängt von dir ab, nach deinem Vater Ausschau zu halten. Folge dem Weg, den der Herr dir gewiesen hat!" Der Engel spricht mit energischer Stimme und erhebt sich. Die grauen Augen sind rot gerändert. „Ich werde Sofia bitten hereinzukommen, damit du die Einzelheiten über den Tod deiner Freundin erfährst."

Signe dreht sich der Magen um. Sie will dieses zwergenhafte, schmuddlige Mädchen nicht sehen. Aber sie kann unmöglich protestieren, von nun an muss sie dem Engel in allem gehorchen.

Fia ist sauber. Hals und Gesicht sind rot vom heißen Wasser und der Seife. Sie steht mit hängenden Armen in einem dunkelgrauen geliehenen Kleid da, das ihr viel zu groß ist.

„Der Arzt sagt, es war eine Phosphorvergiftung“, sagt sie sofort, damit sie es ein für allemal hinter sich hat.

„Glaubst du, dass Alice sterben wollte?“, flüstert Signe.

„Das Kind wollte sie umbringen, aber sie selber wollte nicht sterben.“

„Alices Kind ist also gestorben?“

Fia holt Luft. Die Blässe ist zurückgekehrt. „Polizei hat im Hotel Falun nach dem Fötus gesucht. Sie haben Alices blutigen Unterrock in einer Kommodenschublade gefunden. Mich haben sie ausgefragt, aber ich hab mich nicht getraut etwas zu sagen.“

Signe zieht die Luft ein, dass ihre Zähne schmerzen. Möchte nicht wissen, was Alice mit ihrem ungeborenen Kind gemacht hat. „Konnte der Doktor ihr nicht helfen? Warum hast du ihn nicht früher geholt?“

Fia macht einen Schritt auf das Bett zu, breitet die Hände aus. „Meinst du, ich hätte es nicht versucht? Alice wollte keinen. Ich bekam es mit der Angst zu tun, als sie in Ohnmacht fiel, und hab ihn gegen ihren Willen geholt. Phosphor ist giftig wie Rattengift, hat er gesagt. Er konnte ihr nicht mehr helfen.“

Die beiden Mädchen schweigen.

„Du weißt doch, wie eigensinnig Alice ist!“

„Alice ist tot!“, heult Signe.

Auf Fias Wangen brennen wieder rote Flecken. „Ich habe ihr geholfen, so gut ich konnte, obwohl wir nicht gerade beste Freundinnen waren“, antwortet sie kurz.

„Nein, sie war meine beste Freundin!“

Signe beruhigt sich, als sie die erschrockene Miene der Kleinwüchsigen sieht. „Es ist nett von dir, dass du Alice geholfen hast. Ich hätte an ihrer Seite sein müssen. Verstehst du, wir sind zusammen aufgewachsen.“

Fia nickt hastig und zieht sich zur Tür zurück. „Gegen Phosphor hilft kein Doktor“, sagt sie.

Signe richtet sich heftig auf. „Geh nicht! Hat Alice etwas gesagt, bevor sie starb? Hat sie meinen Namen genannt, mir einen Gruß bestellt?“

„Nee.“

„Irgendwas wird sie doch gesagt haben! Erinnerst du dich nicht?"

Fia kratzt an einem Flohbiss. „Hat gemurmelt, dass sie Rydberg bei Blanchs gesehen hat. Oder war es Strindberg bei Rydbergs? Verstehst du das?"

Signe sitzt stumm da. Alices Worte sagen ihr nichts. Sie gehören zu ihrem unbekannten Leben.

„Wenn sie überlebt hätte, wäre sie für zwei oder drei Jahre ins Gefängnis gekommen. Abtreibung und das heimliche Beiseiteschaffen eines Fötus ist strafbar", fährt Fia mit weicherer Stimme fort. Sie versucht Signes Enttäuschung zu mildern.

„Wer hat sie begraben? Sie war elternlos."

Fia zuckt mit den Schultern. „Sie wird in der Gemeinde begraben, in der sie gestorben ist, hat der Doktor gesagt." Sie legt ihren runden Kopf schief und sieht Signe an. „Wir beide werden ihr Grab schon finden."

„Willst du mir dabei helfen, Fia?"

Fia kratzt einige Male mit der Schuhsohle über den Boden. „Das werde ich, denn wahrscheinlich bin ich schuld, dass du hier gelandet bist."

„Wie meinst du das?"

„Hast du es nicht begriffen? Die Apfelsine, die ich dir gegeben habe, war kein Geschenk aus Freundschaft. Der Komet wollte dich auf der Straße haben. Er wollte, dass du eins seiner Mädchen wirst."

„Die Apfelsine war die Idee vom Kometen? Dann versteh ich, warum er mir bei Slussen nachspioniert hat."

„Bist du mir böse?" Fia guckt sie von unten her an.

„Nein, du hast nur dem Kometen gehorcht", sagt Signe zögernd.

„Er hat mich rausgeworfen, weil ich den Doktor geholt und dadurch die Polizei angezogen habe. Auf den Straßen herumlaufen und unter Brücken schlafen, das hält man im Winter nicht aus. Deshalb hab ich gebeten im Magdalenenheim aufgenommen zu werden. Ich wusste nicht, dass du schon hier gelandet bist."

Die Glocke läutet, Schwester Ellen ruft zum Abendessen, aber Fia bleibt stehen.

„Du musst etwas essen! Ich warte so lange, bis du dir Rock und Bluse angezogen hast."

Im großen Saal haben die Küchenmädchen den Tisch mit Grütztellern gedeckt. Signe und Fia stehen am unteren Ende des langen Tisches. Schwester Edith leitet das Gebet von der Schmalseite. Als sie „Amen" gesagt hat, ruft sie Signe zu sich.

„Heute darfst du die Adventskerzen anzünden. Mögen sie für die Magdalenen brennen, die frieren und leiden, mögen sie für die brennen, die nicht mehr unter uns weilen."

Signe nimmt das Streichholz aus der Hand des Engels.

„Mögen sie nur für Alice brennen", flüstert sie.

Ein rußiges Stück Korken

Schwester Edith prüft die „Abendmahlbetrachtungen für die Jugend", die Signe mit Hilfe von Nadel und Leinenheftfaden gebunden hat.

„Zu dünnes Bindegarn lässt den Rücken lose und schlaff werden, dieses hier ist für einen Halbfranzeinband geeignet."

Signe hebt den Leimtopf vom Herd.

„Der Leim muss warm, aber nicht zu dick sein, wenn du den Rücken einstreichst. Natürlich nicht deinen eigenen, sondern den Buchrücken." Der Engel lächelt.

Mit vorsichtigen Pinselstrichen trägt Signe den Leim auf, dann reibt sie ihn ein. Wenn ihr die Rundung des Rückens gelingt und wenn sie es schafft, das weiche Kalbsleder ordentlich um Rücken und die Ecken der Buchdeckel zu legen, dann darf sie vielleicht eine schwierigere Arbeit anfangen. Am meisten von allem wünscht sie sich, verschnörkelte Buchstaben zu formen. Andere würden die Geschicklichkeit ihrer Hand erkennen und bewundern. Sie seufzt sehnsüchtig. Wenn sie doch so ein schönes Handwerk zum Beruf hätte!

„Du träumst schon wieder, Signe."

Sie lässt vor Schreck fast den Pinsel fallen.

„Jetzt muss das Buch ordentlich trocknen. Das ist die Gelegenheit, dass du eine Besorgung für mich erledigst", sagt ihre Lehrerin.

„Meinen Sie draußen?"

Der Engel nickt ernst.

Zum ersten Mal schenkt man ihr das Vertrauen, sich außerhalb des Heims aufzuhalten, und das bedeutet, der Engel vertraut ihr wieder.

„Du sollst zu Gustens Mutter gehen und ihr sagen, dass sie ihren Sohn nächste Woche nach Hause holen kann."

„Ist Gusten wieder ganz gesund?"

„Die schlimmste Krise ist überstanden, ein anderes Kind braucht das Bett. Hunderte von Kranken warten auf freie Betten."

Signe ist es unbehaglich zumute. Die Witwe gehört nicht gerade zu denen, die sie gern wiedersehen möchte. Laut sagt sie: „Soll ich sofort gehen?"

Schwester Edith antwortet bestimmt: „Du gehst geradewegs in die Stora Glasbruksgatan, keine Umwege, und wenn sie noch so verlockend sind."

Signe zieht eine der Anstalts-Strickjacken an. Die Wolle sticht durch die Bluse und kratzt am Arm. Aber draußen heult der Wind und es sind mehrere Grade unter null. Strümpfe hat sie keine, sie kann nur hoffen, dass der Rock die Beine wärmt.

Die Schwester braucht sich keine Sorgen zu machen. Der Wind verlockt sie nicht zu Umwegen.

Im wohl bekannten Treppenhaus schlägt ihr der Gestank nach Verrottetem und Abtritt entgegen. Hier hat sie Alice vor nur wenigen Monaten getroffen, aber es ist schon so lange her, als ob es in einem anderen Leben gewesen wäre.

Die Klingel ist kaputt. Sie muss mehrere Male an die Tür klopfen, ehe sich schleppende Schritte nähern.

Die Witwe späht durch einen schmalen Türspalt.

„Ach, du bist es! Bringst du Gusten mit?"

„Nein, darf ich hereinkommen?"

„Gott sei Dank!"

Die Witwe lässt sie in den Vorraum eintreten. Ihr Bauch wölbt sich unterm Nachthemd und ihre Haare hängen herunter.

„Was möchte das saubere Fräulein? Hier kannst du nicht bleiben. Lundström und die Nilsson-Brüder wohnen immer noch hier. Und keiner von ihnen will das hier anerkennen."

Sie nickt auf ihren Bauch.

Signe beeilt sich Schwester Ediths Nachricht vorzutragen, ehe die Witwe mit ihrem Geplapper fortfahren kann.

„Bestell diesen Gott liebenden Elstern auf dem Erstaberg, dass sie den Jungen behalten können, wenn sie ihn schon mal genommen haben. Ich kann nicht …" Ein Quengeln aus der Küche unterbricht den Redeschwall der Witwe. Das Quengeln steigert sich zu klagendem Geheul. Die Witwe redet lauter: „Und die Kleine kannst du auch gleich mitnehmen! Kinder sind das Letzte, was man auf dieser Welt braucht."

Darüber will Signe nicht diskutieren. Sie fragt sich, was Schwester Edith dazu sagen wird.

„Wohnen die Småländerinnen noch hier?", fragt sie schnell. Sie muss Alices wenige Besitztümer retten, bevor es zu spät ist.

„Die, nee! Beda war schwanger und die andere Scheinheilige hat sie gezwungen mit zurückzufahren. Sie haben ein Schiff genommen, das Holz geladen hat."

Signe holt tief Luft. „Da ist noch etwas …"

„Gusten kommt mir nicht mehr über die Schwelle, sie können ihn weggeben!"

„Kann ich nicht Alices Sachen mitnehmen?"

„Warte hier!", kommandiert die Witwe.

Signe steht bewegungslos da, bis die schlampige Frau nach einem hastigen Besuch im Schuhkarton zurückkehrt.

„Da haben sich Laternenanzünder eingemietet. Die schlafen am Tag", erklärt sie und lässt einen schwarzen Korken in Signes Hand fallen. „Bitte sehr, das ist alles, was die hinterlassen hat. Die Polizei ist ja hier gewesen und hat geschnüffelt, aber zum Glück hatte ich ihren Krimskrams und die Lumpen von Kleidern schon verkauft."

Die ganze Zeit sieht sie Signe herausfordernd an.

„Du weißt selbst, warum, Mietgeld hat das saubere Fräulein ja nie rangeschafft. Und das Luder hat sich hingelegt und ist gestorben."

Ein rußiges Stück Korken, schwarz wie die Trauer oder die Sünde. Das ist alles, was Alice hinterlassen hat. Mit dem Stück Korken pflegte sie sich die Augenbrauen zu schwärzen. Signe drückt ihn fest in ihrer

Hand, während sie mit schnellen Schritten die schlammige Glasbruksgatan hinaufgeht.

An einer Ecke verteilen junge Arbeiter Zettel an Vorbeigehende. Einige Männer stehen vorm Dihlströmschen und gestikulieren wild. Ein langer Bursche drückt ihr einen Zettel in die Hand, sie schüttelt den Kopf, sieht ihn nicht so genau an.

„Signe! Das ist aber lange her! Wie geht es dem kleinen Bruder?"

Die schleppende Stimme kann nur einem gehören, Harald.

„Danke, er ist fast wieder gesund", antwortet sie rasch.

„Ich stehe hier für das Antialkoholikerkomitee der Arbeiter. Du kannst den Zettel ja jemandem geben, der es nötiger hat als du."

Harald hält ihr das Papier hin und liest:

„Ein Viertel des Einkommens der Arbeiter wird zum Kauf von Rauschmitteln ausgegeben. Das verdirbt den Charakter, die Gesundheit und die Haushaltskasse! Lasst uns deshalb mit einem ehrlichen Handschlag geloben, gegen den Alkohol zu kämpfen."

Signe ist nicht mehr so nervös wie bei ihren früheren Treffen. Sie muss nur schnell weiter, damit sie den Engel nicht enttäuscht. Trotzdem möchte sie Harald etwas sagen, aber die Worte wollen nicht heraus. Ein Mädchen in einem langen Wollmantel mit einem Schal, den es um den Hut gebunden hat, tritt an seine Seite.

„Das ist Milla, meine Verlobte", sagt Harald schnell.

„Vielen Dank noch einmal." Mehr bekommt Signe nicht heraus.

Milla schaut sie misstrauisch an und hakt sich bei Harald ein. Signe läuft weiter durch den Schneematsch. Die Begegnung mit Harald war überraschend und trotzdem nicht verwunderlich, da sie etwas in seinem Viertel zu erledigen hatte. Und verlobt hatte er sich, würde vielleicht bald die mit dem Schalhut heiraten. Ob er es ernst meinte? Als er Gusten den Hügel hinaufgeschoben hatte, war das mehr als Hilfsbereitschaft gewesen? Nein, solche Gedanken musste sie sich aus dem Kopf schlagen. Sie spürt keine Eifersucht auf Milla, nur eine große Leere.

Schnee ist ihr in die Stiefel gedrungen und sie hat kein Gefühl mehr in den Zehen. Sie muss über einen Schneewall klettern, den die Männer vom Dihlströmschen aufgeschaufelt haben. Die Eisränder schaben an ihren nackten Beinen und brennen auf der Haut. Wie wird der

Engel die Nachricht von der Witwe aufnehmen? Hoffentlich schickt sie Signe nicht noch einmal zu einem Überredungsversuch hin. Wenn sie es selbst entscheiden darf, wird sie nie mehr zu der Witwe gehen. Die Erinnerungen an die Zeit mit Alice tun ihr weh. Sie muss vorwärts gehen, muss Vater finden.

Signe wischt sich die Stiefelsohlen am Fußabtreter des Torhauses ab, um den Schnee einigermaßen zu entfernen, und klopft an die Tür der Expedition.

„Komm herein!", ruft der Engel.

Sie knickst automatisch, als sie eintritt. Die Schwester sieht von ihrem Journal auf, in dem sie gerade Notizen gemacht hat.

„Nun, kommt Gustens Mutter?"

„Die Witwe ist … Wie soll ich sagen …?"

Signe verstummt und trippelt auf der Schwelle. Wie soll sie der Diakonissin erklären, dass die Witwe ein uneheliches Kind erwartet?

Sonst nimmt sich die Schwester immer Zeit zum Zuhören, aber dies Mal wirkt sie merkwürdigerweise gereizt. Das macht Signe mehr als verlegen. Außerdem bilden der Schnee aus ihren Kleidern und von den Schuhen eine Pfütze auf dem Fußboden. Sie versucht sie zu verstecken, indem sie sich davor stellt. Räuspert sich, sucht nach den richtigen Worten.

„Was ist mit dir los, Signe?"

Signe seufzt. „Die Witwe will ihn nicht wiederhaben."

Schwester Edith lässt die Feder in das Tintenfass gleiten.

„Hast du das wirklich richtig verstanden?"

Signe nickt energisch. Glaubt der Engel, sie sei dumm?

„Manchmal scheint ja die Fantasie mit dir durchzugehen. Ist es wirklich wahr, dass die Mutter ihr Kind nicht nach Hause holen will?"

Signe starrt auf die sich ausbreitende Pfütze, bald ist sie nicht mehr zu verbergen. Schwester Edith stützt sich mit den Händen auf den Schreibtisch.

„Das stellt uns vor große Probleme. Jeder siebte Stockholmer stirbt an der Schwindsucht und die Kinder trifft es am meisten. Eine Schlange armer, schwer kranker Kinder wartet auf Gustens Bett."

Sie muss etwas sagen, versuchen, den Engel zu beschwichtigen.

„Aber dann endet Gusten auf der Straße."

Die Diakonissin sortiert mit ruckartigen Bewegungen schweigend einen Stapel Papiere.

„Das verstehst du nicht. Schau hier, siebzig Schreiben vom Armenarzt, und in jedem geht es um ein Kind, das ins Krankenhaus muss", sagt sie.

Mut!, singt es in Signe. Jetzt musst du mutig sein um Gustens willen.

„Vergessen Sie die Versprechen, die Sie mir gegeben haben, Schwester. Gusten darf nicht auf die Straße geschickt werden. Er kann in meinem Bett schlafen."

„Kommt nicht in Frage, ein unschuldiges Kind im Magdalenenheim!", zischt Schwester Edith.

Signe lässt das Schmelzwasser von ihren Stiefeln laufen ohne sich darum zu kümmern. Lovisa hat Schwester Edith „scheinheilig" genannt. Hatte sie Recht? Glaubt die Schwester, Gusten wird es schlechter ergehen, wenn er im selben Zimmer mit Signe und den anderen schläft, als wenn er ein Straßenjunge wird?

Der Engel lehnt sich schwerfällig zurück und reibt die Schläfen mit den Fingerspitzen. „Du hast natürlich Recht. Ich habe etwas Übereiltes gesagt. Die Diakonissenanstalt kann ein wehrloses Kind nicht seinem Schicksal überlassen, nein, das geht einfach nicht. Wir müssen Pastor Bång und den kirchlichen Nähverein um mehr Geld bitten."

Der Engel winkt sie zu sich. Mit zwei leise platschenden Schritten ist Signe am Schreibtisch. Die Diakonissin faltet die Hände. „Danke, Gott, dass du mich durch deine Dienerin Signe zurechtgewiesen hast."

Signe wird rot. Der Engel sollte wissen, dass sie nicht mehr viel für den Herrn übrig hat.

„Bevor du gehst, möchte ich dir noch etwas erzählen und dir zeigen, dass ich mein Versprechen nicht vergessen habe."

Signe spannt den Körper an.

„Ich habe mit deinem Vater gesprochen."

Signe keucht. Jetzt wird das Beil fallen, Vater hat ihr bestellen lassen, dass er mit so einem schlechten Mädchen wie Signe nichts zu tun haben möchte, deswegen hat der Engel nicht eher etwas gesagt.

„Nein, jetzt noch einmal ganz ruhig von vorn“, ermahnt sich die Schwester. „Ich habe wieder etwas Falsches gesagt. Ich habe mit einem Mann gesprochen, auf den Signes Beschreibung passt. In dem Zug um die Augen und der geraden Nase ist Ähnlichkeit mit dir. Ja, ich hatte die Eingebung, das müsse dein Vater sein, der vor mir stand. Aber ich habe ihm nicht deinen Namen genannt.“

„Wissen Sie Vaters Namen? Er heißt Berg. Karl Gustav Berg.“

Der Engel sieht pfiffig drein. „Glaubst du, ich stelle jemanden ein, ohne nach seinem Namen zu fragen? Berg heißt der Mann, der das Brot aus der Bäckerei an die Geschäfte in der Altstadt liefern soll. Seinen Vornamen hat er nicht genannt.“

„Sie haben Vater angestellt!“ Signe nimmt sofort alles Boshafte zurück, was sie eben noch über den Engel gedacht hat.

„Jetzt musst du dich beruhigen, Berg ist ein gewöhnlicher Name. Der Mann suchte Arbeit und die Bäckerei braucht einen neuen Brotlieferanten. Er fängt nächste Woche an. Und nun, Signe, lauf, ich muss so schnell wie möglich Geld beschaffen.“

Fia hat eine Kerze ins Zimmer geschmuggelt. Obwohl Schwester Ellen die Petroleumlampe für den Abend gelöscht hat, reicht das Licht zum Lesen. Signe hört sie mit einer Zeitung rascheln. Sie liegt mit nagender Unruhe wach. Wenn Schwester Edith sich nun einmal getäuscht hat und der Mann, der Berg heißt, gar nicht ihr Vater ist?

Berta schnarcht wie gewohnlich und Signhild atmet schwer. Tappende Schritte nähern sich Signes Bett. Fia kauert sich auf die Bettkante, die Zeitung und den Kerzenstummel hat sie mitgebracht.

„Du bist doch noch wach?“

„Schwester Ellen hat Ohren wie eine Eulenmutter!“, flüstert Signe.

„Das musst du dir anhören! Sie schreiben etwas über Phosphor. Halt mal die Kerze!“, flüstert Fia und blinzelt in die Zeitung. „Also hör zu: Ein Antragsteller der ersten Kammer verlangt, dass der Verkauf von Phosphor verboten wird, als Grund werden Feuergefährlichkeit und seine Giftigkeit genannt. Pass auf das Licht auf, Signe!“

Eine Ecke der Zeitung ist verkohlt und Signe setzt sich erneut zurecht. Fia liest weiter:

„Phosphorhölzer haben Mord, Selbstmord verursacht und sind zur Abtreibung benutzt worden. Das hat jedoch nicht zum Verbot der Herstellung, Einfuhr und des Verkaufs geführt." Fia sieht von der Zeitungsseite auf. „Die hohen Herren im Reichstag und in der Regierung wollen Phosphor nicht verbieten. Das meinen sie hier damit", sagt sie mit verhaltener Stimme.

Signe schaudert gleichzeitig vor Müdigkeit und von der Erinnerung an Alices Leiden.

„Was ist das für eine Zeitung, die sich so was zu schreiben traut?", flüstert sie.

„Der *Volkswille*, Meister Palms Zeitung. Der hat sich der Sache der Arbeiter angenommen", antwortet Fia. „Hier steht noch mehr über all das Elend."

„Zeig die Zeitung lieber nicht den Schwestern."

Fias eifrige Finger schlagen eine neue Seite auf.

„Hör mal! In den letzten Jahren haben die Fälle des Verdachts auf Phosphorvergiftung erheblich zugenommen. Mit Sicherheit sterben jedes Jahr mehrere hundert Frauen daran. Bei dem Verdacht auf Phosphorvergiftung wurden bei der Obduktion Leberschäden entdeckt. Daher die gelb verfärbte Haut. Die Frau erleidet einen qualvollen Tod. In der letzten Vergiftungsphase treten Blutungen der inneren Organe auf, wie in Herz, Lungen und Gebärmutter."

Sie faltet die Zeitung zusammen.

In Signes Kopf dreht sich alles. Warum ist es so schwer Frau zu sein? Einer Frau scheinen nur zwei Wege offen zu stehen: der des Leidens und des Todes. Alice ist auf beiden Wegen vorwärts getrieben worden, angestachelt von der vergeblichen Hoffnung zu überleben.

Sie kann jetzt nicht mit Fia sprechen, reicht ihr die Kerze, legt sich auf den Rücken und lässt ihren schweren Kopf aufs Kissen sinken. Fia bläst die Kerze aus.

„Arme Alice!", flüstert Fia. „Das Letzte, was der Arzt sagte, war, dass ihre Gebärmutter geronnenes Blut enthielt und groß wie eine Apfelsine war."

Nur bis das Eis bricht

Nebel kriecht über die dunklen Felsen von Söder, schleicht um die Steinhäuser von Ersta. Es hat zwölf geschlagen, Zeit, dass der Brotlieferant mit seiner Karre bereitstehen soll, um die tägliche Lieferung zu übernehmen.

Signe drückt die Nase gegen die Fensterscheibe der Expedition, späht in den Dunst, der die Konturen des Torgewölbes verwischt.

Schwester Edith wartet in der Bäckerei auf den Brotboten Berg. Sie will ihn zur Expedition führen, um Namen und Adresse des neuen Angestellten aufzuschreiben. So hat sie es geplant.

Vor acht Jahren hat Signe sich bei den Bibelfrauen in Vitabergen an die Beine ihres Vaters geklammert. Ein halbes Leben ist das her. Da muss sie doch noch die wenigen Minuten stillstehen können. Aber ihr Körper ist voller Unruhe, mal läuft sie vor dem Fenster hin und her, mal steht sie bewegungslos still, die Ellenbogen auf die Fensterbank gestützt.

Zwei Gestalten lösen sich aus dem Grau. Schwester Ediths Diakonissentracht ist trotz des Nebels leicht zu erkennen. Dicht hinter ihr zeichnet sich eine Mannsperson ab. Vater kommt!

Signe wird es eiskalt im Magen. Sie tritt sofort weg vom Fenster, drückt den Rücken eng an die Wand. Ihre Hände zittern.

Holzschuhe klappern auf der Außentreppe. Eine Sekunde später begegnet sie einem Paar fröhlicher Augen in einem offenen, mageren Gesicht.

„Guten Tag!“ Der Mann nimmt sich schwungvoll die Mütze ab und verbeugt sich leicht. Schwester Edith guckt über seine Schulter.

„Das ist Torgren, Signe, er ist an Bergs Stelle gekommen.“

Signe versteht überhaupt nichts. Stumm schaut sie den fremden jungen Mann an. Er kratzt sich nachdenklich im Nacken, ein Lächeln blitzt auf und er schaukelt etwas mit dem Oberkörper.

„Ich glaube, jetzt wird Gustav auf der Stelle wieder gesund.“

„Ist Vater krank? Wissen Sie, dass Vater Gustav heißt, dass er mein Vater ist?“, stammelt Signe.

„Sie sehen nicht gerade einem Schauermann aus dem Hafen ähnlich, aber bestimmt sind Sie Gustavs Tochter, das kann man sehen. Ja, er hat von Signe erzählt, so heißen Sie doch?", antwortet der Mann.

Sie nickt eifrig. „Signe Gustavsdotter heiße ich."

Der Mann fährt fort: „Gustav hat sich nicht gut gefühlt, er hat sich beim Entladen des Zuckerschiffs mit der Schulter übernommen."

„Aber wir haben Berg angestellt", macht ihn Schwester Edith aufmerksam.

Der Mann nickt bejahend. „Gustav ist ein anständiger Kerl. Er weiß, dass ich hin und wieder etwas verdienen muss. Hab ihn im Hafen kennen gelernt, als ich meine erste Arbeit bekam. Er hat mich angelernt. Aber den Winter über sind wir im Dihlströmschen registriert." Er schabt mit den Holzschuhen über den Fußboden und fügt hinzu: „Nur bis das Eis bricht."

Erst jetzt sieht sie, dass Torgren die dunkle Jacke und Mütze der Dihlströmschen Arbeitseinrichtungen trägt.

Schwester Edith räuspert sich und legt die Hand auf die Türklinke. „Dann musst du dich noch gedulden, Signe. Wir hoffen, dass Berg bald wieder gesund ist. Vielleicht möchtest du Torgren einen Gruß mitgeben?"

Signe kann jetzt nicht so klar denken wie der Engel. Was soll sie dem Mann denn auftragen zu sagen?

„Bestellen Sie meinem Vater, dass es mir gut geht", sagt sie leise. Mehr fällt ihr nicht ein.

„Das soll geschehen! Morgen haben Sie Ihren Vater hier, ich verspreche es. Und Sie können mich Björn nennen, wenn ich Signe sagen darf", sagt Torgren rasch.

Seine fröhlichen Augen betrachten sie. Er drückt die Dihlströmsche Mütze auf seine braunen widerspenstigen Haare. „Jetzt könnte ich einen Tüddelütt auf der Quetschkommode spielen, so freu ich mich für Gustav." Er wirft ihr noch einen Blick zu und fügt hinzu: „Und für Signe. Jetzt muss ich aber meine Karre mit Brot beladen. Ich hab fast vergessen, dass es hier Arbeit zu erledigen gibt. Leben Sie wohl, Schwester!"

Er verbeugt sich mit einem lustigen Rucken des Kopfes vor Schwester Edith und klappert in seinen Holzschuhen davon.

Die trockene Haut reißt im Papierstaub. Es zwickt in den Händen. Signe hat es eilig. Sortiert Bögen und falzt sie mit dem Falzbein. Eilig nicht nur wegen Pastor Bång. Er hat ihr den Auftrag gegeben, eine Anzahl „Lieder", gesammelt von J.C. Bång, zu heften, und ihr eingeprägt, dass die Arbeit bis zum Jahrestreffen des Nähvereins fertig sein muss.

Die alten Tanten könnten ja wohl auch ohne die Hefte singen, denkt sie. Sehnsuchtsvoll schaut sie zu den „Abendmahlbetrachtungen für die Jugend". Der Leim ist längst getrocknet und wartet auf seinen Ledereinband. Wenn der Halbfranzband doch fertig wäre. Wenn sie Vater das Buch zeigen könnte. Zeigen, dass sie auf dem besten Weg ist ein richtiges Handwerk zu lernen. Aber heute schafft sie es nicht. Bångs Liederhefte sind dazwischengekommen. Nichts ist so geworden, wie sie sich das vorgestellt hat.

Als es am nächsten Tag zwölf vom Glockenturm schlägt, trocknet sie sich die Hände sorgfältig an einem Lappen und steckt einige Strähnen in den Zopf zurück. Das Brot des Tages ist fertig und der Brotbote mit seiner Karre kann kommen. Ihr Herz hämmert, aber heute ist ihr wohler als gestern. Björn hat Vater ihren Gruß ausgerichtet und Vater weiß jetzt, wo sie sich aufhält.

Draußen auf der Straße ist Bertas honigsüße Stimme durch die Bäckereitür zu hören: „Sie bekommen jeden Tag einen Wecken von mir, damit Sie bei Kräften bleiben."

Signe macht einen vorsichtigen Schritt in die Bäckerei. Am Mehlkasten steht Björn mit einem Stück Brot im Mund. Er macht die gleiche lustige Verbeugung wie gestern. Sie lässt den Blick durch den Raum gleiten.

„Ach, da ist ja Signe!", sagt Berta viel zu laut. Rasch versteckt sie ein angeschnittenes Weißbrot unter dem Backtuch.

Björn kaut heftig, versucht etwas zu sagen, aber seine Worte werden zu einem breiigen Gemurmel. Er reibt seine Schultern und katzbuckelt vor ihr. Sie versteht nicht, was er meint. Aber dass Vater auch heute nicht da ist, kann sie wohl sehen. Berta lacht ein glucksendes Lachen. Glaubt, Björn mache ihretwegen Faxen. Signe will gerade davonstürzen, als er einen Arm ausstreckt und ihr den Ausgang versperrt. Er schluckt den letzten Bissen Brot hinunter.

„Versteht doch, das macht die Schulter von deinem Vater, aber er lässt dich grüßen“, sagt er vertraulich.

Für einen Augenblick bekommt sein fröhliches, eckiges Gesicht etwas Weiches. Er hält sie einen Augenblick zu lange fest.

„Das letzte Blech ist aus dem Ofen! Mädchen, packt mal mit an!“, ruft Frau Holm aus dem anderen Raum.

Berta und Signe laufen zu ihr. Frau Holm löst vorsichtig die frisch gebackenen Brotlaibe vom Blech und legt sie auf die Bank.

„Kümmelbrot ist beliebt geworden, wir bekommen immer mehr Bestellungen“, sagt sie ohne aufzusehen.

Gemeinsam stapeln sie das Brot und hüllen die Stapel in Tücher ein. Björn holt einen nach dem anderen ab. Er sagt nichts, läuft hin und her zwischen den Brotstapeln und der Karre, die an der Hauswand steht. Berta gluckst zufrieden vor sich hin.

„Der Neue ist ein richtiger Luftikus. Der hat ein Auge auf mich geworfen, so was merkt man. Meinetwegen kann dieser Berg ruhig noch ein wenig krank bleiben.“

„Bilde dir nur nichts ein“, brummt Signe.

Weder Berta noch Frau Holm wissen, dass der Brotbote Berg Signes Vater ist. Der Engel hat versprochen das Geheimnis zu bewahren. Und Björn scheint auch nichts erzählt zu haben, das hätte die geschwätzige Berta kaum für sich behalten können.

Frau Holm hört Berta nicht zu.

„Jeden Tag sind wir ausverkauft. Aber wir haben ja auch niedrigere Preise, weil ihr Mädchen ohne Lohn arbeitet“, plappert sie vor sich hin.

Den ganzen Nachmittag bringt Signe Pastor Bångs „Lieder“ in die richtige Reihenfolge. Wiederholt jede Bewegung ein ums andere Mal, in ihren Fingern ist kein Eifer mehr. Warum soll sie sich mit der Arbeit beeilen? Vater will sie nicht treffen. Will mit einer Schlampe wie ihr nichts zu schaffen haben. Deswegen war Björn heute so verschwiegen. Die „Abendmahlbetrachtungen für die Jugend“ werden nie einen Halbfranzeinband bekommen. Es ist sinnlos sich anzustrengen. Sie wird Vater nie ihre Fingerfertigkeit zeigen können.

Am Abend kommt Fia wieder angetappt.

„Morgen muss ich für Schwester Ellen Stickgarn in Lundbergs Haushaltswarengeschäft in der Altstadt kaufen. Kannst du nicht mitkommen? Niemand merkt, wenn du ein paar Stunden weg bist“, bittet sie.

Signe ist überrascht, in ihrem Kopf steht es still.

„Ja“, haucht sie hastig.

Fia nickt zufrieden. „Wir sehen uns nach dem Frühstück vorm Abtritt.“ Schnell ist sie wieder in ihrem Bett.

Die Gedanken in Signes Kopf geben keine Ruhe. Vielleicht war Vater doch krank, oder hat er Trost in der Flasche gesucht? Und warum war Björn so freundlich? Hatte er nur Mitleid mit ihr? Morgen würde sie sich hinaus in die Altstadt schleichen, natürlich würde sie vor der Dunkelheit nach Hause zurückkehren. Wenn sie dann auch noch Fia dazu bewegen könnte ins Hotel Falun zu gehen ... Dort weiß man sicher, wo Alice begraben ist. Allein traut sie sich dort nicht hinein, aber Fia ist wahrscheinlich leicht zu überreden.

In ihrem Traum steht Vater im Zimmer. Er hält ihr seine geballten Fäuste hin. Sie wachsen, werden zu den Händen eines Riesen. Gleich schlägt er zu. Dann schlägt er sie tot, denn sie ist so klein wie die Holzpuppe geworden.

„Wo ist die Seidenschleife, Signe?“, donnert er.

Sie durchsucht ihre Taschen, tastet im Bett herum, weiß, dass sie sie eben noch hatte.

Mit einem Ruck wird sie wach. Seit ihrer Flucht hat sie keinmal an die Seidenschleife gedacht! Der kalte Schweiß bricht ihr aus. Das Hemd klebt an ihrer Brust und das Laken liegt zusammengerollt wie eine Wurst am Fußende.

Kristina hat das Band! In ihrem Kopf wird es klar wie an einem Herbstmorgen. Sie weiß, dass ihre Schleife noch auf Fredriksberg ist. Die alte Kata hat ihr versprochen die Schleife in ihrem Spiegel zu verwahren. Und jetzt trägt Einar Karlssons älteste Tochter sie natürlich in ihrem Zopf. Die kleine Elster hat sie gestohlen.

Signe legt sich auf die Seite. Sie muss versuchen noch ein wenig zu schlafen, ehe es sechs ist.

Als sie endlich wieder eindämmert, klopft Schwester Ellen an die Tür. Es ist Morgen.

Der Ausflug des Tages lockt und beunruhigt sie, sie beeilt sich mit den Morgenarbeiten. Hat sie Glück, dann bemerkt der Engel ihre Abwesenheit nicht und Pastor Bångs Liederhefte können gern warten. Sie tastet in ihrem Nachttisch herum. Die getrockneten Lavendelblüten sind noch da, sie lässt sie in ihre Schürzentasche gleiten.

Fia geht ihr voran Söderbergs schmale Holztreppen hinunter.

Die Stadt ist eingebettet in Schnee. Weit draußen auf dem Eis sind Männer damit beschäftigt Eisblöcke zu sägen, die auf Schlitten zu Restaurants und den Eisschränken der Wohlhabenden transportiert werden.

Signe hat sich für die Holztreppe entschieden, um nicht am Dihlströmschen vorbeigehen und Vater unter den Schnee schippenden Männern begegnen zu müssen. Der Traum der Nacht hat sie überzeugt, dass sie versuchen muss ihn zu vergessen.

Die Sprengungen im Hafen haben aufgehört und die Steinbrocken liegen auf großen Haufen, bereit für den Abtransport. Es herrscht Winterruhe. Die Schauerarbeiter haben sich bei den Arbeitseinrichtungen gemeldet oder eine andere Beschäftigung für den Winter gefunden. Nur ein dunkelbärtiger Mann steht bei einer Dampfwinde, als wollte er hier den Frühling abwarten. An Ort und Stelle sein, wenn das erste Frachtschiff in die Stadt tuckert.

„Aah, Berglerchen sind unterwegs und sehen sich um!" Er grinst die Mädchen an. Sein Gesicht ist fast zugewachsen vom Bart.

„Wenn du nicht aufpasst, frierst du fest und wirst im Frühjahr wie ein Sack Salz aufgeladen", antwortet Fia schnell.

Der Mann grunzt etwas Unverständliches.

Signe will weg von dem Kerl und versucht Fia zum Schnellergehen zu bewegen.

„Berglerchen … Ausdruck für Hure und Apfelsinenmädchen, wir haben viele Namen", murrt Fia.

„Wir" hallt es in Signe wider, aber sie protestiert nicht.

Bei Slussen stehen einige alte Frauen und schauen kopfschüttelnd zum Bau des Aufzugs hinauf. Die Mädchen studieren die dünnen Eisen- und Holzgerüste, die in den Winterdunst aufragen und aussehen wie die Beine eines Riesen.

„Nach Mosebacke hinüber soll eine Fußgängerbrücke führen, ob die wohl trägt?", sagt Signe schaudernd.

„Sich in die Luft ziehen lassen, hu, nee! Von oben kann man bestimmt über die ganze Stadt gucken", sagt Fia.

An der Haltestelle steht die Pferdestraßenbahn mit ihrem uniformierten Kutscher. Die Leute drängeln sich, um einen Sitzplatz zu ergattern. Wer zuletzt einsteigt, muss hinten auf der offenen Plattform stehen.

„Wenn man zehn Öre hätte, könnte man bis zum Roslagstorg fahren. Ständig ist man auf Schusters Rappen angewiesen", sagt Signe seufzend.

„Ja, so ein Mann in Uniform, der hat schon was", antwortet Fia.

Der Kutscher schwingt die Peitsche, und die Pferde ziehen den Wagen an. In ihrer Fantasie sieht Signe Björns fröhliche Augen unter dem Schirm der Kutschermütze hervorschauen.

Fia lacht auf. „Aber Männer sind am besten aus der Ferne", sagt sie. Und folgt dem dunklen Uniformmantel mit dem Blick.

Sie streben weiter zur Holzbrücke von Slussen. Als Signe vorschlägt, im Hotel Falun nach Alices Grab zu fragen, sagt Fia entsetzt: „Bist du verrückt?" Sie zieht das Cape enger um sich. Nasser Schnee schlägt ihnen entgegen. Jetzt ist wieder der ängstliche Ausdruck in Fias Augen. Sie hält sich die Hand vors Gesicht zum Schutz gegen den Schnee.

„Was ist denn?", fragt Signe.

„Verstehst du das nicht? Ich habe Angst. Ich schulde dem Kometen Geld, und Olsson, der Bulle, hat mich zu Tode erschreckt. Du weißt nicht, was das für ein Gefühl ist, wenn man sich an jeder Straßenecke umsehen muss und sich einbildet, im nächsten Haustor steht einer und lauert dir auf."

„Aber du wohnst jetzt bei den Erstaschwestern." Signe versteht nicht, warum Fia solche Angst vor einem Schutzmann hat.

Fia schüttelt sich wie ein Hund, sodass die Tropfen spritzen. Beugt sich vor und flüstert Signe ins Ohr: „Olsson ist kein gewöhnlicher

Polizist. Er nutzt solche wie uns aus. Ich musste mich mal für ihn auf den Rücken legen und …"

Signe nimmt sie am Arm. „Du kannst es mir erzählen. Ich werde nichts weitersagen."

Fia zieht sie hastig zu einem Schaufenster, zeigt auf die Leinwand und das Segeltuch drinnen. Signe versucht sich aus dem Eisengriff zu lösen, kriegt aber einen Tritt gegen das Schienbein.

„Guck ins Schaufenster!"

Signe merkt, dass es das Beste ist zu gehorchen. Sie stehen eine Weile da und drücken die Nasen gegen das Schaufenster wie zwei aus der Irrenanstalt.

Fia sieht sich vorsichtig um. „Lauf!", sagt sie und rennt über den Platz. Signe ist einen Schritt hinter ihr. Auf der anderen Seite des Platzes springt Fia in einen Torbogen und zieht Signe mit sich.

„Warum rennen wir?", keucht Signe. Fias sonderbares Verhalten macht sie langsam ärgerlich.

"Olsson", bringt Fia atemlos hervor, „er kam aus dem Hotel Falun und hat mir geradewegs ins Gesicht gesehen." Ihr Atem geht stoßweise und die Worte kommen stammelnd heraus. „Er hat versucht mir in die Brust zu schneiden. Das hat er mit mehreren Mädchen gemacht, das sei sein Brandzeichen, hat er gesagt."

Fias Zorn ist in Jammer übergegangen. Sie schnäuzt sich in die Hand und wischt sie an der Innenseite des Capes ab.

„Das sind die feinen Herren", sagt Signe.

Fias Worte haben die Erinnerung an Alice hervorgerufen, an ihr gemeinsames Bett. Alice mit ihrer gemarterten Brust und ihrer Bitterkeit.

„Sei still und schau dich vorsichtig um, ob du was siehst!" Fia ist wieder mutiger geworden.

Signe beugt sich gerade so weit vor, dass sie freie Sicht hat. „Oben bei der Deutschen Kirche zanken sich ein paar kleine Jungen darum, wie viel sie für ein Bündel Rattenschwänze bezahlt haben wollen. Und aus der Gasse dort kommt ein großer Herr in Mantel, Hut und mit Spazierstock." Und spitz fügt sie hinzu: „Nicht viel, um sich davor zu fürchten!"

„Schnell, das ist Olsson in Zivil!"

Fias Angst wirkt ansteckend. Signe spürt den Angstschweiß auf ihrem Rücken, der vom durchnässten Schal gekühlt wird.

Alice hatte ihr den Großhändler und seinen mageren Bekannten beschrieben. Jetzt, während sie an Fias Seite über das schlüpfrige Kopfsteinpflaster stolpert, ist sie überzeugt, dass der Mann, der Alice verletzt hat, und Schutzmann Olsson ein und derselbe sind. Es kann nicht zwei so grausame Männer in einer Stadt geben.

Übelkeit steigt in ihr auf. Alices rot geränderte Narbe ist für immer in ihre Erinnerung eingemeißelt. Und Fia hat er auch angegriffen.

Das Glöckchen an der Tür verkündet ihre Ankunft, und eine gut frisierte Verkäuferin kommt aus dem Lager. Wortlos betrachtet sie voller Abscheu die durchnässten Kleider der Mädchen. Fia reißt sich zusammen, sie erzählt, dass sie auf Rechnung der Diakonissenanstalt einkaufen wollen. Die Verkäuferin nimmt das Garn hervor.

Fia sucht zwischen den verpackten, mit dünnen Papieretiketten versehenen Garnschlingen.

„Lindenblütengrün, hat Schwester Ellen gesagt. Aber das hier ist eher grasgrün", sagt sie nachdenklich.

Signe merkt, dass Fia Zeit gewinnen will. Wenn Olsson sie in den Laden hat gehen sehen, kann er sehr gut draußen warten. Sie muss versuchen Fia zu helfen.

„Vergiss nicht die Rosenstickerei", sagt sie.

Ihre Stimme steigt in die höchsten Höhen und sie räuspert sich verlegen.

Die Verkäuferin sucht in einer Schublade. Die Mädchen fingern lange zwischen den rosafarbenen und roten Stickereigarnen, ehe sie sich entscheiden.

„Du trägst dich doch mit Heiratsgedanken!"

Fia versetzt ihr einen Stoß in die Seite. Obwohl Signe weiß, dass sie es nicht ernst gemeint hat, werden ihre Ohrläppchen rot. Aber sie strengt sich an.

„Gekräuselte Kopfkissenborte", hört sie sich sagen.

„Solche Kopfkissen sind der Schmuck der Brautkiste", platzt Fia heraus. Sie zeigt auf ein Regal knapp unter der Decke, in dem Kopfkissenbezüge gestapelt liegen. Signe lässt sich mit in das Spiel ziehen.

„Stell dir vor, ein eigenes Heim!“, sagt sie laut.

Die Verkäuferin klettert die Leiter hinauf. Die Mädchen spähen durchs Schaufenster auf die Straße, versuchen einen gut gekleideten Mann in der Tür gegenüber zu erkennen. Aber die tanzenden Schneeflocken verdecken die Sicht.

„Nie mehr wird man Magd sein, stell dir vor, du bekommst etwas Eigenes“, trompetet Fia.

„Mit Spitzenborten an den Regalen, Gardinen vor den Fenstern und richtigen Tapeten“, ergänzt Signe.

Mühselig ist die Verkäuferin mit den Kopfkissenbezügen von der Leiter geklettert und breitet das Leinen auf dem Tresen aus. Fia streicht hastig mit der Hand darüber. Eine graue Spur zeichnet sich auf dem leuchtenden Weiß ab. Signe schnappt nach Luft.

Die Verkäuferin legt das Leinen mit ruckartigen Bewegungen zusammen.

„Vielleicht würden Sie bitte jetzt Ihr Garn bezahlen“, sagt sie spitz.

Fia holt Schwester Ellens Geld hervor. Wortlos schiebt die Verkäuferin das in braunes Papier eingewickelte Garn über den Tresen.

„Dann also auf Wiedersehen“, haucht Signe.

Schnee weht ihnen ins Gesicht.

Fia besteht darauf, den Weg über die Stora Glasbruksgatan zu nehmen, und Signe gelingt es nicht, sie davon abzuhalten.

„Ich begreife nicht, warum du unbedingt durch den Hafen rennen willst, als ob wir nicht schon genug durchgepustet worden wären“, faucht Fia.

„Aber Olsson geht bestimmt nicht dort, wo es am windigsten ist“, sagt Signe lahm.

Doch Fia hat schon Kurs auf die Stora Glasbruksgatan genommen und kämpft sich mit vorgestrecktem Kopf mit den Straßenbahnpferden um die Wette voran.

Die Dihlströmschen Arbeiter stolpern in ihren Holzschuhen bergan und bald wird ihre Kaserne oben auf dem Hügel sichtbar. Signe geht schneller trotz der Steigung. Möchte so schnell wie möglich am Steinkoloss vorbei, in dem Vater sich versteckt. Wenn er nur nicht zum Schneeschaufeln eingeteilt ist. Sie möchte ihn nicht sehen.

Fia ächzt. An einer Ecke bleibt sie stehen. „Ich hab mir die Fersen aufgescheuert“, jammert sie und steckt den Finger in den Stiefelschaft.

Das große Holztor der Dihlströmschen Einrichtung wird aufgerissen. Signe duckt sich hinter Fias Rücken. Fia fährt herum.

„Warum schleichst du? Du wirst doch schon mal eine Leiche gesehen haben.“

Ein Schlachterknecht schiebt einen zweifach beladenen Fleischerwagen auf die Straße. Signe will nicht gucken, kann es aber nicht lassen, einen Blick auf den toten menschlichen Körper zu werfen, der sich unter dem Sackgewebe abzeichnet. Ihre Kiefern werden starr. Lieber Gott, lass es nicht meinen Vater sein!, hämmert es in ihrem Kopf.

„Möchten die Damen Schweinefleisch oder Männerfleisch kaufen?“, fragt der Knecht grinsend. Er schiebt den Karren so nah an ihnen vorbei, dass sie sich an die Hauswand drücken müssen.

„Pfui, so über einen Toten zu reden“, antwortet Fia.

„Ein Armenhäusler weniger“, sagt der Knecht. Er spuckt Schnupftabak in den Schnee.

„Die Schlachter werden so gefühllos, weil sie den ganzen Tag Blut spritzen sehen“, sagt Fia.

Signe zieht die feuchte Luft durch die Nase ein. „Wer … wer ist es?“

„Das Schwein oder der arme Teufel?“, fragt der Mann sofort zurück, fährt aber gleich fort: „Der Alte hieß Kalle Vänster. Er hat sich zwanzig Jahre in diesem Viertel herumgetrieben.“

Die Spannung im Gesicht gibt nach. Die Leiche auf der Karre ist nicht Vater. Signe zieht Fia am Schal, sie will weiter nach Ersta. Aber Fia schüttelt sie ab.

„Wo vergräbst du den Toten?“, fragt sie.

„Da, wo alles Armeleutegesindel und Polizeileichen liegen, natürlich am Skansbacken!“ Der Knecht grinst bösartig.

Fia schaut Signe zufrieden an. Ihre kleine Nase leuchtet rot und die Haare tropfen vor Nässe. „Jetzt bist du aber froh, was? Jetzt weißt du, wo Alice begraben worden ist.“

Signe drückt ihren Arm. „Das hast du wirklich gut gemacht, Fia“, sagt sie nachdenklich.

Vom Turm der Katharinakirche schlägt es zwölf. Die feierlichen

Glockenklänge helfen Signe sich zu entscheiden. Sie bleibt jäh stehen.

„Ich muss zum Skansbacken!"

Fia stöhnt und reibt sich die Nase.

„Wenn man sich beeilt, schafft man es in einer Stunde", fleht Signe. Sie hat ein Fünkchen Hoffnung, dass Fia sie begleitet. Aber Fia geht weiter, und ehe sie um die Ecke verschwindet, ruft Signe: „Ich bin zum Mittag zurück!"

„Hast du denn immer noch nicht genug von schlechtem Wetter und blöden Kerlen?" Fia fuchtelt zum Abschied mit den Armen unterm Cape und sieht aus wie eine Krähe, als sie weitergeht.

Signe läuft am Friedhof der Katharinakirche vorbei und sieht die hohen Grabsteine zwischen den Bäumen. Hier ruhen keine Armen. Sie schaudert bei dem Gedanken an den Toten, der neben dem geschlachteten Tierkörper gelegen hat. Ist Alices letzte Reise genauso erbärmlich gewesen? Was würde der Engel dazu sagen? Kam man wirklich in den Himmel, wenn die Beerdigung so gottlos gewesen war?

Sie ist von aufgehäufelten Choleragräbern umgeben und sieht sich unschlüssig zwischen den nackten Fliederbüschen und Alleebäumen um, deren Stämme in unterschiedlichem Grau schimmern. Liest die kargen, unbeholfenen Grabinschriften. „Kleiner Gusten" heißt eine. Er ist nur ein Jahr alt geworden. Sie reibt ihre Hände, denkt an „ihren" lebenden Gusten, der zum Glück sicher unter der Obhut der Schwestern ist. „Tilda", liest sie auf einem anderen Grab, nicht mehr.

Im Süden, am Rand des Friedhofs, liegt die Baracke der Totengräber. Wenn sie nur Mut hätte dorthin zu gehen und zu fragen. Sie macht ein paar Schritte in die Richtung, überlegt es sich aber anders. Alle Energie ist in dem kalten Wind verschwunden. Fia hatte Recht. Es ist ein Wahnsinn, allein hierher zu gehen, nur ein paar Steinwürfe entfernt von den Schlachterschuppen in Fredriksdal. Aus dem Schornstein der Totengräber qualmt es. Wie dumm sie ist! Warum sucht sie nach einem Grabstein mit Alices Namen? Wer würde denn für die Kosten aufkommen? Hat der Schlachterknecht nicht gesagt, dass Polizeileichen am Skanshügel begraben werden? Das bedeutet, dass Alice zwischen anderen unbekannten Unglücksschwestern- und brüdern unter einem der Hügel liegt.

Die Müdigkeit drückt ihre Schulter nieder. Wenn sie schon einmal etwas wagt, dann misslingt es natürlich.

Signe lehnt sich gegen eine mächtige Ulme. Der Wind vom Hammarsjö raschelt in der Baumkrone. Es knarrt und eine Tür schlägt.

„Wer ist da?", ruft eine Frauenstimme.

Signe späht zum Totengräberschuppen. Eine Frau mit flatterndem Schal steht vor der Tür und winkt sie zu sich. Angst schnürt ihr die Kehle zu. Hat sie etwas falsch gemacht?

„Himmel, so ein einsames kleines Mädchen darf hier nicht herumspazieren", sagt die Frau, als Signe sich ihr nähert.

Die Frau ist groß, etwa dreißig Jahre alt und hat die krausen Haare zu einem Knoten aufgesteckt.

„Nimm dich vor den Schlachtern in Acht. Es heißt, wenn ein Mädchen in der Brännkyrka-Gemeinde schwanger wird, muss man den Vater unter den Schlachtern in Fredriksdal suchen", sagt die Frau und mustert sie.

„Sind die Totengräber da?", fragt Signe und knickst.

„Vor dir hast du Hedvig Maria Nessen. Ich habe den Betrieb von meinem Vater, Nessen, übernommen."

Stammelnd trägt Signe ihr Anliegen vor.

„Tote habe ich seit Kindesbeinen gesehen. In den sechziger Jahren kamen jede Nacht Karren mit den Choleraopfern von Söder herauf. Pfui, wie das in der Sommerwärme gestunken hat! Es waren so viele Leichen, dass die Männer keine Kraft hatten sie tief genug zu vergraben."

„Können Sie sich an Alice Johansson erinnern, eine Rothaarige? Es muss um Mittsommer herum gewesen sein."

„Ich kann mich nicht an alle Mädchen erinnern, die die Polizei gefunden hat. Die, die du suchst, liegt in einem der Polizeigräber. Einen Stein mit dem Namen darauf gibt es nicht."

Signe kann einen schweren Seufzer nicht unterdrücken.

„Sie war meine beste Freundin, vielen Dank."

Signe wendet sich nach Norden und will gehen.

„Warte mal, Kleine", sagt die Totengräberin, geht ein paar Schritte um die Hausecke und kommt mit einem länglichen behauenen Stein zurück, der gerade so groß ist, dass er Platz in Signes Händen hat. Dahinein legt ihn die Totengräberin. „Hier hast du ein winziges Stück. Das ist übrig geblieben, als der Steinmetz dieser Tage hier gearbeitet hat."

Erstaunt sieht Signe in die eingesunkenen Augen der Frau.

„Ich kann aber nichts bezahlen."

„Was heißt hier bezahlen", antwortet die Totengräberin. „Du hast genug mit deinen Füßen bezahlt, wenn du ganz bis hier herausgetrabt bist. Um die Armengräber kümmern sich nicht viele, es ist eine Schande."

Signe sieht sich unschlüssig um. Der Stein ist gesprenkelt und so kalt an ihren ohnehin schon kalten Fingern, dass sie taub werden. Die Totengräberin zeigt quer über die Allee.

„Leg ihn irgendwo zwischen den Polizeigräbern ab."

Auf einer kleinen Erhöhung, wo die Erde schneefrei ist, legt Signe den Stein ab. Alices Stein, ohne Inschrift. Sie tastet in ihrer Rocktasche und findet ein paar zerbröselte Reste vom Lavendel. Streut sie über den Hügel.

„Danke, allerliebste Alice", flüstert sie und hebt den Blick zum Katharinaturm.

Nach dem Mittagessen werden Signe und Fia in die Expedition gerufen. Als sie die Schwelle überschritten haben, ist es Signe, als ob Maria von Magdala sie böse von der Wand anschaue. Jetzt werden sie ins Gebet genommen. Sie sind viel zu lange fortgeblieben für eine einfache Besorgung in der Altstadt, Signe außerdem ohne Erlaubnis.

Endlich schaut der Engel vom Schreibtisch auf. Sie drückt Löschpapier auf die neu beschriebene Seite im Journal.

„Da seid ihr ja schon", sagt sie freundlich. „Ich wollte über eine wichtige Angelegenheit mit euch sprechen."

Fia bewegt sich unruhig und Signe spürt eine eisige Kälte durch ihren Körper ziehen. Sie steht mit geradem Rücken da wie ein Feuerhaken.

„Ich habe Besuch von einem Herrn Olsson gehabt, einem Schutzmann, der ein Hausmädchen sucht …"

„Nee", unterbricht Fia sie.

Der Engel sieht erstaunt aus. „Olsson kann dem richtigen Mädchen einen ordentlichen Platz auf Norrmalm anbieten. Er arbeitet in der Abteilung für Prostitution." Der Engel räuspert sich. „Durch seine Tätigkeit kennt er dich, Sofia, und möchte dich gern anstellen."

„Das möge Gott verhindern", keucht Fia. Und fügt rasch hinzu: „Entschuldigen Sie, Schwester Edith!"

Der Engel zieht die schmalen Augenbrauen hoch und sagt in schärferem Ton: „Würdest du bitte deine Kommentare zurückhalten! Ihr werdet doch begreifen, dass Herr Olsson moralisch untadelig ist. Er kann seine Hand schützend über sein Hausmädchen halten."

Das Staunen in Signe steigt. Hier steht sie und erwartet Bestrafung und dann ist ihr Ausflug nicht einmal bemerkt worden. Und Olsson ist ihnen zuvorgekommen und versucht den Engel an der Nase herumzuführen.

Fia ist blass geworden, ihre Unterlippe zittert.

„Es gibt da nur ein kleines Problem, dass du erst so kurzfristig bei uns bist, Sofia. Du hast zwar gute Anlagen zum Nähen, aber du hast noch nicht alle Arbeiten gelernt, die dazugehören, um einen Haushalt zu führen", sagt Schwester Edith. Sie blättert im Journal. „Signe dagegen bringt aus Fräulein Qvennerstedts Kinderheim eine gute Lehre mit und hat außerdem eine Zeit als Magd gedient."

Fia lehnt sich gegen den Türrahmen und Signe bleibt vor Überraschung der Mund offen stehen.

„Nein, Schwester Edith!", sagt Signe leise.

„Lieber werfe ich mich in den Hafen, als zu dem Teufel zu gehen", sagt Fia.

Der Engel klatscht in die Hände. „Also, Mädchen, das ist eine gute Stelle, und du, Signe, musst an deine Zukunft denken."

„Aber das Buchbinden, das Schwester Edith mir beigebracht hat … Ich verspreche, dass ich in zwei Tagen mit dem Liederheft des Herrn Pastor fertig bin. Ich bin nicht als Magd geeignet", sprudelt es aus ihr heraus.

Fia schluchzt laut und nestelt an den Knöpfen ihrer Bluse. „Ich werde Ihnen zeigen, Schwester, was der moralische Olsson mit mir gemacht hat."

Signe streicht Fia ungeschickt übers Haar.

„Du bist aus dem Gleichgewicht, Fia", sagt der Engel, wedelt abwehrend mit den Händen und erhebt die Stimme: „Jetzt reichen die Jeremiaden! Ihr habt den Polizisten mit jemandem anders verwechselt. Trocknet die Tränen und geht an eure Arbeiten! Ich muss mir überlegen, wie ich mich Herrn Olsson erkläre."

Am Abend kommt Berta mit einem triumphierenden Lächeln ins Zimmer. „Bald seht ihr mich hier nicht mehr. Ich habe eine Stelle bei einem feinen Herrn bekommen", erzählt sie wichtigtuerisch.

Fia und Signe tauschen einen Blick.

„Heißt er Olsson?", fragen sie wie aus einem Mund.

Einen Augenblick schleicht sich Staunen in Bertas Gesicht.

„Berta, er ist gefährlich", sagt Signe.

„Ihr seid ja nur neidisch", zischt Berta.

„Das ist alles nur Täuschung und Betrug. Wenn du nicht vom Land wärst, würdest du Olssons Teufelsspiel durchschauen", sagt Fia.

Aber Berta zieht die Decke über den Kopf, und wie die beiden auch bitten und betteln, die Stelle nicht anzutreten, sie antwortet nicht.

„Selber schuld, du dumme Kuh!", faucht Fia schließlich. Und Signe seufzt ergeben.

Am Sonntag, als die Magdalenen aus der Kapelle kommen, leuchtet die Sonne zwischen hellen Wolkenbäuschen. Sie wärmt noch nicht, aber das Frühlingslicht ist wieder da. Von der Kastanie an der Kirchentreppe ertönen heisere Rufe. Ein großer Rabe erhebt sich, als die Mädchen vorbeiziehen. Signe folgt ihm mit dem Blick. Der Vogel steigt auf und fliegt übers Wasser hinaus. Hoch über dem Kastell von Skeppsholmen schwebt der Ehegemahl, wartet auf den Raben.

Fia kneift sie in den Arm.

„Komm zu dir, da steht ein Mann im Tor!"

Vor dem Torgewölbe steht er. Die Jackenärmel sind zu kurz für die langen Arme. Er nimmt die Mütze ab und lässt die Augen über die

Vorbeigehenden gleiten. Signe bleibt jäh stehen. Verlässt die Reihe und geht auf das Torgewölbe zu trotz der warnenden Rufe von Schwester Ellen. Vielleicht sind es acht Schritte oder acht Jahre zum Mann im Tor. Der Mann, der ihr Vater ist.

Stumm stehen sie einander gegenüber. Sie traut sich nicht in sein Gesicht zu sehen. Seine Hände fingern am Mützenrand. Er räuspert sich und ihr Herz schlägt Purzelbäume in der Brust.

„Bist du religiös geworden wie deine Mutter?“, fragt er.

Die dunkle Stimme ist noch dieselbe.

„Nicht besonders, Vater.“

„Euch bleibt vermutlich nichts anderes übrig, als die Bänke in dem Siruptrichter zu drücken“, fügt er scherzhaft hinzu. Er benutzt den Spitznamen der Kapelle, das macht Signe noch verlegener. Mit der Stiefelspitze schiebt sie einige Schottersteinchen weg.

„Ich muss jetzt zum Frühstück gehen“, hört sie sich selbst wie ein Vogeljunges piepsen.

Ohne dass sie es bemerkt hat, ist der Engel aufgetaucht. Vater verneigt sich.

„Sind Sie wieder gesund, Berg?“, fragt Schwester Edith.

Vater nickt. „Ja, darf das Mädchen mich ein Stück begleiten? Es ist lange her, seit wir uns zuletzt gesehen haben.“

Der Engel lächelt. „Natürlich darf Signe mit ihrem Vater gehen, aber sie muss vor Einbruch der Dunkelheit zurück sein.“

Vater drückt die Mütze auf seinen sich lichtenden Haarschopf. Seite an Seite gehen sie durch das Torgewölbe und treten in das helle Frühlingslicht, das über Erstaberg liegt.

„Ich habe viele Arbeiten im Lauf der Jahre ausprobiert“, beginnt Vater. Signe muss fast laufen, um mit ihm Schritt zu halten. Ausnahmsweise kreisen keine Gedanken in ihrem Kopf, sie geht neben Vater her. Jetzt gibt es nichts anderes als Vaters Stimme. „War bei den Böttchern in der Tullportsgatan. Wir haben Fässer, Gärgefäße und anderes für die Münchenbrauerei hergestellt“, fährt er fort.

„Ich habe mich dort auch um Arbeit beworben, aber sie fanden, ich sehe zu schwach aus“, sagt sie eifrig. Die halbe Lüge geht ihr erstaunlich leicht über die Lippen.

Zum ersten Mal merkt sie, dass er sie von der Seite anschaut.

„Du siehst aus wie eine wilde Rose“, sagt er.

Röte steigt ihr vom Hals auf und schwappt wie eine heiße Welle über ihr Gesicht. Vater fügt schnell hinzu: „Nach der Böttcherei wurde ich Mietkutscher, dachte, dort wäre ich freier. Teufel auch, wie hab ich mich da getäuscht!“ Er wirft ihr einen hastigen Blick zu. „Hoppla, du nimmst es mir hoffentlich nicht übel, dass ich geflucht habe?“

Signe schüttelt den Kopf. Sie will nur die vertraute Stimme aus der Kindheit hören. Da spielt es keine große Rolle, was Vater sagt.

„Frei war es insoweit, als die Arbeitszeit unbegrenzt war. Man konnte nur hin und wieder ein Nickerchen auf dem Kutschbock machen.“ Er lacht.

„Wo hast du gewohnt, Vater?“

Sie sieht ihn vor sich auf dem Kutschbock mit der schneidigen Kutschermütze, wie er die Peitsche über einem rabenschwarzen Zugtier schwingt.

„Wohnen ist zu viel gesagt. Überm Stall auf dem Speicher hab ich gelegen. Das einzige Möbelstück außer der Ausziehbank, in der ich schlief, war ein alter Stiefel. Einsam brauchte ich mich nicht zu fühlen. Eine Zeit lang hat der Fuhrunternehmer zwanzig Kutscher beherbergt. Strohmatratzen und eine Decke haben wir bekommen, das nannte der Kerl dann Logis.“

Während Vater erzählt, haben sie Vitabergen erreicht. Das Schmelzwasser strömt. Einige Kinder lassen Stöckchen in einem Rinnsal Schiffchen fahren. Ohne dass Signe darauf geachtet hat, wohin sie gingen, stehen sie plötzlich vor der alten Wohnung in der Bergsprängargränd. Die Dachziegel auf dem niedrigen Dach haben sich noch mehr gelichtet und eine Fensterscheibe ist kaputt. Jemand hat die Öffnung mit einem Holzbrett verschlossen.

Sie bleiben vor der grauen Holzbaracke stehen, deren Giebel sich nach innen senkt.

Erst jetzt merkt sie, dass Vater nicht die Dihlströmsche Uniform trägt. Als ob er ihre Gedanken gelesen hätte, sagt er: „Morgen fang ich wieder im Hafen an. Der Wind ist milde gewesen, zum Glück, und der Dampfer *Kattegatt* hat schon mit viertausend Tonnen Getreide angelegt, die entladen werden müssen." Nachdenklich fügt er hinzu: „Der Hafen ist mein Leben. Frei und gute Kameradschaft, aber die Arbeit ist anstrengend."

„Ist deine Schulter wieder in Ordnung?"

Er sieht zu den grauen Felsen, schiebt die Fäuste in die Jackentaschen. „Ich hab bei den Armenhäuslern im Dihlströmschen gewohnt. Das weißt du vermutlich vom jungen Torgren. So wollte ich mich nicht vor meiner Tochter zeigen." Er tritt gegen einen Stein, der mit einem Platsch in einer Wasserpfütze landet. „Ich habe mich geschämt, Signe, mich meiner Armut geschämt! Als ich erfuhr, dass du nur ein paar Häuserblöcke entfernt warst, wollte ich erst etwas anzubieten haben, ehe ich dich hole."

Was meint Vater damit? Etwas anzubieten? Sie wagt nicht zu fragen.

„Ich schäme mich auch", sagt sie leise.

Er ist still, es ist ein abwartendes Schweigen. Sie muss versuchen zu erklären, was sie meint. Vater darf nicht böse werden, nichts Schlechtes von ihr denken.

„Ich bin nicht so ein Mädchen, das darfst du nicht glauben, Vater!" Sie atmet heftig. „Die schöne Schleife, die du mir zur Konfirmation geschickt hast, die habe ich verloren. Mein erster Arbeitgeber war böse. Da bin ich geflohen. Grausam war er. Hat mich nicht nur geohrfeigt, er hat mit Eisenstangen geschlagen, verstehst du? Deswegen ist die Seidenschleife auf Fredriksberg geblieben. Bist du mir jetzt böse?"

Erschrocken sieht sie ihn nach ihrem verworrenen Bericht an.

„Nee, nee, man hat ja schon so manches von üblen Bauern gehört", antwortet er kurz.

Da traut Signe sich von ihrer Angst vor der Arbeitssuche zu erzählen, nachdem sie gegen die Gesindeordnung verstoßen hat. Aber von Alices Hurengeld und dem Apfelsinenabenteuer erzählt sie nichts.

„Ich wusste mir keinen Rat mehr, und da bin ich zu den Diakonissinnen gegangen. Und ich kann Bücher binden, hab fast das Buchbindehandwerk gelernt", schließt sie.

„Einen Beruf zu haben ist gut, auch für ein Mädchen. Aber du willst wohl irgendwann heiraten, einen Mann und Kinder haben?"
Sie nickt, antwortet jedoch nicht.

Mit Branntwein und Frauenzimmern muss man vorsichtig umgehen

Buchbinder Callerstedt berührt mit seiner langen Nase fast die Buchseiten. Die Sonne wirft Reflexe durch das Fenster auf seine Brillengläser. Er schlägt das Buch mit einem Knall zu.

„Ein Buch hat schon seinen Inhalt, wenn es in die Hände des Buchbinders kommt. Es gleicht den Mädchen im Magdalenenheim, deren Charakter ist auch vorbestimmt."

Er blinzelt Signe über den Brillenrand an. Sie presst die Lippen zusammen und nickt übereifrig. Meint der Alte, dass es vorausbestimmt ist, wer „so eine" wird? Das kann sie nicht glauben. Wenn man wie Alice zufällig von einer Hure geboren wurde, war es dann selbstverständlich, dass man auch so eine wurde? Hätte Alice jemanden gehabt wie den Engel, der sich um sie kümmerte, wenn sie einen richtigen Beruf gelernt hätte, dann wäre sie heute noch am Leben. Das möchte sie glauben, nein, muss sie glauben. Aber es ist sinnlos, mit dem Buchbinder zu diskutieren. Schwester Edith hat sie Herrn Callerstedt empfohlen, vielleicht ist er ihr zukünftiger Arbeitgeber.

Er bindet einen Gürtel um seinen nach Leim duftenden grauen Arbeitsmantel. Er wirkt irgendwie muffig, als hätte er selbst jahrelang in einem staubigen Bücherregal gelegen. Mit einem Kopftuch hätte er ausgesehen wie eine Marktfrau.

Misstrauisch schaut er sie an.

„Hast du saubere Finger?"

„Ja, Herr Callerstedt", antwortet Signe laut. Am besten, sie strengt sich richtig an.

Er reicht ihr ein geschnittenes Stück Leder.

„Na, ganz sauber wirst du wohl nie. Fühl mal das feine Kalbsleder!"

Signe streicht mit den Fingerspitzen darüber, bis der Alte es heftig an sich reißt.

„Ich hab's zugeschnitten. Du bist noch zu unerfahren, jedenfalls zum Lederschneiden." Er spuckt die Wörter förmlich aus.

Der Alte denkt, ich bin so eine, der es vorausbestimmt ist, aber ich werde mich untadelig verhalten, ihm zeigen, dass ich mit meinen sündigen Fingern Bücher binden kann, denkt sie.

„Wenn dir der Halbfranzeinband mit der Postille gelingt, stell ich dich in der Buchbinderei in der Pilgatan ein, das habe ich Schwester Edith versprochen", sagt er und fügt hastig hinzu: „Natürlich zur Probe. Wir haben noch nie eine Magdalena angestellt."

„Danke, Herr Callerstedt." Sie knickst sogar, muss ihr Unbehagen verbergen.

Buchbinder Callerstedt streicht das Leder umständlich auf dem Arbeitstisch glatt.

„So, nun musst du mir die Treppe hinunterhelfen."

Er nimmt ihren Arm. Instinktiv zuckt sie bei seiner Berührung zurück. Der Geruch nach ungelüfteten Lumpen und Leim umgibt ihn. Aber sie muss langsam Stufe um Stufe dicht neben ihm die Treppe hinuntergehen.

Draußen auf dem Hof lässt er sie endlich los.

„Dann überlasse ich Luthers Postille deinen jungfräulichen Händen." Er wiehert kurz und trippelt hinaus auf die Straße.

Einen Augenblick steht Signe in den Sonnenstrahlen bei der Linde. Lüftet ihre Lungen aus nach dem Gestank des Alten. Eine zarte Blattknospe berührt ihre Schulter. Sie nimmt die Knospe zwischen Daumen und Zeigefinger, die kleine Spitze ist schon hellgrün. Ehe die Knospe sich zum Blatt entfaltet, wird Signe von Ersta fortziehen. Aber erst muss sie den Halbfranzeinband schaffen. Muss sich selbst versorgen können.

Winzige hellgrüne Punkte schweben in der Luft. Sind es Erstas sprossende Laubbäume, die sie ins Frühlingslicht schicken, oder täuschen sich ihre Augen? Sie kommt aus dem Krankenhaus, hat es nicht übers Herz gebracht Gusten die Wahrheit zu sagen. „Signe kommt bald wieder", hat sie nur gesagt. Aber es zerreißt ihr fast das Herz. Gusten ist aus Gnade immer noch im Krankensaal, und bald kommt er in ein Kinderheim und wird ohne Vater und Mutter aufwachsen genau wie sie. Wenn sie ihn doch mitnehmen könnte. Wenn sie etwas von ihrem Lohn sparen und Vater überreden könnte, dann hätte Gusten vielleicht ein richtiges Zuhause.

Signe schiebt die Holztüren mit der verschnörkelten Schmiedearbeit auf und läuft hinaus auf die Straße. Die Schuhsohlen trommeln gegen das Pflaster, Schnee und Feuchtigkeit sind verschwunden. Ihr Körper fühlt sich leicht an, obwohl sie ein großes Bündel schleppt. Es enthält Abschiedsgeschenke aus der Diakonissenanstalt: einen Satz reiner Kleider und ein Perlenbild, das Schwester Edith ihr selbst gestickt hat.

Der Duft nach frisch gebackenem Kümmelbrot hängt in der Brise vom Saltsjön. Jetzt will sie noch schnell in der Bäckerei vorbeischauen, dann geht es weiter, sie hat viel vor. In ihren Fingern kribbelt es vor Arbeitseifer.

Fia packt gerade Zwieback in braune Tüten neben der Bank. Sie hat Bertas Platz übernommen.

„Manche haben es gut", sagt sie zur Begrüßung und falzt die Tütenöffnung. An der Wange hat sie einen Mehlrand.

Frau Holm kommt auf Signe zu und überreicht ihr einen noch warmen Brotlaib. „Zum Umzug", sagte sie und läuft zurück zum Backofen im hinteren Raum.

„Dann also auf Wiedersehen, Fia!" Signe tut so, als hätte sie die säuerliche Bemerkung eben nicht gehört.

Fia gibt keine Antwort. Raschelt mit den Tüten ohne aufzusehen.

„Auf Wiedersehen, auf Wiedersehen!", flötet Frau Holm und scheppert mit den Backblechen.

„Dann gehe ich also", sagt Signe.

Sie versucht Fias Blick einzufangen. Fia streicht sich mit der Hand über die Wange, aber sie kann die Tränen nicht zurückhalten. Eine nach der anderen tropft in die Zwiebacktüte, wo sie nasse Flecken hinterlassen. Signe geht auf sie zu, aber Fia dreht sich weg.

„Bist du traurig, Fia? Ist es wieder dieser Olsson?"

„So wenig bedeutet man anderen. Aber geh du nur. Geh!“, faucht Fia.

Signe fühlt sich dumm wie eine Kuh, weiß nicht, was sie sagen soll.

„Du hast Familie und Arbeit. Und ich hab gedacht, du wärst meine Freundin.“

„Aber das bin ich doch!“, ruft Signe verwundert aus.

Fia dreht sich langsam um. Die kindlichen Wangen sind gestreift von Mehl und Tränen. „Du bist wegen des Bäckerboten hergekommen, wegen Björn. Bald hast du auch einen Verlobten. Aber ich, ich hab niemanden.“

„Aber Fia!“ Mehr bringt Signe nicht heraus.

Eifer und Neugier auf all das Neue, das auf sie wartet, haben sie in der letzten Zeit erfüllt. Nie hat sie daran gedacht, dass Fia sie vermissen könnte. Dass Fia sich ihr so verbunden fühlt. Natürlich mag sie ihre Zimmergenossin, aber ihre allerbeste Freundin ist immer Alice gewesen. Fia ist irgendwie selbstverständlich da gewesen. Und jetzt ist sie traurig darüber, Signe zu verlieren.

Signe holt das Lavendeltaschentuch hervor. Wischt Mehl und Tränen von Fias Wangen. Fia schnieft.

„Du kannst mich ja besuchen“, sagt Signe.

„Dummchen, dafür krieg ich doch keine Erlaubnis.“

„Ach ja, natürlich. Dann komme ich sonntags eben nach Ersta.“

Fia nickt stumm.

„Du musst das verstehen, ich habe noch nie jemanden gehabt. Keinen Vater, keine Mutter oder Geschwister. Niemanden, nur dich. Aber du hattest ja Alice, und jetzt, da Alice nicht mehr ist, habe ich gedacht, du und ich … Ja, dass wir beide beste Freundinnen sind. Aber du ziehst weg und wirst mich vergessen.“ Fia schnäuzt sich ihrer Gewohnheit treu geblieben in die Hand.

Frau Holm ruft erschrocken: „Nicht über dem Zwieback, Fia! Signe sollte jetzt gehen, damit wir wieder in Ruhe arbeiten können.“

Als Signe geht, ist sie nicht nur von dem Neuen erfüllt. Das Gespräch mit Fia beschäftigt sie. Sie erinnert sich an Alices Hand, die ihre eigene Wange trocknet, Alices energische, aber tröstende Stimme. Eben in der Bäckerei war sie diejenige, Signe, die tröstete. Es ist noch kein Jahr vergangen, seit sie mit Alice zusammen war, und trotzdem hat sie das Gefühl, es sei in einem früheren Leben gewesen. Und heute beginnt ein neues.

Was hat Fia damit gemeint, was sie über Björn sagte? Wahrscheinlich nur Geschwätz, nicht wert, näher darüber nachzudenken. Trotzdem tauchen Björns funkelnde Augen und seine lustigen Verbeugungen immer wieder vor ihr auf. Es ist schon eine Weile her, seit sie ihn mit dem Brotkarren davonziehen sah. Er verrichtete diese Arbeit weiter, obwohl der Schiffsverkehr in Gang gekommen war. Gehörte keiner Stauergruppe an wie Vater, sondern musste sich mit Gelegenheitsarbeiten im Hafen begnügen.

Nasse Laken drücken reihenweise Leinen herunter, zwingen Signe darunter hindurchzukriechen, um zum Hinterhaus zu gelangen.

Sie schiebt die Tür der Hütte auf, die Vater gemietet hat. Ein Zimmer und Küche. Eine eigene Küche. Dazu musste Signe ihn überreden. Vater macht sich Sorgen, ob sie die Miete allein aufbringen können.

„Ich verdiene bald eigenes Geld beim Buchbinder und will mich nicht mit den Nachbarsfrauen am Herd drängen", hatte sie gesagt.

Er hatte zweifelnd ausgesehen, ihr aber nicht widersprochen.

Die Küche ist klein, sie hat an der Schmalseite ein Fenster und eins an der Längsseite, das wird wahrscheinlich kalt im Winter. Vor dem Fenster an der Längsseite stehen ein selbst gemachter Tisch, Böcke mit darüber gelegten Brettern und ein kaputter Korbstuhl. An der Decke hängen Spinnweben und Rußflocken. In einer Ecke thront ein eiserner Ofen. Vater hat einen Eimer Wasser hereingetragen und den Kasten mit Feuerholz gefüllt. Wenn man den Deckel zuklappt, ist es ein ausgezeichneter Sitzplatz. Sie guckt in das Zimmer, das noch kleiner als die Küche ist, eher wie ein enger Korridor. Dort liegen ein paar aufgerollte Strohmatratzen und Decken.

Auf der Schwelle steht eine kleine alte Frau mit einer gestreiften Schürze und räuspert sich. Signe hat sie nicht kommen hören. Ist das eine aufdringliche Nachbarin, die etwas leihen will?

„Das ist also die junge Frau", sagt sie nickend.

„Ich heiße Signe, Gustav Bergs Tochter", antwortet Signe mit lauter Stimme. „Und jetzt will ich hier auf der Stelle fegen."

Die Alte sieht unschlüssig aus, dann zieht sie einen Besen und ein paar Lumpen hervor. „Ich dachte, ich leih dir einige Putzmittel, wie willst du es hier sonst sauber bekommen?"

„Danke", murmelt Signe.

Die Alte macht keine Anstalten zu gehen.

„Du erkennst mich nicht, aber ich vergesse nie ein Gesicht", sagt sie langsam.

Signe wird immer verwirrter.

„Erinnerst du dich nicht, dass wir uns vorm ‚Goldenen Bett' unterhalten haben?"

„Doch, natürlich erinnere ich mich. Sie haben mich damals vorm Verhungern gerettet." Signe schämt sich vor der Alten.

Die Frau nickt zufrieden. „In dieser Siedlung halten wir zusammen. Trinkt Berg?"

„Nee, Vater ist ein ordentlicher Mann und hat eine feste Arbeit im Hafen", sagt Signe schnell.

„Von einem Stauer, der nicht säuft, hab ich noch nie was gehört." Die Alte blinzelt sie an.

Signe erkennt den Schalk in ihren Augen.

„Ich werde Besen-Hilla genannt, weil ich Besen und Reisig binde. Und du heißt Signe, das weiß ich schon. Berg hat gesagt, dass du heute kommst, aber ich hab gedacht, du wärst seine Frau."

Sie gluckst vor Lachen und wankt hinaus auf den Hof.

Es ist später Nachmittag. Signe ruht sich auf dem Holzkasten aus. Eben hat sie Feuer im Ofen gemacht. Die Birkenrinde knackt und das Kiefernholz knattert wie Gewehrschüsse hinter der schwarzen Luke. Ihre Hände sind rußig, in ihrer Nase kitzelt Staub und die Bluse klebt an ihrem Körper. Es wäre schön, wenn sie sich jetzt in heißem Wasser waschen könnte. Aber eine Waschschüssel hat Vater nicht besorgt. Soll sie es wagen Besen-Hilla zu fragen, ob sie ihr eine leiht? Aber der Gedanke, dass sie das Wasser vom Brunnen von weither holen und dann auf dem Ofen erwärmen muss, siegt. Sie ist müde und Vater wird bald kommen. Dann kann sie nicht ausgezogen in einer Waschschüssel stehen und herumplantschen. Sie taucht einen Schürzenzipfel ins Wasser, das schon im Eimer ist, und reibt ihre Hände ab. Vom Ruß bleibt eine graue Schicht auf der Haut.

In der Hütte fehlt noch so viel: Laken, Waschwanne, Geschirr. Vater hat ja kein richtiges Zuhause gehabt, seit er die Wohnung in der Bergsprängargränd aufgegeben hat. Aber sie ist der ärgsten Not und Armut entkommen, hat sich ans Magdalenenheim gewöhnt und daran, dass das Notdürftigste fürs Leben zur Hand war.

Es ist höchste Zeit, mit dem Essen anzufangen. Im Speiseschrankregal liegen Kartoffeln und ein Stück Speck. Speck mit Streifen von Fleisch hat Vater sich geleistet. Das wird eine Festmahlzeit, ihr erster Abend im neuen Heim.

Als die Kartoffeln gar sind und die Küche erfüllt ist vom Bratengeruch, seufzt sie. Seufzt vor Müdigkeit, aber mehr noch, weil sie so zufrieden ist. Sie späht durch das niedrige, frisch geputzte Fenster. Jetzt kann er kommen und ihr Werk bewundern.

Sie wird wach, weil sie friert, muss auf dem Holzkasten eingenickt sein. Das Feuer ist ausgegangen und die Kartoffeln sind nicht einmal mehr lauwarm. Sie schiebt Birkenrinde und Späne in den Ofen und bläst in die Glut. Schlaftrunken wankt sie zur Tür und zieht die kühle Frühlingsluft ein. Durch die zarten Ulmen auf dem Hof sickert blaue Dämmerung. Es muss schon spät sein.

Sie kehrt in die Küche zurück. Sie muss auf das Feuer im Ofen Acht geben, geht träge auf und ab, will endlich munter werden.

Es klopft an der Tür. Sie holt tief Luft, muss froh aussehen. Vater darf ihre Enttäuschung nicht bemerken.

Auf der Treppe stehen drei zerlumpte Kinder zwischen fünf und sechs Jahren.

„Hast du ein Stück Brot, Tante?“, brüllt der Größte ohne sie anzusehen.

Er trägt eine schmutzige Jacke mit einem Bindfaden um den Bauch.

Signe schüttelt finster den Kopf und will die Tür gerade zuschlagen.

„Tante, hast du ein kleines Kind, auf das wir für fünf Öre aufpassen können?“, fragt eins der beiden Mädchen. Sie hält das andere

Mädchen an der Hand. Es könnten Zwillinge sein, sie sind gleich groß und haben ungekämmte Flachshaare.

Das Mädchen, das gefragt hat, starrt Signe geradewegs ins Gesicht, aber in ihrem Blick ist keine Hoffnung. Signe wird weich.

„Ich bin keine Tante, das könnt ihr doch wohl sehen, aber in den Häusern nebenan wimmelt es von Kindern, fragt dort!"

Während sie mit den beiden Mädchen beschäftigt ist, flitzt der Junge zur offenen Tür hinein. Sie fährt herum und sieht, wie er sich das gebratene Fleisch aus der Pfanne schnappt.

„Gib das her!", schreit sie.

Aber er wischt an ihr vorbei wie eine Maus, hinaus auf den Hof und springt gelenkig über den Zaun. Die Bäume versperren ihr die Sicht und die kleinen Mädchen sind wie vom Erdboden verschluckt.

In ihrem Hals wächst ein Kloß. In der Pfanne liegen nur noch zwei jämmerliche Stückchen Fleisch. Sie schnäuzt sich in ihre Schürze. Was wird Vater sagen?

Vereinzelte Töne von einem Akkordeon lassen sie mitten in der Küche stehen bleiben. Könnten es Hofmusikanten sein? Aber die Töne schweben ohne richtige Melodie, sie werden lauter und lauter und mischen sich mit Männerstimmen, einer helleren und einer dunkleren, die laut lachen. Signe trocknet sich die Augen. Es gibt keinen Zweifel. Sie öffnet die Tür. Über den schlammigen Hof kommt Vater, dicht gefolgt von Björn mit seiner Ziehharmonika. Er spielt noch schnell ein Tideldidum und zieht vor ihr die Mütze.

„Wie schön, in eine warme Hütte zu kommen. Es gibt welche, die müssen in Hafenschuppen schlafen", sagt er.

Aber er sieht immer noch wie ein Windhund aus, obwohl er die bittere Wahrheit sagt. Signe kann nicht einmal den Mund verziehen, so gern sie es auch möchte. Müdigkeit und Sorgen haben die Freude verjagt.

„Guten Abend", sagt sie nur.

Vater schnuppert in der Türöffnung.

„Und du hast gekocht!"

Er stiefelt hinein und setzt sich auf den Stuhl. Sie stellt den Kartoffeltopf auf den Tisch.

„Aber das Fleisch hat ein kleiner Junge gestohlen."

„Setz dich!", ruft Vater Björn zu, der sich die Ziehharmonika abnimmt.

Vater klopft sich aufs Knie und fährt fort: „Was für ein Glück, dass wir in der Kneipe einen Heringsschwanz bekommen haben."

„Ein Neuer muss seinen Einstand leisten", erklärt Björn Signe, „dann muss er jeden in seiner Schicht zu einem Glas einladen."

„Frauenzimmer sitzen am Herd, aber meine Signe sitzt mit am Tisch", sagt Vater lachend.

So großspurig redet er sonst nicht. An seinen glänzenden Augen und den ruckartigen Bewegungen erkennt sie, dass er mehr als ein Glas getrunken hat. Björn sitzt schon auf dem Holzkasten. Er scheint nicht betrunken zu sein, aber seine Wangen sind gerötet. Sie schiebt ihm die Bratpfanne zu und bleibt stehen, weiß nicht, wohin sie soll.

„Ich hab mein Instrument mitgebracht. Ein bisschen fröhlich soll's doch zugehen, wenn man neu eingezogen ist", sagt Björn lachend. Er nimmt sich eine Kartoffel.

„Das Fleisch teilen wir uns brüderlich", sagt Vater und nimmt das eine Stück.

Björn tunkt seine Kartoffel in das erkaltete Fett.

„Setz dich, Mädchen, der Junge beißt nicht!" Vater gibt ihr einen leichten Stoß mit dem Ellenbogen.

Ihre Wangen brennen. Hoffentlich ist das im Abenddunkel nicht zu sehen. Sie wagt es kaum, sich neben Björn zu setzen. Obwohl er beiseite gerutscht ist, wird es eng auf dem Holzdeckel. Und sie können nicht essen, ohne sich zu berühren.

Vater ist ungewöhnlich redselig. „Ein richtiger Schwerstarbeiter muss einen Schluck zum Einstand trinken, das ist alte Tradition. Der große Elefant nimmt drei Schluck zum Frühstück, drei zu Mittag, drei zur Vesper und drei zum Abend."

„Würde er außerdem noch ein paar Schlucke zum Trost zwischendurch nehmen, wäre der Krug ausgetrunken", ergänzt Björn. Er beißt die Hälfte vom letzten Stück Fleisch ab und steckt ihr die andere Hälfte zu. Das macht sie noch verlegener und sie nimmt es wortlos entgegen.

„Mit Branntwein und Frauenzimmern muss man vorsichtig umgehen“, sagt Björn laut.

Vater schaut verwundert auf. „Du hast Recht, obwohl du noch so jung bist“, antwortet er mit seiner gewöhnlichen Stimme und nickt Signe aufmunternd zu. „Es ist schön, jetzt ein Frauenzimmer im Haus zu haben, ich meine Signe.“

Bald wird er sie loben, dass sie gefegt und geputzt hat. Aber er nimmt sich die nächste Kartoffel und sagt mit dröhnender Stimme: „Wenn wir jemals ordentlich Fleisch zu den Kartoffeln haben wollen, sollten wir Gewerkschaften gründen, wie Schneider Palm es will.“ Er nickt Björn zu.

„Erinnerst du dich, was er gesagt hat? Gewerkschaften sind die einzige Chance der Arbeiter auf ein besseres Leben.“

„Natürlich erinnere ich mich, aber das ist schon ein paar Jahre her“, antwortet Björn und wendet sich an Signe. „Es war der erste große Streik in der Stadt. Steinsprenger, Pflasterer, Maurer, alle, die draußen arbeiten, haben sich auf einen Mindestlohn von einsfünfzig die Stunde geeinigt, fünftausend Menschen haben sich versammelt.“

„Und ein richtiger Doktor, Anton Nyström, hat gesprochen. Das macht doch Hoffnung. Die Arbeiter brauchen Gelehrte, die etwas von unserer Sache verstehen, wir haben ja keine Arbeitervertreter im Reichstag“, sagt Vater.

Signe versteht nicht alles, worüber die beiden Männer reden. Auf Ersta sind die alltäglichen Beschäftigungen und Herzkümmernisse Gesprächsstoff gewesen. In den Worten der Männer treten die Menschen der Arbeit hervor. In ihrer Fantasie formen sie sich, haben Mut, sich der Obrigkeit zu widersetzen. Könnte Vater Recht haben, dass sich das Leben der kleinen Leute in Zukunft ändern werde?

„Der König, der König will bestimmt helfen“, denkt sie laut.

Vater schnaubt verächtlich.

„König Oskar läuft jedem Rockzipfel nach und kümmert sich nur um den Pakt mit Norwegen.“

„Der Pakt, der uns verpestet, den hassen und verdammen wir“, rattert Björn sofort herunter und grinst. „Damit hat Björnstierne Björnson den Standpunkt der Norweger ausgedrückt.“

„Apropos Schriftsteller, Strindberg scheint ja sehr arbeiterfreundlich zu sein“, sagt Vater und kaut nachdenklich.

Strindberg, den Namen erkennt Signe wieder. Von Strindberg hat Alice gesprochen, kurz bevor sie starb.

„Was meint dieser Strindberg?“, fragt sie schüchtern.

Björn steht auf und holt die Ziehharmonika. Er stellt sich breitbeinig hin und spielt einen Durakkord.

„Ich hab eine Melodie zu einem neuen Gedicht von August Strindberg gebastelt“, sagt er und fängt mit schriller Stimme zu singen an:

„Wo alte Schuppen stehen dicht an dicht
und einander stehlen das Licht,
dorthin sah man eines Tages mit Spitzen und Stangen
eine Schar Jungvolk munter wandern.

Ha!, der Brauch der Zeit, Häuser abzureißen!
Aber aufbauen – was will das heißen?
Hier wird abgerissen, mehr Luft und Licht
soll es geben:
Reicht das etwa nicht?

Signe wird mitgerissen von der flotten Melodie. Und es stimmt ja, dass Läusehütten abgerissen und neue Steinhäuser errichtet werden, das hat sie selbst gesehen.

„Ich arbeite auf dem Bau an der Krukmakaregatan als Handlanger unter Unglücks-Pelle, so wird der Baumeister genannt. Er hat arme Teufel mit Frauen und Kindern in die halbfertigen Wohnungen einziehen lassen. Da tropft noch die Feuchtigkeit von den Wänden. Natürlich müssen sie ihm Miete bezahlen“, sagt Björn, als er mit dem Lied fertig ist.

„Austrocknungsmiete, so nennt man das“, grunzt Vater.

„Die Wärme der Menschenkörper nimmt die Feuchtigkeit aus den neuen Häusern, und die Folge ist Schwindsucht“, erklärt Björn. „Ich hab übrigens Strindbergs *Rotes Zimmer* gelesen“, fährt er eifrig fort.

„Ich kann zwar nicht besonders gut lesen, aber in dem Buch stehen ein paar Zeilen über Vitabergen, die bleiben im Kopf hängen“, sagt Vater. Er steht auf und reißt dabei den Kartoffeltopf herunter, der scheppernd über den Boden rollt.

„Und es kommt der Tag, da wird es noch schlimmer werden, aber dann, dann kommen wir herunter von Vitabergen, und wir kommen mit großem Getöse wie von einem Wasserfall …“

Besen-Hilda hämmert gegen die Wand und Vater stampft als Antwort mit dem Fuß auf und fährt vor: „Wir werden unsere Betten zurückverlangen, nein, nehmen! Und ihr werdet auf Hobelbänken liegen dürfen wie ich …“

Er greift nach den Phosphorstäbchen über dem Ofen. Zerbricht ein Hölzchen vor Signes Gesicht.

„Ein Arbeiter allein ist schwach, aber schau hier!“ Er nimmt eine Hand voll Phosphorstäbchen. „Gemeinsam, mein Mädchen, sind wir stark und wir stehen zusammen.“

Signe starrt die Phosphorköpfe an. Vaters Worte erreichen sie kaum, sie hört Fias Stimme: „Phosphor ist giftig wie Rattengift.“ Signe hebt den Topf auf und stürzt zur Haustür.

Draußen vor der Tür drückt sie die Hände fest gegen die Augen, um den Anblick des widerlichen Phosphorgelbs zu verscheuchen.

Eine Hand berührt ihre Schulter. „Dein Vater ist ein bisschen beschwipst, aber er ist in Ordnung.“

Björns Stimme ist nah, spricht leise in ihren Nacken. Sie beruhigt sich. Hastig fährt sie sich mit den Fingerspitzen über Augenbrauen und Wangen.

„Es ist nicht wegen Vater. Meine beste Freundin ist an Phosphor gestorben …“

Die Worte kommen von selbst, es ist überraschend leicht, Björn von Alice zu erzählen. Aber sie dreht sich nicht um, er soll ihr rotes Gesicht nicht sehen.

„Tröste dich damit, dass Gustav lebt. Ich wünschte, mein Vater wäre noch am Leben, aber er ist an Schwindsucht gestorben“, sagt Björn.

In den Bäumen singt eine Amsel ihre wehmütige Tonleiter. Björn zieht Luft durch die Nase ein, dann sagt er: „Du wirkst sehr klug, Signe, hübsch bist du natürlich auch, aber du grübelst zu viel. Man muss das Vergangene beiseite legen und das Neue hereinlassen wie in Strindbergs Gedicht."

Von ihren Knien steigt ein seltsames Kribbeln auf und verbreitet sich in ihrem Körper. Hat er hübsch gesagt? Sie muss sich getäuscht haben. Sie guckt zur Seite und nickt unmerklich als Anwort.

Aus der Küche hören sie Vater laut mit sich selber über Gewerkschaften und die neue Zeit reden.

„Apropos etwas Neues bauen. Der Katharinahissen ist eröffnet worden. Weißt du, der Aufzug bei Slussen. Hast du Lust zu einem Ausflug am Sonntag und dir die Aussicht von oben anzugucken?"

Björn redet wieder mit seiner gewöhnlichen fröhlichen Stimme. Macht er Scherze? Sie dreht sich langsam um.

Aber sein Gesicht ist ernst und kein bisschen spöttisch.

In ihrem Magen zappelt etwas, als ob sie einen Frosch verschluckt hätte, als sie antwortet:

„Ja, gern, wenn ich mich traue."

Fünfunddreißig Meter in der Luft

Am Ende der Glasbruksgatan sieht Signe das Schild vom Lindschen Pulverhandel. Wenn Björn nun nicht am Aufzug auf sie wartet? Vielleicht hat er alles vergessen? Ihr wird heiß und kalt bei dem Gedanken.

Ehe sie von zu Hause fortging, hat sie Vater gefragt, ob er mitkommen wollte. Aber er hatte gemurmelt, dass „junge Leute unter sich bleiben sollen", sich vor die Ofenluke gesetzt und die neue Nummer vom *Volkswillen* durchgeblättert.

Die Sonne wärmt, wenn sie sich zwischen den hellen Wolkenbäuschen zeigt, aber der Wind, der über Slussen weht, ist noch winterkalt. An der Ecke zur Mariagränden geht sie langsamer, meint Stimmen zu hören.

„Verdammter Scheißkerl!", schimpft eine Frauenstimme.

Signe späht in die Gasse. Eine kräftige, billig angezogene Frau mit breitrandigem Hut sitzt breitbeinig auf einer steinernen Treppe. Sie zählt die Münzen in ihrem Rock. Beim Geräusch von Schritten blinzelt sie ins Licht.

„Berta!", ruft Signe aus.

Berta ist blass und hat ein aufgedunsenes Gesicht, sieht krank aus. Signe macht ein paar Schritte in die Gasse hinein. Vielleicht braucht Berta Hilfe. Ungeschickt rafft Berta ihre Münzen zusammen. Fuchtelt abwehrend mit den Händen, versucht aufzustehen, kommt jedoch nicht hoch. Signe zögert. Aber als Berta in ihre Richtung spuckt, kehrt sie um.

Berta schafft wahrscheinlich auf der Straße an. Zwingt Olsson sie dazu? Unbehagen schleicht sich in Signes erwartungsvolle Stimmung. Nein, sie muss versuchen das Vergangene hinter sich zu lassen, wie Björn gesagt hat.

Sie wirft einen Blick in Carlssons Schaufenster, um sich von Bertas Elend abzulenken. Kann sich nicht den Wunsch verkneifen, Harald möge vorbeischlendern und sehen, wie sie sich mit Björn trifft. Er sollte sehen, dass sie auch jemanden hat, den sie unterhaken kann. Die Fantasie wird ausgelöscht, als Björn von den niedrigen Ziegelhäusern unterhalb des Katharinahissen mit seinem Hut winkt. Sie winkt zurück, hebt ihren Rock an und geht schneller. Möwen und Seeschwalben segeln über dem merkwürdigen Neubau und schreien ihre Freudenschreie in den Frühlingswind.

Björn läuft auf und ab vorm Warteraum. Er hat sich sonntagsfein gemacht mit weißem Hemd und dunklem Jackett. Sie ist froh, dass sie den weißen Schal mitgenommen hat. Ihre Haare hat sie zu einem luftigen Knoten auf dem Kopf geformt, ohne den schützenden Schal würde der Wind die neue Frisur zerstören.

Björn öffnet die Tür zum Warteraum.

„Pulverhandel, als ob der Aufzug mit Pulver in die Höhe geschossen worden wäre", sagt er grinsend in Richtung vom Lindschen Reklameschild.

Ein rothaariger Jüngling mit Pferdegesicht hält ihnen Platz in der

Schlange frei. „Hier drängeln sich die Leute jeden Tag. Das neueste Vergnügen der Stockholmer ist es, sich in luftiger Höhe aufzuhalten. Wir könnten sie mit der Dampfwinde raufziehen und damit einen Reibach Kohle machen", sagt er zur Begrüßung.

„Gunnar schuftet auch im Hafen", erklärt Björn.

„Björn ist seit einer dreiviertel Stunde wie ein Huhn, das ein Ei legen will, im Wind herumgewackelt", sagt Gunnar wiehernd. Und lässt einen forschenden Blick über Signe gleiten.

„Die Maschinerie wird von Dampf angetrieben. In eine Dampfmaschine wird Wasser gepumpt, die schluckt am Tag eine Tonne Kohle. Die Maschinenanlage kommt von Weels and Halsey aus New York", erklärt Björn schnell.

Die Aufzugtüren werden von einem uniformierten Schaffner geöffnet und Björn bezahlt zehn Öre für sich und Signe.

„Elf Personen! Nicht drängeln, meine Herrschaften!", ruft der Schaffner, während er elf in der ersten Schlange abzählt.

Im Aufzugkorb stehen sie eng gepackt wie Heringe in einer Tonne. Mehrere Damen schnappen nach Luft. Signe fühlt sich unbehaglich.

„Es ist ganz ungefährlich, meine Herrschaften! Der Kronprinz persönlich hat den Aufzug am neunzehnten März eingeweiht", sagt der Schaffner wichtigtuerisch.

„Hoffentlich gibt es keine Schwierigkeiten in der Maschinenanlage", flüstert Signe Björn zu.

Er lacht und legt eine Hand auf ihren Rücken. Dann gleitet der Aufzugkorb aufwärts. Es kribbelt in ihrem Bauch, das Kribbeln steigt ihr ihn den Hals, sodass sie heftig schlucken muss.

„Schau mal, Signe! Jetzt begegnen wir dem Korb, der nach unten fährt!" Björn stößt sie an, aber sie traut sich nicht durchs Fenster zu schauen, sondern studiert eingehend die Stiefel der anderen Passagiere.

Björn stützt sich mit den Ellenbogen auf das Geländer, das die Brücke ganz oben begrenzt. Signe späht hinter ihm hervor. Zieht die kühle Luft ein, es ist ein gutes Gefühl, dem Gedränge und Gunnars anzüglichen Blicken zu entkommen.

„Wir stehen jetzt fünfunddreißig Meter hoch über der Erde, und trotzdem hat es nur zwei Jahre gedauert, diesen Riesen zu bauen", sagt Björn mit einem glücklichen Seufzen. Er schaut in alle Richtungen, zeigt und gestikuliert.

Signe guckt in den Hafen mit seinen Dampfern, Segelfrachtschiffen und den kleinen Booten hinunter. „Man kann ja alle Kais gleichzeitig sehen", platzt sie heraus.

„Über den Aufzug hat schon jemand ein Lied geschrieben."

Björn schaut ihr geradewegs ins Gesicht und singt leise:

„Willst du traulich plaudern mit deiner Liebsten,
brauchst keinen Kutscher dir zu mieten.
Du gehst nach Slussen, bietest den Arm deiner Miss –
und hoch hinauf schwebst du mit Lindmarks Hiss."

Signe steht still da. Handelt das Lied von ihr? Ein Glücksgefühl erfüllt sie. Björn gelingt es, sie im Jetzt festzuhalten. Sie muss sich nicht mehr hinter Erinnerungen und Sorgen verstecken. Obwohl ihr die Höhe Schwindel bereitet, fühlt sie sich sicher an seiner Seite.

„Lindmark in dem Lied, das ist der Ingenieur von diesem Bauwerk, er wird Kapitän genannt", erklärt Björn.

Eine Weile ist er still, dann sagt er energisch: „Ich will auf keinen Fall im Hafen hängen bleiben. Ich will Mietkutscher werden und keinen Chef haben, der mich anschreit." Er sieht sie verstohlen von der Seite an und fügt hinzu: „Eine Uniform findest du doch sicher flott?"

„Werd lieber Straßenbahnkutscher, die tragen schnittigere Uniformen", antwortet sie.

Sie lachen leise und schauen über die Stadt. Björn zeigt auf die Neubauten im Süden und im Norden.

„Die neue Zeit gibt vielen Arbeit", sagt er.

„Glaubst du wie Vater, dass es den kleinen Leuten besser gehen wird?"

Die Glocken der Katharinakirche ertränken seine Antwort in einem ohrenbetäubenden Läuten zur Hochmesse. Unten auf dem Bürgersteig ziehen einige Korbträgerinnen in Richtung von Södermalmtorgs Bierkneipen.

„Denn wer sein Leben nur einmal lebt…“ In ihr lebt Alices Stimme. Wird wirklich eine Zeit kommen, in der Frauen ihre Körper nicht mehr verkaufen müssen, um zu überleben?, denkt sie.

Björn nimmt sie am Arm. Langsam wandern sie über die Brücke zum Kiosk am Mosebacketorg.

Hier kann der Wind sie nicht mehr packen, Signe löst den weißen Schal und lässt ihn über die Schultern gleiten. An Björns wohlwollendem Blick merkt sie, dass ihm die neue Frisur aufgefallen ist. Fürsorglich nimmt er ihre Hand und wärmt sie in seiner großen Faust.

Ich bedanke mich herzlich bei allen, die es mir ermöglicht haben, das Buch zu schreiben, besonders bei der Ersta diakonisällskap und der Sigtunastiftung.

Lena Kallenberg

Lena Kallenberg wurde 1950 in Stockholm geboren. Sie war Lehrerin für Jugendpfleger und unterrichtete Entwicklungspsychologie, bevor sie freischaffende Autorin wurde. Neugier und Experimentierlust haben Lena Kallenberg veranlasst, unterschiedliche Arten von Büchern zu schreiben, zum Beispiel einen Bilderbuchtext oder einen autobiografischen Roman. Bis jetzt hat sie elf eigene Bücher und 20 Sachbücher zusammen mit Bisse Falk geschrieben.

Inhalt